GWANWYN CYNNAR YM MHRÂG

Gwanwyn Cynnar ym Mhrâg

GERAINT W. PARRY

Argraffiad cyntaf—Mawrth 1997

ISBN 1 85902 476 9

ⓗ Geraint W. Parry

Dymuna'r cyhoeddwyr gydnabod cymorth
Adrannau Cyngor Llyfrau Cymru.

Argraffwyd gan
Gwasg Gomer, Llandysul, Ceredigion.

Cyflwynaf y nofel hon i
Annewen a John, ein merch a'i phriod
ac i Hannah a Naomi, ein hwyresau annwyl.

Dymuna'r awdur gydnabod yn
ddiolchgar gymorth gwerthfawr Cyngor
Llyfrau Cymru i sicrhau cyhoeddi'r nofel
hon, ynghyd â gwaith gofalus arferol
Gwasg Gomer.

1

Swatiai yn ei gwman yng nghornel y gell oer, llaith, mor bell ag y gallai oddi wrth y fatres wellt galed y bu'n ceisio cysgu arni, ond yn ofer. Unwaith y clywodd wichiadau'r llygod ffrengig yn cnoi'r gwellt, ni fedrai feddwl am orwedd arni drwy oriau hir y nos. Dyheodd yn angerddol am gael bod adre'n ôl yng Nghymru, yn gorwedd ar ei wely cysurus ei hun ym mhentre Bryntirion. Neidiodd un o'r llygod ar ei goes a rhoes yntau hanner sgrech a chicio'n wyllt yn ei herbyn nes bod chwys oer yn chwalu drosto.

*   *   *

Gwanwyn 1968
Wedi diwrnod hir, prysur fel athro Hanes ac Almaeneg yn Ysgol Uwchradd Porthgwyn, cyrhaeddodd Alwyn Harris adre i'w dyddyn ym mhentre Bryntirion, oddeutu pum milltir o'r dre, gyda choflaid o draethodau chweched dosbarth i'w marcio. Newidiodd i grys gwddf agored a jîns, a pharatôdd swper cynnar iddo'i hun cyn wynebu min nos cyfan o ymgodymu â'r dasg anorfod.

Unwaith iddo ddechrau ar y gwaith, teimlodd ei fod yn cael blas arni, ac roedd pethau'n mynd ymlaen yn hwylus pan amharwyd arno gan sŵn rhywun yn curo wrth y drws. 'Fflamio!' ebychodd. 'Pwy aflwydd sy 'na rŵan?' A chododd yn gyndyn i ateb.

Un o fechgyn yr ysgol oedd yn byw yn y pentre a'i hwynebodd. 'Iwan!' meddai'n eitha siarp. 'Be wyt ti eisia'r adeg yma o'r nos?'

'Sori syr,' atebodd y bachgen, 'ond y dyn diarth

ofynnodd i mi ddŵad â neges ichi pan alwais i yno efo'r llaeth.'

'Pa neges felly? Ydi o'n sâl neu rywbeth?'

'Dwn i ddim syr, ond mae o am i chi fynd i lawr yno heno. Mae 'na rywbeth mawr wedi digwydd, medda fo.'

'Sgen ti syniad be?'

'Nac oes, syr, ond roedd 'na ryw olwg od iawn arno fo, a mi oedd sŵn y teledu i'w glywed dros bob man.'

'O'r gora, Iwan. Diolch iti am ddod â'r neges, ac mae'n ddrwg gen i 'mod i wedi arthio arnat ti,' ymddiheurodd. 'Roeddwn i ar ganol marcio traethoda.'

Trodd yn ôl i'r gegin fyw a chadw'r traethodau cyn ymadael ac ymateb i'r alwad annisgwyl. Fel y cerddai i lawr y rhiw i'r pentre roedd hi'n nosi'n hyfryd, a'r cwm yn edrych ar ei orau gyda lliwiau'r machlud a'r cennin Pedr yn y gerddi yn creu darlun godidog. Er i'r alwad darfu ar y gwaith marcio, teimlodd yn falch ei fod yn cael cyfle i edmygu'r harddwch.

Anelai am Dyddyn Shanna, fel yr arferid ei alw pan oedd Shanna Lewis yn byw ynddo, ond er pan fu hi farw a'r lle'n wag yn hir, roedd wedi mynd â'i ben iddo. Tyfasai'r glaswellt yn yr ardd ffrynt fu mor dlws, nes gorchuddio'r arwydd 'Ar Werth' yn llwyr, ac roedd defaid wedi cael penrhyddid i bori yn yr hanner cae yn y cefn. Ond oddeutu deunaw mis ynghynt, newidiodd pethau'n gyflym pan gyrhaedd-odd men i'r pentre a thri o weithwyr ynddi'n holi am Cefn Gryddyn.

Edrychodd y pensiynwr a holwyd ar y gyrrwr gan grafu'i ben fel pe na bai erioed wedi clywed am y lle. 'Dyw!' ebychodd, pan ddangoswyd llun o'r lle iddo, 'Tyddyn Shanna! Be ar y ddaear ydach chi eisia efo'r murddun yna?' Chafodd o ddim gwybod, ond fe'i cyfeiriodd hwy i'r fan a threulio gweddill y diwrnod yn adrodd yr hanes.

Ymhen rhyw chwe wythnos, roedd y tyddyn ar ei newydd wedd, ac yn hwyr un noson cyrhaeddodd men fechan yn cludo dodrefn iddo, a thrannoeth symudodd y perchennog newydd i mewn. Prin iawn fu'r wybodaeth y llwyddodd y pentrefwyr i'w chribinio amdano ac eithrio mai Jan Meryk oedd ei enw, ac iddo ddod yno i ymddeol. Doedd o'n cymysgu fawr â neb, a phrin y'i gwelid yn y pentre ond pan ddeuai i'r siop i brynu nwyddau, a tharo yn y Bedol i brynu potelaid o win i fynd adre i'w hyfed ar ei ben ei hun. Ac fel y 'dyn diarth' y daeth pawb i gyfeirio ato.

Wedi rhoi cyfle iddo setlo, penderfynodd Alwyn Harris alw heibio i'w wahodd i gyngerdd Pasg gan blant ysgol gynradd y pentre, a thrwy hynny gael cyfle i gwrdd â'r pentrefwyr. Gwrthod y gwahoddiad yn swta braidd a wnaeth, gan ymddiheuro na allai ddeall Cymraeg, ac roedd yn amlwg i Alwyn mai llonydd a fynnai. Ond er iddo gael ei siomi ar ei ymweliad cyntaf, ildiodd o ddim; roedd 'na rywbeth ynghylch y 'dyn diarth' oedd wedi deffro'i chwilfrydedd. Galwodd heibio iddo o bryd i'w gilydd, ac yn y man, drwy eu cyd-ddiddordeb mewn chwarae gwyddbwyll, daethant yn gyfeillion, gan gwrdd bob rhyw bythefnos, er i Alwyn fethu â'i berswadio i ddod ato ef ambell waith.

Deallodd drwy ambell sgwrs mai o Tsiecoslofacia y deuai'n wreiddiol, ond iddo orfod dianc o'i wlad ar ddechrau'r Ail Ryfel Byd a dod i Brydain. Ond er iddo ddychwelyd ar ei therfyn, gorfu iddo ffoi eilwaith am na allai gyd-fyw â chomiwnyddiaeth. Llwyddodd i gael swydd fel darlithydd mewn economeg yn un o golegau Llundain nes gorfod ymddeol yn gynnar oherwydd ei iechyd.

Sgwn i be sy'n 'i boeni o? meddyliodd Alwyn fel yr oedd yn agor y glwyd i gerdded i fyny'r llwybr byr at y drws. Wrth ddynesu, clywai sŵn y teledu dros bob man, yn union fel y dywedodd Iwan wrtho. Roedd y drws ar gau, ac wedi curo'n ofer arno, fe'i hagorodd dan gamu i mewn a gweiddi, 'Jan, ydach chi yna?'

Fe'i clywodd yn galw arno i ddod i mewn, a cherddodd ymlaen i'r ystafell gefn lle'r arferent chwarae gwyddbwyll. A dyna lle'r oedd Meryk, yn eistedd ar ymyl ei gadair, a'i drwyn wedi'i hoelio bron ar sgrin y set deledu, a sŵn honno'n fyddarol. Rhoes hanner tro i'w ben gan arwyddo iddo eistedd ar gadair gerllaw, a gwnaeth yntau felly.

Wedi eistedd edrychodd i gyfeiriad y teledu i weld beth oedd yn hawlio'r fath sylw. Telediad ydoedd o dorf enfawr mewn sgwâr dinas, rywle yn Ewrop, fe dybiodd. Roedd rhai yn chwifio baneri ac eraill yn dringo i fyny ochrau adeiladau, yn rhwygo posteri a baneri i lawr ac yn eu taflu i ganol y dorf. Deallodd mai bloeddio un enw drosodd a throsodd yr oedd y dorf: 'Dubcèk! . . . Dubcèk!' Drwy'r sŵn clywodd y sylwebydd yn dweud mai telediad oedd o sgwâr Wenceslas yn ninas Prâg, Tsiecoslofacia.

Ciliodd y darlun yn y man a dechreuwyd cyflwyno newyddion gwahanol. Diffoddodd Meryk y teledu yn syth cyn troi at Alwyn a'i lygaid yn serennu.

'Mae'n wir ddrwg gen i,' ymddiheurodd, 'ond roedd rhaid i mi wylio. Mae'r diwrnod yr ydw i wedi hiraethu amdano ers blynyddoedd wedi gwawrio o'r diwedd.'

'Be sy wedi digwydd, Jan?' gofynnodd yntau.

'Mae'r gwanwyn wedi cyrraedd Prâg o'r diwedd!' bloeddiodd Meryk. 'Clod i Dduw! Mae fy nghyfaill

Alexander Dubcèk wedi cipio'r arweinyddiaeth, ac mae gobaith i'm cenedl lwyddo i'w rhyddhau ei hun o hualau'r Sofiet felltith.'

Doedd Alwyn ddim yn siŵr sut i ymateb i'r fath newydd a'r llawenydd amlwg oedd wedi meddiannu'i gyfaill. 'Rydw i'n falch ofnadwy o glywed hynny, Jan,' meddai. 'Ydi o'n golygu y gallwch chi fynd yn ôl i'ch gwlad o'r diwedd?'

'Rydw i'n gobeithio hynny, Alwyn,' atebodd. 'Ond fe fydd yn rhaid aros nes gweld os llwyddith Dubcèk i ddal gafael ar yr arweinyddiaeth. Dyw'r giwed 'na ym Moscow ddim yn mynd i adael i'w gweision bach yn Tsiecoslofacia gael eu trechu. Ond mae gobaith!' ychwanegodd a'i wyneb yn goleuo.

'A gobaith, felly, y cewch chi gwrdd â'ch teulu unwaith eto, Jan?'

Oedodd Meryk cyn ateb yn dawel, 'Ie, Alwyn, a chaniatáu bod rhai ohonyn nhw'n dal yn fyw. Does wybod sut mae pethau yno bellach, ac os mentra i'n rhy fuan fe allwn gael fy ngharcharu eto.'

'Dyna'r tro cyntaf i mi wybod eich bod wedi'ch carcharu, Jan,' meddai Alwyn, wedi rhyfeddu. 'Pwy fu'n gyfrifol—y Natsïaid ynteu'r comiwnyddion?'

'Mae'n stori hir a chymhleth,' atebodd yn ddwys, 'a dydw i ddim wedi ei hadrodd wrth neb erioed. Dyna un rheswm pam rydw i wedi cadw draw oddi wrth bawb yma. Roedd gen i ddigon o brawf fod dial y comiwnyddion yn ymestyn ymhell iawn. Sgwn i, Alwyn,' ychwanegodd, a gwefr newydd yn ei lais, 'oes gynnoch chi amser i wrando peth o'm hanes? Fe fyddai'n ysgafnhad mawr i mi allu ei rannu â rhywun o'r diwedd, wedi gorfod ei gelu mor hir.'

'Wel,' atebodd Alwyn, a'i chwilfrydedd wedi'i gyffroi, 'does yna fawr ddim arall alla i' neud heno bellach. Rwy'n barod iawn i wrando os bydd o help i chi.'

'Diolch o galon i chi, Alwyn,' atebodd Meryk, 'does gen i neb arall y galla i ymddiried ynddo.' Cododd o'i gadair, mynd at gwpwrdd bychan gerllaw ac estyn ohono botel win a dau wydr. 'Wnewch chi rannu gwydraid o win efo mi?' gofynnodd dan lenwi'r ddau wydr i'w hymylon a rhoi un i Alwyn. 'I wanwyn newydd Prâg!' meddai, ac yfodd y ddau.

*   *   *

'Rhaid i mi fynd yn ôl i'r flwyddyn 1938, pan oeddwn i'n efrydydd yn astudio Saesneg ac economeg ym mhrifysgol Prâg,' dechreuodd, wedi iddo ail-lenwi'r gwydrau ac eistedd. 'Er gwaetha'r sefyllfa yn Ewrop ar y pryd, pan oedd y Natsïaid yn bygwth pawb, roeddwn i'n edrych ymlaen at yrfa a dyfodol hapus yn fy ngwlad. Ar y pryd hefyd roeddwn i'n canlyn Olga, cyd-efrydydd, a ddaeth yn wraig i mi wedyn . . .

'Dyna pryd hefyd yr oedd Hitler yn clochdar am gael adfeddiannu'r Sudetenland, rhan o'm gwlad a ddaeth i fod wedi'r Rhyfel Byd Cyntaf, lle roedd y rhan fwyaf o'r boblogaeth o dras Almaenig. Dyna'r adeg y teithiodd Neville Chamberlain, eich prif weinidog chi, i gwrdd â Hitler ym Munich, a tharo bargen ag ef cyn dychwelyd i Brydain i gyhoeddi heddwch. Doedd o fawr o wybod mai taro bargen â'r diafol a wnaeth. Cyn diwedd y flwyddyn, er gwaethaf apêl Doctor Beneš, ein harlywydd ni ar y pryd, roedd milwyr Hitler wedi meddiannu'r Sudetenland, a gwyddem ninnau fod gweddill ein gwlad mewn peryg a'n dyfodol yn cael ei beryglu.

'Fe'n hwynebwyd â dewis anorfod—aros neu ddianc . . .

'Fe benderfynodd criw ohonom o'r brifysgol, ac Olga yn eu plith, nad oeddem ni ddim am aros i Hitler a'i griw gyrraedd ac fe ffoesom i Ffrainc—i Baris, mewn gobaith o gael ymuno â'r brifysgol yno. Cawsom waith gweini mewn gwestai dros dro, a phopeth i'w weld yn mynd ymlaen yn iawn, ond anwesu niwl oeddem ni. Fe wyddoch be ddigwyddodd; sgubodd byddinoedd Hitler drwy wledydd Ewrop fel tân eithin ar fynydd, a chawsom ninnau'n sgubo o'i flaen i Sbaen, ac yna llwyddo i gael lle ar long gargo i Brydain . . .'

'Wrth ei adrodd mor rhwydd â hynna, Jan,' meddai Alwyn, 'mae o'n swnio'n ddidrafferth iawn, ond rydw i'n siŵr nad fel'na roedd pethau mewn gwirionedd.'

Gwenodd Meryk. 'Na, doedd hi ddim mor rhwydd â hynny. Fe fuom mewn llefydd cyfyng iawn, yn enwedig pan drodd rhai o'r Ffrancwyr yn ein herbyn a bwriadu'n trosglwyddo ni i'r Natsïaid. Ond croeso gawsom ni yma. Fe ymunodd nifer o'r bechgyn â'r R.A.F. a chael eu cymhwyso'n beilotiaid i ffurfio sgwadron Tsiecaidd. Mynd i nyrsio wnaeth y rhan fwyaf o'r merched, ac Olga yn eu plith . . .'

'Be fu hanes eich teuluoedd adre?'

'Fu dim cysylltiad rhyngom a hwy nes inni ddychwelyd adre ar derfyn y rhyfel. Fe laddwyd fy nhad pan oedd yn rhyfela'n erbyn y Natsïaid, ac fe fu farw Mam cyn inni gyrraedd yn ôl. Bu Olga'n fwy ffodus—er i'w thad gael ei ladd, llwyddodd ei mam i gadw'r cartre, ac ati hi yr aethom. Ond wrth gwrs, roedd yn rhaid byw drwy'r rhyfel cyn hynny . . .'

Oedodd am ysbaid cyn ychwanegu . . . 'Hedfan awyren Spitfire fûm i, a chymryd rhan yn erbyn

Luftwaffe Herman Goering pan oedden nhw'n ceisio bomio'ch gwlad allan o'r rhyfel. Yn anffodus i mi, fe gefais fy saethu ar un ymgyrch, ond fe lwyddais i neidio o'r awyren cyn iddi blymio i'r ddaear. Rôn i wedi 'nghlwyfo'n bur arw, a bûm mewn ysbytai am fisoedd. Chefais i ddim hedfan wedyn . . .'

'Be wnaethoch chi?'

'Cefais swydd yn hyfforddi eraill, ac yn y cyfamser fe briodais Olga, a dod i Gymru am ychydig ddyddiau o fis mêl . . .'

'Ai dyna pam y daethoch chi yn ôl yma i ymddeol?'

'Na, nid yn hollol. Fe ddigwyddodd llawer o bethau cyn hynny. Ganwyd Elena, ein merch, mewn ysbyty yn Llundain yn ystod haf 1945, a phan derfynodd y rhyfel yn Ewrop, dyma benderfynu mynd adre er mwyn iddi gael ei magu ymhlith ei phobl ei hun. Wedi cyrraedd yn ôl a cheisio ailsefydlu, fe orffennais fy nghwrs ym mhrifysgol Prâg a llwyddo i raddio, a chael swydd fel is-ddarlithydd yn y coleg. Fe dybiodd Olga a minna fod gynnon ni ddyfodol unwaith eto. Yn anffodus, nid felly y bu . . .'

'Pam, be ddigwyddodd?'

'Canfod yn fuan iawn mai cyfnewid un diafol am un arall a wnaed—a gwaeth os rhywbeth. Dod i sylweddoli ein bod fel gwlad o dan ddylanwad comiwnyddiaeth y Sofiet, a nhw oedd yn rheoli popeth. Er mwyn i mi fedru cadw fy swydd, fe'm gorfodwyd i ymuno â'r blaid fondigrybwyll, a minna'n casáu popeth roedden nhw'n 'i bregethu. Mewn amser fe aeth hynny'n drech na mi a'm gorfodi i wynebu dewis anorfod arall. Troi'n ôl am Brydain neu aros a cheisio gweithio i danseilio grym comiwnyddiaeth yn ein gwlad . . .'

'A phenderfynu aros wnaethoch chi?'

'Ia. Fe aethom ati i ffurfio celloedd drwy'r gwahanol brifysgolion a cholegau. A dyna sut y dois i i gysylltiad gyntaf ag Alexander Dubcèk a dod yn gyfeillion mawr, er 'i fod o ar y pryd yn un o is-swyddogion y blaid ym Mhrâg. Roedden ni'n aelodau o'r un gell ym Mhrâg, ac er mwyn diogelwch, cytunwyd nad oedd ond pedwar ohonom i wybod pwy oedd arweinydd-ion y gwahanol gelloedd, ac roedd o a minna'n ddau o'r pedwar . . .'

'Roedd hynny'n eich gosod chi mewn safle o beryg enbyd,' meddai Alwyn. 'Mae'r cyfan yn swnio fel drama ryfeddol.'

'Falle hynny, Alwyn,' atebodd, 'ond nid drama oedd o i ni, fel y profwyd mewn amser. Fe gawsom ein bradychu gan ddau y tybiem ni oedd yn gefnogol inni. Rôn i'n amau pwy oedden nhw, ond allwn i ddim profi hynny ar y pryd, a chefais i ddim cyfle wedyn . . .'

'Pam?'

'Fe ddigwyddodd yr union beth roeddem yn ei ofni, pan ddaeth swyddogion y CSS, heddlu cudd Tsiecoslofacia, i'n cartre berfedd nos. Cefais fy restio a 'nghludo i'w pencadlys ym Mhrâg . . .'

'A Dubcèk hefyd?'

'Na, doedden nhw ddim am feiddio'i restio fo— roedd ganddo ormod o ddylanwad ar y pryd. Roedd cael gafael arna i yn ddigon iddyn nhw. Enwau oedden nhw 'u heisia, a lleoliad y gwahanol gelloedd. Ond doedd ond un ffordd o'u cael . . .'

'Arteithio?' awgrymodd Alwyn yn dawel.

'Ia,' atebodd Meryk dan godi o'i gadair a dechrau tynnu'i siaced a'i grys cyn troi ei gefn at Alwyn a dweud, 'Edrychwch.'

Syllodd yntau mewn braw. Roedd cefn Meryk yn

union fel petai rhywun wedi torri rhychau dwfn ar ei draws o'i war i lawr i waelod ei gefn, a'r rheini gydag amser wedi troi'n greithiau dulas.

'Nefoedd fawr!' ebychodd. 'Nhw wnaeth hynna?'

'Ia, a gwaeth,' atebodd, gan ailwisgo'i grys a'i siaced cyn tynnu esgid a hosan oddi ar un goes a rowlio'r trowsus i fyny i ddatguddio'i ffêr, oedd wedi'i hanffurfio'n enbyd. 'Fe ges fy nghrogi gerfydd fy fferau tra oedden nhw'n chwipio 'nghefn i â gwiail.'

'Y cythreuliaid didostur!' ymatebodd Alwyn mewn arswyd o'r hyn a welodd. 'A gorfu i chi ildio, debyg?'

'Naddo, diolch i Dduw,' atebodd Meryk. 'Er bod fy ffêr arall yn ddigon tebyg i hon, a 'nghefn i'n gareiau bron, rywfodd ne'i gilydd fe lwyddais i'w gwrthsefyll. Yn y diwedd, ces fy llusgo'n ôl i'm cell yn hanner marw, a minna yn fy niniweidrwydd yn tybio'u bod wedi ildio ac y cawn lonydd wedyn. Mi ges weld yn wahanol yn y man.'

Cododd o'i gadair, mynd at gist-ddrôr ac estyn waled ledr ohoni cyn eistedd drachefn a thynnu nifer o luniau allan o'r waled. Rhoes un yn llaw Alwyn. 'Drychwch ar hwnna,' meddai.

Edrychodd yntau ar lun o wraig ifanc wirioneddol dlos gyda gwallt lliw ŷd aeddfed a thonnog yn ymestyn hyd at ganol ei chefn. 'Mae hi'n rhyfeddol o hardd,' meddai.

'Oedd,' atebodd Meryk, ac estyn llun arall iddo, un o'r un wraig a merch fach tua deuddeg oed wrth ei hochr, a honno 'run ffunud â'i mam.

'Mi fuoch yn ffodus iawn o gael cwmni dwy ferch mor dlos, Jan,' meddai.

'Do,' atebodd yn ddwys, 'yn ffodus iawn.' Yna bu'n ddistaw am ysbaid, yn amlwg yn ddwfn mewn atgofion, cyn ychwanegu, 'Wyddoch chi be ddigwyddodd wedyn?' A chyn i Alwyn gael cyfle i ateb, aeth ymlaen, 'Ymhen rhai dyddia fe'm llusgwyd o'm cell a'm tywys i swyddfa un o'r enw Cyrnol Kadesh, pennaeth y CSS. Diafol o ddyn, os bu un erioed. Ifanc, ac yn llawn o bwysigrwydd ei swydd. Fe'm rhoed i sefyll o'i flaen. "Wel," meddai'n sarrug, "ydach chi wedi cael amser i gallio, a chytuno i ateb fy ngwestiynau?"

'Pan atebais na wyddwn i ddim am beth roedd o'n siarad, fe wylltiodd yn gacwn, a phan fynnais nad oedd ganddo ddim hawl i'm caethiwo na'm holi, fe dorrodd ar fy nhraws gan weiddi, "Y fi ydi'r barnwr a'r rheithgor fan hyn!" a chydiodd yn y ffôn oedd ar ei ddesg a bloeddio iddo, "Dowch â hi i mewn!"

'Er fy syndod a'm hofn, pan agorwyd y drws fe wthiwyd Olga, fy ngwraig, i mewn gan wardes, a'i gyrru i fyny at ochr Kadesh. Gwaeddais mewn braw, "Olga! Be wyt ti'n 'i neud yma?"

'Roedd hi wedi dychryn gormod i'm hateb, a Kadesh atebodd drosti. "Mae hi yma i drio pwnio dipyn o synnwyr cyffredin i dy ben twp di," meddai. "Rhaid imi gyfadde 'i bod hi'n ferch hardd iawn." Yna fe gododd o'i gadair, a rhoi'i fraich am ei chanol a gosod ei law ar ei bron, ac Olga'n welw gan ofn. Fe wylltiais inna'n lloerig a hyrddiais fy hun tuag ato, ond fe'm rhwystrwyd mewn eiliad pan dderbyniais ergyd greulon yn fy nghefn â charn reiffl fy ngwyliwr nes imi syrthio i'r llawr mewn poen.'

'"Enwau!" rhuodd Kadesh uwch fy mhen, "neu, myn diawl, fe gei di weld be ddigwyddith."

'Mi gefais fy llusgo ar fy nhraed, ac er gwaethaf ei fygythiad fe'i heriais, "Does gynnoch chi ddim hawl i ddod ag Olga yma, nac i'm holi innau. Rwy'n mynnu'ch bod yn ei rhyddhau."'

'Beth oedd ei ymateb?' gofynnodd Alwyn.

'"Hawl, o ddiawl!" meddai, ac fe rwygodd flaen ffrog Olga nes bod ei bron yn noeth a dechreuodd ei gwasgu. "Fe ro' i un cynnig arall iti," meddai, "rho enwau aelodau'r celloedd a'u lleoliad imi, ac fe ro i 'ngair i ti y cewch chi'ch dau fynd odd'ma yn ddianaf. Os na wnei, rhyngot ti a'th gydwybod am yr hyn a ddigwydd i'th wraig. Ond fe ga i'r atebion a fynnaf, paid â phoeni . . ."'

Roedd yn amlwg i Alwyn fod straen adrodd yr hanes yn dweud ar Meryk. 'Jan,' meddai, 'oni fydde'n well i ni adael y cyfan am heno? Fe ddo i'n f'ôl fory.'

'Na,' atebodd yn floesg. 'Does gynnoch chi ddim syniad be mae cael adrodd yr hanes yn ei olygu i mi. Dydw i ddim wedi sôn gair wrth un dyn byw amdano tan heno. Fe fydde'n well gen i orffen heno, os cytunwch.'

'O'r gora, Jan,' meddai Alwyn, 'ond gadewch imi wneud paned o de inni'n dau.'

* * *

Wedi yfed y te, roedd Meryk i'w weld wedi ymadfer beth, ac ailafaelodd yn yr hanes. 'Wyddwn i ddim beth i'w wneud,' meddai. 'Fe wyddwn pe rhown i'r wybodaeth a fynnai iddo, y byddai pob aelod o'r celloedd yng ngharchar cyn nos, ac nad aen nhw byth odd'no yn fyw. Edrychais ar wyneb gwelw Olga, fy mhriod, a'i llygaid wedi eu hoelio arna i fel petai'n erfyn arnaf . . . "Ildia Jan, inni gael mynd adre'n dau."

'Ond fe wyddwn pe gwnawn i, nad âi 'run ohonom odd'no. Yr unig obaith oedd gen i oedd ceisio bargeinio â Kadesh, a dyna wnes i, felly y bûm wirionaf.'

'Pam?'

'Wel, fe'i hatebais drwy gynnig y rhown i'r enwau iddo pe bai o'n gadael i Olga fynd yn rhydd.'

'A beth oedd ei ymateb?'

'Gwrthod yn bendant. Ond daliais ati, a'r dewis mor dyngedfennol. Fy holl ffrindiau a'm cyd-weithwyr a'r unedau, wedi'r holl lafur, yn cael eu dileu'n llwyr. Neu Olga. A doedd gen i ddim sicrwydd o hynny. Fe'i heriais, a gorchmynnodd gymryd Olga odd'no. Fe'm gadawyd ar fy mhen fy hun am oriau i obeithio ac anobeithio bob yn ail. A fradychais i Olga er mwyn fy ffrindia? Holais fy hun ganwaith, a meddwl beth a ddigwyddai i Elena pe collai ei mam a minna—a'r bai arna i. Rôn i bron â mynd yn wallgo. Fe eisteddais rywbryd, a rhaid 'mod i wedi rhyw bendwmpian, pan glywais sŵn y drws yn cael ei agor. Neidiais ar fy nhraed gan ddisgwyl gweld Kadesh, ond y wardes a gwyliwr oedd yno yn llusgo Olga i mewn a thaflwyd hi, fwy neu lai, wrth fy nhraed cyn iddyn nhw droi'n ôl a chloi'r drws arnom drachefn . . .'

Bu Meryk yn dawel am sbel hir, a gwyddai Alwyn mai hen atgofion chwerw oedd yn ffrydio i'r wyneb. Cododd, cydio yn y botel win ac arllwys gwydraid llawn a'i roi yn llaw Meryk. 'Yfwch hwn,' meddai. Fe'i cymerodd a'i lyncu ar ei dalcen cyn ailafael yn ei stori.

'Fe es ar fy nglinia wrth ochr Olga, a'i chymryd yn fy mreichia a'i hanwylo. Roedd ei hwyneb wedi duo gan gleisiau, a gwaed yn rhedeg o'i thrwyn a'i cheg, ei dillad wedi eu rhwygo gan ei gadael yn hanner noeth . . . a'i gwallt fu mor hardd yn gudynnau gwlyb, cnotiog. Roedd ei llygaid yn agored, ond doedd hi ddim yn fy ngweld. Fe'i daliais felly am hydoedd gan sibrwd drosodd a throsodd . . . "Olga, 'nghariad i, be wnes i iti?" Wedyn . . .'

'Jan, Jan,' meddai Alwyn gan dorri ar ei draws,

'nid arnoch chi roedd y bai. Y cythreuliaid didostur wnaeth hynny iddi.'

Edrychodd arno fel petai heb ei glywed, a pharhau â'r hanes.

'Fe gefais i gyfle i'w harbed, Alwyn, ac fe wrthodais. Rydw i wedi gorfod byw efo fo byth oddi ar hynny. Gwyddwn fod y diawled wedi ei threisio drosodd a throsodd a'i bod wedi croesi rhyw ffin a olygai na ddôi hi byth yn ôl ataf. Wrth ei dal felly, fe dyngais lw inni'n dau, os byth y cawn i'r cyfle, y lladdwn Kadesh â'm dwylo fy hun. Ac fe fyddai'r dial yn felys. Fe rois Olga, druan, i lawr i orwedd a cheisio tacluso'i dillad orau y gallwn. Torrais ddarn o'm crys a'i wlychu â'm dagrau a'm poer, a cheisio sychu'r gwaed oddi ar ei hwyneb. Fe wyddwn nad oedd dyfodol i'r un ohonom bellach ac fe groesais ei breichiau dros ei bronnau, rhoi cusan iddi ar ei gwefusau oer a sibrwd, "Maddau imi, Olga, 'nghariad annwyl." Yna, rhoddais fy nwylo am ei gwddf a'i gwasgu gan bwyso fy modiau yn ddwfn, a'u dal yno am amser nes bod pob anadl oedd ynddi wedi darfod, a hithau wedi fy ngadael am byth. Collais fy mhriod, ac fe gollodd Elena ei mam . . .'

'Be ddigwyddodd wedyn?' gofynnodd Alwyn yn dawel.

'Fe godais a mynd at y drws a churo arno nes bod fy nyrnau'n gwaedu gan weiddi, "Gwnewch eich gwaetha'r diawled! Mae hi'n rhydd o'ch gafael!" Fe wthiwyd y drws ar agor yn y man a chamodd Kadesh a dau wyliwr i mewn atom, a chyn iddo gael cyfle i ddweud na gwneud dim fe hyrddiais fy hun ato gan gau fy nwylo am ei wddf a dechrau'i lindagu. Dwi'n credu 'mod i wedi gwallgofi'n llwyr y munudau hynny, a daliais i wasgu arno nes bod ei wyneb yn dechrau duo. Fe droes yn ymrafael gwyllt rhyngom, a'r dau wyliwr yn fy mhwnio'n ddidrugaredd â charnau eu reifflau nes i mi yn y diwedd gwympo'n anymwybodol a thynnu Kadesh i lawr efo mi . . .' Edrychodd ar Alwyn, a dagrau'n llifo i lawr ei ruddiau.

Dduw mawr! meddai'r Cymro wrtho'i hun. Be wn i am bris rhyddid? Yna gofynnodd yn floesg, 'Gawsoch chi'ch rhyddhau wedyn?'

'Naddo, Alwyn. Roedden nhw wedi fy nghuro mor arw â'u reifflau nes 'mod ar fin marw, ond ni fynnai Kadesh mo hynny heb i mi ddatgelu'r enwau iddo. Fe'm cadwyd mewn ysbyty am wythnosau, yn hofran rhwng byw a marw, er mwyn rhoi cyfle arall i Kadesh gael yr hyn a fynnai. Yn ffodus, digwyddai un o'r meddygon fod yn gefnogol i'n bwriad ni, ac fe roes wybod i'm ffrindia ble roeddwn i. Wedi imi gryfhau digon, llwyddwyd i weithredu cynllwyn i'm cipio o'r ysbyty a'm cadw'n ddiogel, a chael cyfle i gryfhau a dianc unwaith yn rhagor . . .'

'A dod yn ôl i Brydain?' holodd Alwyn. 'Ond be ddigwyddodd i gorff eich gwraig? Ac i Elena?'

'Fe gefais wybod fod Olga wedi'i chladdu ym medd ei theulu mewn mynwent eglwys yn y pentref lle'i magwyd y tu allan i Brâg. Am Elena, dydw i ddim wedi'i gweld ers dros ddeuddeng mlynedd—os yw hi'n fyw. Chwaer Olga a'i cymerodd i'w magu, yn ôl hynny o wybodaeth y llwyddais i'w chribinio. Rydw i wedi sgwennu a sgwennu ati, ond chefais i 'run ateb. Dwn i ddim pam, ond gwn fod Greta, chwaer Olga, yn fy nghasáu. Ond stori arall yw honno. Fedrwn i ddim mentro yn ôl i chwilio am Elena, a dyna pam mae'r hyn sy wedi digwydd yn Tsiecoslofacia'n awr mor bwysig imi. Mae gobaith y caf droi'n ôl a chanfod Elena ac egluro iddi'n iawn yr hanes am ei mam.

Does wybod pa stori fydd ei modryb wedi'i hadrodd wrthi.'

'Wedi gwrando ar eich stori chi, Jan,' meddai Alwyn, 'mae'n rhyfeddod gen i eich bod wedi llwyddo i gadw'ch synhwyrau. Wn i ddim be faswn i wedi 'i neud o dan y fath amgylchiadau. Pryd ewch chi'n ôl?'

'Cyn gynted ag y gallaf, ond, fel y soniais, rhaid i mi bwyllo nes ei bod yn ddiogel. Yn anffodus, fe wnes gamgymeriad dwl wedi imi glywed sibrydion fod Dubcèk yn bwriadu gweithredu.'

'Be felly?'

'Fe sgwennais lythyr i'n consiwlét ym Mhrydain, yn dweud fod dyddiau dial yn agosáu ac y câi Kadesh, sy'n dal mewn grym, rwy'n credu, ei orfodi i wynebu llys am ei gamweddau. Rois i mo 'nghyfeiriad yn Llundain, wrth gwrs, ond fe ges wybod yn o fuan fod dial y comiwnyddion yn gallu ymestyn ymhell hefyd.'

'Sut felly?'

'Fe dorrwyd i mewn i'm fflat yn Llundain, gan geisio creu'r argraff mai lladron cyffredin fu wrthi, ond fe wyddwn i'n wahanol. Doedd dim dadl na wydden nhw ble roeddwn i'n byw, ond gadawyd imi fod nes imi sgwennu'r llythyr. Fe wyddwn wedyn y gallwn fod mewn peryg, yn enwedig os llwyddai Dubcèk yn ei fwriad. Rôn i wedi ymddeol o'm swydd o achos fy iechyd, ac fe es ati i werthu'r fflat a'r dodrefn er mwyn prynu'r fan hyn yn ddirgel a chadw draw oddi wrth bawb.'

'Lwyddon nhw i ddwyn rhywbeth pwysig o'r fflat?'

'Na, yn ffodus roeddwn i wedi rhoi popeth pwysig yng ngofal y banc yn Llundain. A bellach maen nhw gen i yn y fan hyn. Ond mi faswn yn ddiolchgar petaech chi'n cadw fy nghyfrinach, Alwyn, nes imi gael cyfle i gwblhau fy nhrefniadau.'

'Sonia i 'run gair wrth neb, Jan.'

Roedd yn nes at adeg codi na chysgu pan gyrhaeddodd Alwyn yn ôl i'w ddyddyn, ac ni fedrai feddwl am fynd i'w wely. Gwnaeth gwpaned o goffi iddo'i hun a cheisio ailafael yn y dasg o farcio'r traethodau, ond ofer fu'r ymgais. Roedd stori Jan Meryk yn ffrydio i'r wyneb, a'r rhyfeddod oedd bod y 'dyn diarth' wedi llwyddo i fyw yn eu plith heb fod neb yn gwybod gronyn o'i hanes. Gadawodd y gwaith marcio er mwyn cael bàth poeth cyn paratoi i fynd i'r ysgol yn gynnar.

2

Ar ôl y noson gynhyrfus yn nhŷ Meryk, dim ond rhyw deirgwaith y cwrddodd Alwyn ag ef wedyn, ac ar bob un o'r troeon hynny roedd Meryk wrthi'n brysur yn ceisio cwblhau ei drefniadau i ddychwelyd i Brâg. Roedd yn llawn cynlluniau ar gyfer cwrdd â'i ferch Elena unwaith eto, er nad oedd ganddo ddim mwy o wybodaeth amdani. Doedd o ddim wedi meiddio cysylltu â'r consiwlét yn Llundain i holi ynghylch Dubcèk, a phrin oedd yr wybodaeth a ddeuai allan o Tsiecoslofacia.

Wrthi'n paratoi i fynd i ffwrdd dros benwythnos Gŵyl Banc y Sulgwyn yr oedd Alwyn pan gafodd alwad ffôn gan Doctor Rees o'r dre yn ei hysbysu bod Meryk yn bur wael, ac yn dymuno'i weld.

'Be sy'n bod?' gofynnodd.

'Mae o wedi cael trawiad ar y galon, ac yn yr ysbyty y dylai fod,' eglurodd y doctor, 'ond fyn o ddim mynd ar unrhyw gyfri. Wnewch chi alw i'w weld a cheisio'i berswadio?'

'Gwnaf, wrth gwrs,' atebodd Alwyn, 'ond mi wn 'i fod o'n un penderfynol iawn.'

'Gwnewch eich gorau,' meddai'r doctor.

Yn unol â'i addewid, gadawodd Alwyn bopeth a mynd ar ei union i dyddyn Meryk. Pan gyrhaeddodd, doedd dim sŵn o gylch y lle. Wedi curo ar y drws, fe'i hagorodd gan alw, 'Jan, ble rydach chi?'

Clywodd lais egwan yn gofyn iddo ddod trwodd i'w ystafell wely. Pan gamodd i mewn a gweld Meryk yn lled-orwedd ar ei wely, fe'i brawychwyd gan yr olwg oedd arno. Edrychai'n wael, ei wyneb yn welw ac wedi teneuo'n arw. 'Jan annwyl,' meddai, 'be sy wedi digwydd ichi?'

'Rydw i'n ofni bod yr holl drefniadau i ddychwelyd adre wedi mynd yn drech na mi, Alwyn,' atebodd yn egwan, 'a dwn i ddim be i'w wneud.'

'Wel, mynd i'r ysbyty gynta, yn ôl y doctor,' awgrymodd Alwyn. 'Fe gewch gyfle i wella ac ailafael yn eich trefniadau.'

'Na, rydw i'n ofni ei bod yn rhy ddiweddar i hynny,' atebodd yntau'n wannaidd. 'A does 'na neb y galla i droi ato i'm helpu ond chi.'

'Fe wna i be fedra i, Jan. Be fynnwch chi imi'i neud?'

Oedodd Meryk ysbaid cyn ateb yn drist a'i lygaid yn llenwi â dagrau, 'Fe ddaeth y gwanwyn ym Mhrâg yn rhy ddiweddar i mi, Alwyn. Mae 'ngobaith i am gael dychwelyd a gweld Elena wedi diflannu a—'

'Peidiwch â siarad fel'na,' meddai Alwyn ar ei draws, 'fe ddaw pethau'n well. Wedi bod yn gneud gormod ydach chi.'

'Na, fe wn i'n wahanol, Alwyn. Pan alwodd y doctor ddoe fe fynnais i gael y gwir ganddo, a dyna pam y gwrthodais fynd i'r ysbyty. All yr arwyddion ddim fod yn waeth. Mae'n debyg fod y straen fu ar fy nghalon a'm corff yn dilyn clwyfau'r rhyfel, a'r arteithio, wedi peri iddynt wanhau'n arw, ac mae'r trawiad dwetha 'ma wedi dod â phetha bron i ben.'

'Beth am fynd i'r ysbyty, a rhoi cyfle iddyn nhw eich helpu?'

Gwrthod a wnaeth. 'Mae yna drefniadau i'w gwneud, Alwyn.'

'O'r gora, be am i mi geisio cael gafael ar Elena rywfodd? Rydw i'n siŵr y dôi hi drosodd yn syth pe gwyddai eich bod yn wael.'

'Does dim gobaith o hynny, Alwyn. Dwn i ddim sut i gael gafael arni. Fe sgwennais droeon, a chefais i 'rioed atebiad. Dim ond drwy fynd yno mae gobaith cael gafael arni, os yw hi'n fyw. Ga i ofyn cymwynas ichi?'

'Gofynnwch.'

Roedd geiriau nesaf Meryk yn gwbl annisgwyl. 'Pan fydda i farw,' meddai, 'wnewch chi ofalu am fy nhrefniadau i? Fe hoffwn gael fy nghorfflosgi, ac i'm llwch gael ei ddwyn yn ôl i'm gwlad, a'i roi ym medd Olga, fy ngwraig.'

Am eiliadau doedd Alwyn ddim yn siŵr sut i ymateb i'r fath gais, a cheisiodd osgoi'r mater. 'Twt! does dim eisia sôn am farw, Jan. Gwella sydd eisia i chi ei wneud.'

'Na,' atebodd yn dawel, 'does gen i ddim dewis bellach. A phe cytunech i'm cais, fe roddai dawelwch meddwl gwerthfawr i mi. Peidiwch â 'ngwrthod i.'

Wrth edrych ar y 'dyn diarth' yn gorwedd yno a'i wyneb mor drist, doedd gan Alwyn ddim calon i'w wrthod. Pan atebodd y gwnâi'r hyn a allai, roedd y wên a ymledodd dros wyneb Meryk yn ddigon o ddiolch iddo.

'Diolch ichi,' meddai Meryk, ac yna gofynnodd, 'Wnewch chi fynd i ddrôr ucha'r gist-ddrôr sy yn y gornel 'na? Fe welwch waled ledr ynddi . . . dowch â hi imi.'

Estynnodd Alwyn y waled, oedd o gryn drwch, a'i rhoi yn llaw ei gyfaill. Agorodd yntau hi a dechrau tynnu nifer o ddogfennau a lluniau allan ohoni. 'Mae'r rhan fwyaf o'r papurau angenrheidiol yn y fan hyn,' meddai, 'a chyfeiriad olaf Greta, fy chwaer-yng-nghyfraith. Fe ddyle hi allu'ch helpu i ddod o hyd i Elena.'

'Ond Jan,' meddai Alwyn, mewn dipyn o benbleth, 'fûm i 'rioed yn Tsiecoslofacia, a fydden i'n deall 'run gair o'u hiaith.'

'Does dim angen ichi bryderu am hynny,' meddai Meryk. 'Fe wn eich bod yn siarad Almaeneg yn rhugl, ac mae'r rhan fwyaf o'r bobl yno'n ei deall ac yn ei siarad. Mae o mor bwysig i mi wybod fod rhywun yn barod i egluro'r holl hanes i Elena. Synnen i damed nad yw hi'n gwybod dim ond y gwaetha amdana i, os yw ei modryb wedi dylanwadu arni. Fuo yna 'rioed dda rhyngom ni oherwydd ei bod hi'n un mor genfigennus—fe gofiwch imi sôn am hynny. Roedd y ffaith 'mod i'n ddarlithydd yn y coleg, a'i gŵr hithau'n ddim ond clerc bach mewn swyddfa, yn dân ar ei chroen.' Wedi eiliad o betruso, ychwanegodd, 'Roedd yna fater teuluol arall yn peri mwy o genfigen, os rhywbeth.'

'Beth oedd hynny?'

'O Ukrain y daeth teulu Olga i Tsiecoslofacia, ddiwedd y ganrif ddiwethaf. Roedden nhw'n deulu crefyddol iawn, ac fe ddaethon â dwy eicon werthfawr gyda nhw oedd wedi bod ym meddiant y teulu ers dros ganrif. Y plentyn hynaf oedd i'w cael ar ôl y rhieni, a chan mai Olga oedd yr hynaf o'r ddwy chwaer, hi a'u cafodd. Fe geisiodd Greta'n daer berswadio Olga i roi un iddi hi, ond fynnai hi ddim gwneud hynny a thorri ar draddodiad teulu. Fe welwch, felly, beth allai Greta fod wedi'i wneud i ddial. Lladd arna i a'i chwaer.'

'Ond ble mae'r eiconau bellach—ydyn nhw gynnoch chi?'

Estynnodd Meryk ddau ddarlun iddo. 'Dyma gopïau ohonynt,' meddai. 'Dydy'r rhai gwreiddiol ddim gen i; maen nhw'n dal yn Tsiecoslofacia.'

Edrychodd Alwyn ar y darluniau o'r eiconau. 'Maen nhw'n wirioneddol hardd,' meddai, 'ac yn siŵr o fod yn werthfawr iawn. Ond sut y gall Elena eu cael nhw bellach?'

'Mae hynny'n stori arall,' atebodd Meryk. 'Cyn i mi gael fy restio gan y CSS, roedd Olga a minna wedi rhag-weld y peryg ac wedi penderfynu troi popeth a allem yn eiddo ac yn arian. Gallem gludo'r rheini gyda ni pe baem ni'n cael ein gorfodi i ddianc o'n gwlad am yr eildro. Felly, fe'u gadawsom nhw yng ngofal offeiriad teulu Olga i'w gwarchod nes y byddai arnom eu heisiau. Yn anffodus, chawson ni ddim cyfle i ffoi, fel y gwyddoch, ac maen nhw'n dal yng ngofal yr offeiriad.' Estynnodd ddogfen i Alwyn. 'Dyna'r awdurdod i bwy bynnag all gysylltu â'r offeiriad i ailfeddiannu'r eiddo. Ond bydd yn *rhaid* i Elena fod yn bresennol—neu chân nhw mo'u gollwng.'

'Ond os cawsoch chi'ch cipio'n ddirybudd, Jan, sut mae'r gwahanol ddogfennau a'r lluniau yma gynnoch chi?'

'Y Tad Robèk, offeiriad teulu Olga yn Tabòr Kolnè, sy'n gofalu am yr eiddo. Roedd o'n un o'r rhai a'm helpodd i ddianc, ac roedd o am i mi fynd â phopeth gyda mi, ond fe wrthodais. Wyddwn i ddim sut y byddai hi arna i. Er mwyn bod yn sicr y byddai Elena'n cael yr eiddo, fe ddois â'r dogfennau efo mi rhag i'w modryb gael gafael ar y cyfan. Roedd gen i syniad go dda beth i'w ddisgwyl pe digwyddai hynny.'

'Mi wela i,' meddai Alwyn. 'Ond mae yna broblem fwy yn awr. Pwy sy'n mynd i sicrhau bod y cyfan yn dod i Elena—os ydi hi'n fyw?'

Nid atebodd Meryk ar ei union. Edrychodd yn dawel ar y Cymro cyn manylu, 'Gan eich bod wedi addo dychwelyd fy llwch i'm gwlad, Alwyn, wnewch chi ymgymryd â'r dasg honno hefyd?'

Bu Alwyn o fewn dim i ateb yn bendant, a dweud

bod hynny'n gofyn gormod. Ond fe'i trechwyd gan yr apêl daer oedd yn wyneb Meryk, ac nid oedd ganddo'r galon i'w nacáu. 'Wel, Jan,' meddai, 'fe wna i 'ngorau, ond beth pe bawn i'n methu cyflawni'r cyfan? Neu fod Elena wedi marw? Be wedyn?'

'Rôn i wedi dechra ofni na allwn i fyth wneud y daith yn ôl, Alwyn, a rhag ofn i hynny ddigwydd fe ofynnais i Gwyn Rees, y twrne o'r dre, sy'n ffrind i chi, rwy'n deall, alw yma, ac fe wnes f'ewyllys a'm trefniadau. Mentrais eich apwyntio chi'ch dau yn sgutoriaid imi, yn y gobaith y byddech yn cytuno. Yn f'ewyllys, rwyf wedi nodi, pe baech chi'n cytuno i geisio cyflawni'r gymwynas drosof, a methu ei chyflawni—bod yr eiddo i gyd i ddod i chi.'

Edrychodd Alwyn arno mewn syndod a rhyfeddu sut yr oedd y 'dyn diarth' wedi meddwl am bopeth ymlaen llaw hyd y manylyn lleiaf.

'Jan annwyl,' atebodd, 'doedd dim angen i chi wneud peth felly, ond fe wna i fy ngora glas.'

'Fe wn i hynny, Alwyn. Ond mae 'na un gymwynas arall, a honno, os rhywbeth, yn bwysicach na 'run.'

'A be ydi honno?' gofynnodd Alwyn, gan geisio gwenu ar gymhlethdod y sefyllfa.

'Fe soniais wrthych am y rhai y gwyddwn i oedd wedi'n bradychu. Prin fod Dubcèk yn gwybod pwy ydyn nhw, ond mae'n hollbwysig iddo gael gwybod, neu fe allen nhw danseilio'r cyfan y mae o'n geisio'i wneud. Rydw i wedi sgrifennu llythyr yn egluro'r cyfan iddo, ac yn eu henwi. Yn ôl yr wybodaeth y llwyddais i'w chasglu, mae'r ddau yn dal mewn awdurdod. Mae'n gwbl angenrheidiol fod y llythyr yn cael ei roi yn nwylo Dubcèk ei hun, a neb arall. Does wybod pwy y gellir ymddiried ynddo. Wnewch chi geisio'i gyflwyno iddo?'

Roedd meddwl Alwyn, druan, wedi mynd yn un cwlwm o ddryswch, ac yn ei ffwndwr gofynnodd i'r 'dyn diarth' a oedd yna gymwynas arall y gallai ei gwneud iddo.

Gwelodd don o dristwch yn lledu dros wyneb Meryk, a phrysurodd Alwyn i ymddiheuro. 'Mae'n ddrwg gen i, Jan, fe wn i faint y mae hyn i gyd yn 'i olygu ichi. Fe wna i fy ngorau. Alla i addo dim mwy.'

'Diolch, Alwyn,' meddai. A dagrau'n rhedeg yn araf i lawr ei ruddiau, gorweddodd yn ôl, ac roedd yn amlwg ei fod wedi sugno i'r eithaf o'r ychydig nerth a feddai.

'Dyna chi, Jan,' meddai Alwyn, 'gorffwyswch rŵan. Fe ddo i heibio nos yfory, ac fe gawn siarad mwy am hyn. Oes yna rywbeth fynnwch chi rŵan?'

'Na, dim diolch,' atebodd, 'fe wn y cysga i'n dawelach heno—diolch i chi. Fe ddaw'r nyrs heibio yn y bore.'

Gorweddodd Alwyn ar ei wely'n ddiweddarach a'i feddyliau'n ferw gan gwestiynau. Un funud roedd yn ei geryddu'i hunan am fod mor ddwl ag addo, a'r funud nesa'n derbyn na allasai wneud dim amgenach.

*　　*　　*

Cloch y ffôn yn canu a'i deffroes yn y bore. Neidiodd ar ei eistedd ac edrych yn gyflym ar ei wats. 'Nefi!' meddai, 'rydw i wedi cysgu'n hwyr!' Daliai'r ffôn i ganu a llamodd o'i wely i'w ateb. Y nyrs oedd yn ffonio o dŷ Meryk, yn dweud ei bod wedi galw yno a'i gael yn gorwedd yn farw, a bod nodyn ar fwrdd wrth erchwyn y gwely yn gofyn iddi'i ffonio ef, Alwyn, pe byddai rhywbeth yn digwydd yn ystod y nos.

'Dydw i ddim yn rhyfeddu,' meddai wrth y nyrs. 'Roedd o'n wan iawn pan adewais i o neithiwr. Fe ddo i i lawr yn syth. Wnewch chi hysbysu Doctor Morris?' Addawodd hithau wneud ac aros i Alwyn ddod draw.

'Treuni dros y creadur bach,' meddai'r nyrs pan gyrhaeddodd ef yno. 'Mae'n dda fod ganddo rywun i droi ato'n 'i ddiwedd. Fe fydd y doctor yma 'mhen rhyw dri chwarter awr, medde fo. Hoffech chi weld Meryk?'

Dilynodd Alwyn hi i'r llofft ac edrych i lawr ar ei ffrind yn gorwedd yn dawel, ei wyneb fel marmor gwyn a phob arwydd o boen wedi cilio'n llwyr.

'Doedd o'n syndod yn y byd fod hyn wedi digwydd,' meddai'r meddyg pan gyrhaeddodd yn ddiweddarach. 'Y syndod ydi 'i fod o wedi byw cyhyd ac ystyried cyflwr ei galon. Rhaid gen i 'i fod o wedi diodde'n enbyd rywbryd, er na fynnai sôn dim am hynny.'

'Roedd yna resyma digonol am hynny, Doctor Morris,' meddai Alwyn, 'ond mae'n stori rhy hir i'w hadrodd rŵan. Fe gewch fwy o'r hanes rywbryd eto. Neithiwr ddwetha fe ofynnodd i mi a fuaswn i'n gofalu am y trefniada 'dase hyn yn digwydd. Gwyn Rees ydi'r twrne.'

'Chware teg ichi am weini'r gymwynas,' meddai'r doctor. 'Fe ysgrifenna i'r dystysgrif marwolaeth, ac wedyn mi fydd popeth yn rhwydd ichi fynd ymlaen â'r dasg.'

Gofidiai Alwyn na fyddai popeth mor rhwydd â hynny, a hysbysodd y meddyg mai cael ei gorfflosgi oedd dymuniad ei gyfaill.

'Os felly, fe drefna i i feddyg arall ddod yma ac arwyddo ffurflenni,' meddai Doctor Morris, 'ac fe ofala i y cewch chi bopeth sydd ei angen ymhen tridia.'

Wedi i'r meddyg fynd, ffoniodd Alwyn Gwyn Rees

gan egluro beth oedd wedi digwydd, a holi a allai ef ddod i'w gyfarfod yn nhŷ Meryk.

'Fe fydda i yna ymhen rhyw hanner awr,' addawodd, a thra oedd yn disgwyl, daliodd Alwyn ar y cyfle i chwilota hwnt ac yma rhag ofn bod Meryk wedi gadael unrhyw neges arall iddo. Am nad oedd arwydd o ddim, aeth i'r gist-ddrôr a cheisio'r waled ledr a gadwodd yno'r noson cynt. Roedd ar ganol mynd drwyddi pan gyrhaeddodd Gwyn Rees.

'Petha wedi troi'n chwithig, Alwyn,' meddai'r twrne.

'Do,' cytunodd yntau, 'a mwy felly nag a feddyli di.'

'Sut felly?'

'Stedda,' meddai Alwyn, 'ac fe adrodda i hanes be ddigwyddodd neithiwr.' Gwrandawodd ei gyfaill arno mewn syndod wrth iddo adrodd yr holl bethau y gofynnodd Meryk iddo'u cyflawni.

'Alwyn bach!' meddai ar y diwedd. 'Dwyt ti 'rioed yn mynd i fentro ceisio cyflawni'r rheina i gyd?'

'Be arall fedra i 'i neud, Gwyn? Rydw i wedi rhoi 'ngair iddo fo. Fedra i mo'i dorri ac ynta prin wedi oeri.'

'A'th ateb di fel twrna, Alwyn, fy nghyngor i ydi i ti drosglwyddo'r cyfan i gonsiwlét Tsiecoslofacia yn Llundain. Wedi'r cyfan, un ohonyn nhw oedd o, a nhw ddyle ofalu. A phrun bynnag, "dyn diarth" oedd o, yntê?'

'Ia, Gwyn, "dyn diarth" oedd o, wedi dod i Gymru i chwilio am loches rhag 'i elynion, a phe rhown i'r cyfan yn 'u dwylo nhw yn Llundain, mi fyddwn yn 'i fradychu o.'

'Dwi'n deall hynny, Alwyn, ond be amdanat ti? Wyt ti wedi ystyried goblygiada'r cyfan rwyt ti wedi 'i addo, a phetha fel y maen nhw yn y wlad ar hyn o bryd? Fe allet fod yn peryglu dy fywyd.'

'Rydw i'n ymwybodol o hynny, Gwyn. Ond 'daset ti wedi gwrando ar stori Jan, a chlywed y cyfan ddioddefodd o, falle baset ti'n ateb yn wahanol. Fe ges i olwg newydd ar be mae rhyddid wedi'i gostio i rai. Wna i ddim gneud penderfyniad terfynol rŵan. Gad inni fynd drwy'i betha fo—falle y cawn ni wedd wahanol wedyn.'

'Dyna ni,' meddai'r twrne wedi iddyn nhw fod wrthi am beth amser, a chael gafael ar wahanol ddogfennau, 'does 'na neb ond ti all benderfynu. Fel dy gyfreithiwr, rhaid imi ddeud nad oes gen ti ddim cyfrifoldeb cyfreithiol o gwbl i wneud dim. Fel dy ffrind, rwy'n deall dy bicil. Ac os mynni di fynd ymlaen â'r dasg, yna fe wna i bopeth o fewn fy ngallu i dy helpu di. Fe allwn ni drefnu'r angladd yn ddigon rhwydd, a falle mai tynnu'r tŷ oddi ar y farchnad fydde ore ar hyn o bryd, nes gwelwn ni sut y daw pethe.'

'O'r gore, Gwyn,' cytunodd Alwyn, 'fe ga inna fwy o amser i benderfynu be wna i.'

Ymhen ychydig dros wythnos fe gludwyd corff Jan Meryk i amlosgfa Bae Colwyn, lle cynhaliwyd gwasanaeth syml gan offeiriad o Eglwys Rufain, heb neb ond Alwyn, Gwyn Rees a'r ymgymerwr yn bresennol. Trefnwyd bod hwnnw'n gofalu am y llwch nes y byddai Alwyn wedi penderfynu beth i'w wneud.

*   *   *

Er iddo bendroni llawer dros y broblem, gwyddai Alwyn yn ei galon na allai dorri ei addewid i Meryk. O'r diwedd, fe ffoniodd Gwyn Rees i ddweud wrtho ei fod am fentro mynd i Tsiecoslofacia, a'i fod yn bwriadu mynd i Lundain i geisio fisa ar gyfer cael mynediad i'r wlad.

'O'th nabod di, Alwyn,' meddai ei gyfaill, 'rôn i'n ama mai dyna a wnaet ti yn y diwedd. Pan ei di i'w gweld yn Llundain, bydd yn ofalus iawn be ddwedi di wrthyn nhw. Gore po leia, a deud y gwir. Dwêd mai mynd yno ar wylia ynglŷn â gwaith ysgol rwyt ti. Fyddan nhw ddim callach.'

Addawodd yntau wneud felly.

Daliodd Alwyn drên gynnar o Fangor i Euston, Llundain, ac wedi cyrraedd yno huriodd dacsi i'w gludo i gonsiwlét Tsiecoslofacia. Camodd allan o'r cerbyd ychydig wedi un ar ddeg y bore, a phan welodd yr adeilad urddasol gyda rhyw hanner dwsin o risiau at y drws a gŵr mewn lifrai yn sefyll yno'n gwarchod, teimlodd ryw ias ryfedd yn cydio ynddo, yn union fel petai ar gamu i fyd gwahanol a chwbl ddieithr iddo. Am rai eiliadau bu o fewn trwch blewyn i alw ar yrrwr y tacsi i aros, a neidio'n ôl iddo. Y foment nesaf, wedi'i geryddu ei hun am fod mor ynfyd, dechreuodd ddringo'r grisiau i wynebu'r gwyliwr.

Yn annisgwyl iddo, fe'i hwynebwyd â gwên, a chwestiwn cwrtais yn gofyn beth a fynnai yno. Wedi egluro, tywyswyd ef i mewn i gyntedd eang a'i wahodd i eistedd tra byddai'r gwyliwr yn holi. Edrychodd o'i gwmpas, a phan welodd nifer o ddarluniau o wŷr amlwg yn crogi ar furiau'r cyntedd, cododd i edrych arnynt. Roedd un o Lenin a'i farf fechan bigfain, ac un arall o Stalin wynepsych wrth ei ochr. Ymysg eraill a grogai yno, roedd un o Brezhnev, pennaeth y Sofiet Fawr, a Gottfald, pennaeth Tsiecoslofacia. Doedd yno 'run o Alexander Dubcèk. 'Mae'n amlwg nad yw gwanwyn Prâg wedi cyrraedd i'r fan hyn,' meddai wrtho'i hun.

Ar hynny clywodd lais merch yn ei gyfarch, a throes i'w chydnabod. Wedi egluro iddi'r hyn a fynnai, cafodd ei dywys i ystafell eang lle'r eisteddai gŵr pwysig yr olwg wrth ddesg lydan a phentyrrau o ddogfennau a ffeiliau arni. Am ei fod yn siarad yn brysur â rhywun ar y ffôn, amneidiodd arno i eistedd, ac wrth fynd i'w gadair, sylwodd Alwyn fod yna ferch wrth ddesg lai yn prysur deipio. Pan wenodd honno arno'n serchog, teimlai ynddo'i hun fod pawb i'w gweld yn eithaf dymunol yno beth bynnag.

Rhoes y gŵr wrth y ddesg dderbynnydd y ffôn yn ei le a throi ato gan holi'n swta beth a fynnai. Bu o fewn dim i'w ateb yr un mor swta a dweud ei fod wedi esbonio hynny ddwywaith yn barod, ond llyncodd ei boer rhag amharu ar ei obaith am gael fisa, ac eglurodd bethau unwaith yn rhagor.

'Dyw'r sefyllfa yn ein gwlad ar hyn o bryd ddim yn addas iawn i ymwelwyr,' atebwyd yn swta eto. 'Falle y byddai'n well ichi aros am flwyddyn. Fe gaech fisa'n rhwydd wedyn.'

Doedd hynny ddim yn cyd-fynd â bwriadau Alwyn o gwbl, a rhoes gynnig arall arni. 'Rydw i wedi arfer â theithio trwy wahanol wledydd Ewrop, a bod mewn ambell sefyllfa eitha dyrys,' meddai. 'Rwy'n barod i fentro, os cytunwch chi.'

'Mae hynny'n amhosibl,' oedd yr ateb. 'Does dim un modd i chi gael mynd yno ar hyn o bryd.'

Sylweddolodd Alwyn fod yn rhaid iddo ddatgelu mwy nag a fwriadodd os oedd am lwyddo. 'Bu cyfaill imi farw'n ddiweddar,' meddai'n dawel. 'Roedd o'n frodor o'ch gwlad chi, a'i ddymuniad olaf oedd am i'w lwch gael ei gludo'n ôl yno, a'i roi ym medd ei deulu.'

'Pwy oedd o, a beth oedd o'n 'i wneud ym Mhrydain?' holodd y swyddog.

Ceisiodd Alwyn osgoi datgelu hynny drwy ateb,

'Fe'i gorfodwyd i ffoi o'r wlad rhag y Natsïaid, ac fe ymladdodd yn ddewr i ryddhau ei wlad rhag eu gorthrwm. Mae'n haeddu i'w lwch gael ei gymryd adre'n ôl.'

Fel pe na bai wedi clywed yr apêl, gofynnodd y swyddog yr eildro beth oedd ei enw. A gorfu i Alwyn ei ddatgelu.

'Jan Meryk!' ymatebodd y gŵr a'i aeliau'n codi. 'A mae o wedi marw, ydi?'

'Ydi,' meddai Alwyn, 'ac fe hoffwn i gael eich cymorth i fynd â'i lwch yn ôl.'

Oedodd y swyddog cyn ateb. 'Rwy'n credu mai'n cyfrifoldeb ni yw gwneud hynny,' meddai. 'Dowch chi â'i lwch yma, ynghyd â'r holl ddogfennau a'r papurau a berthyn iddo, ac fe ofalwn ni am y cyfan.'

Am yr eildro fe gafodd Alwyn ei hun mewn cornel gyfyng. Gwyddai mai dyna'r peth olaf a fynnai Meryk. 'Fe rois i fy ngair personol iddo y gwnawn yr hyn a fynnai,' meddai, 'a hoffwn i mo'i dorri i hen ffrind. Wnewch chi fy helpu?'

'Felly,' meddai'r gŵr sych a'i hwynebai, gan gydio yn nerbynnydd y ffôn. Bu'n siarad yn gyflym am amser â rhywun yn y pen arall. Ni fedrodd Alwyn ddeall dim ar y sgwrs, ond clywodd Meryk yn cael ei enwi sawl gwaith. Ar derfyn y sgwrs, trodd y swyddog ato a dweud, 'Falle y gallwn ni eich helpu os yw'r holl ddogfennau angenrheidiol gynnoch chi.'

'Ydyn,' atebodd Alwyn yn siriol, 'mae popeth felly gen i,' gan drosglwyddo i'r swyddog yr angenrheidiau moel yn unig—a dim ond y rheini.

'Diolch,' meddai'r swyddog, gan droi at ei glerc a gofyn iddi am ffurflen i Alwyn ei harwyddo. 'Dyna chi,' ychwanegodd wedi iddo wneud, 'fe allwch fynd i eistedd yn y cyntedd tra bydda i'n cwblhau'r hyn a fynnwch. Fe gewch eich pasport a'r fisa yn y man.'

Eisteddodd yntau'n dawel a hapus ei feddwl am iddo lwyddo'n eithaf rhwydd yn y diwedd. Ond ni fyddai wedi bod mor dawel pe bai wedi deall y swyddog a siaradai ar y ffôn yn dweud, 'Mae popeth yn iawn, fe drefnwn ni i'r cyfaill gael ymweliad annisgwyl yn y man. Mae'r cyfeiriadau a fynnwn gynnon ni'n awr.'

Daeth y ferch â'r fisa ynghyd â'i ddogfennau iddo cyn bo hir. 'Gobeithio y cewch chi siwrnai ddedwydd,' meddai wrth eu cyflwyno iddo. Yna edrychodd o'i chwmpas gan ychwanegu'n dawel a chyflym, 'Byddwch yn ofalus. Dyw pethau ddim mor rhwydd ag y tybiwch!' A chyn iddo gael cyfle i'w holi, roedd wedi troi.

Gadawodd yr adeilad, ac wrth ddringo i lawr y grisiau i'r stryd i chwilio am dacsi, gan fwriadu cael pryd o fwyd cyn mynd am y trên, teimlodd yn falch o fod wedi llwyddo, ac o gael gadael awyrgylch oeraidd y lle. Roedd yn ôl ym Mryntirion cyn hanner nos.

Yn gynnar drannoeth, ffoniodd Gwyn Rees i adrodd hanes yr ymweliad â'r consiwlét a'i lwyddiant yn sicrhau'r fisa. Dyfynnodd hefyd y rhybudd a dderbyniodd gan y ferch.

'Mae'n ymddangos yn od braidd i mi 'u bod nhw wedi ildio mor rhwydd,' oedd ymateb y twrne. 'Yn enwedig gan fod y ferch honno wedi dy rybuddio mor annisgwyl. Wnest ti ddim sôn gair am Elena a'r teulu?'

'Naddo, 'run gair,' atebodd. 'Falle'u bod nhw'n ddiolchgar am imi gynnig mynd â llwch Jan adre.'

'Os coeli di hyn'na, Alwyn bach,' meddai ei gyfaill, 'fe goeli di unrhyw beth! Fy nghyngor i ydi ar i ti fod

37

ar dy wyliadwriaeth, yn enwedig os cei di ryw ohebiaeth bellach ganddyn nhw. Gwna dy drefniada i fynd cyn gynted ag y gelli, a cher i mewn ac allan o'r wlad cyn gynted ag y gelli di hefyd!'

'Paid â phoeni,' atebodd Alwyn, 'fe fydda i'n ofalus iawn—ond dwn i ddim pa mor fuan y medra i fentro. Hwyl!'

3

Wedi'i ymweliad â chonsiwlét Tsiecoslofacia yn
Llundain, cadwodd Alwyn lygad manwl ar y digwydd-
iadau yn y wlad gan ei gysuro'i hun iddo lwyddo
mor annisgwyl i sicrhau'r fisa i fynd yno, er bod
Gwyn Rees wedi'i rybuddio i beidio â mentro'n rhy
fyrbwyll.

Ar fynd i'w wely yr oedd pan glywodd sŵn car yn
arafu ac yn aros y tu allan i'r tŷ. Aeth at y ffenestr a
symud ychydig ar y llenni i gael gweld pwy oedd yn
galw mor hwyr, a gwelodd ddau ddyn yn dod allan
o'r car ac yn anelu am y tŷ. Camodd yn ôl yn frysiog
gan weld ar ei wats ei bod o fewn munudau i hanner
nos. 'Pwy aflwydd sy'n galw'r adeg yma o'r nos?'
gofynnodd iddo'i hun. Pan glywodd sŵn curo ar y
drws, aeth i weld pwy oedd yr ymwelwyr annisgwyl.

Wedi agor y drws, fe'i hwynebwyd gan ddau o
wŷr cyhyrog mewn siwtiau duon a hetiau trilbi.

'Mr Harris?' holodd un.

'Ie,' atebodd. 'Be sy—?'

Cyn iddo gael cyfle i orffen ei gwestiwn camodd y
ddau ato gan gydio yn ei freichiau a'i wthio o'u
blaenau yn ôl i'r ystafell fyw.

'Hei!' protestiodd. 'Be 'dach chi'n feddwl ydach
chi'n 'i neud?'

Anwybyddwyd ei gwestiwn a'i daflu'n ddiseremoni
i eistedd yn un o'i gadeiriau'i hun. Safodd un o'r
ddau uwch ei ben tra bu'r llall yn cloi'r drws ac yn
rhoi sgawt gyflym o gylch y tŷ cyn dychwelyd at ei
bartner a dweud, 'Does 'na neb arall yma. Does dim
angen poeni.'

'Does gynnoch chi ddim hawl i neud peth fel hyn,'
meddai Alwyn gan geisio codi. 'Fe alwa i ar yr heddlu.'

'Cau dy geg!' meddai ei wyliwr yn sarrug, 'neu fe'i caea i hi iti. Rŵan, ti oedd ci bach Jan Meryk, yntê? Ble mae 'i ddogfenna personol o? Gad imi dy glywed yn cyfarth.'

Wrth edrych i fyny ar y ddau yn sefyll mor fygythiol uwch ei ben, daeth rhybudd y ferch yn y consiwlét yn ôl i'w feddwl, a gwyddai nad rhai i chwarae â nhw oedd y rhain. Er hynny, atebodd mor gadarn ac y gallai, 'Does gen i ddim syniad am be rydach chi'n sôn.'

'Fe ddoi i wybod, a hynny'n fuan os nad atebi di'n synhwyrol,' meddai'r holwr yn fygythiol. 'Fe adawodd Meryk bapurau pwysig sy'n ymwneud â diogelwch ein gwlad. Ble maen nhw?'

'Mynd i holi 'i dwrne ddylech chi,' atebodd yntau. 'Does a wnelo fi ddim byd â nhw.' Ac am ei hyfdra, cafodd glustan galed ddirybudd ar draws ei wyneb a barodd i boen enbyd ledu drosto, nes bod ei lygaid yn dyfrio.

'Paid ti â thrio bod yn glyfar efo ni, neu fe gei di weld be allwn ni 'i neud i gŵn bach!'

Er gwaetha'r boen yn ei wyneb a'r bygythiad, doedd Alwyn ddim yn barod i ildio'n rhwydd. Ceisiodd godi i'w hwynebu. 'Does gynnoch chi ddim gronyn o hawl i dorri i mewn fel hyn ac ymosod arna i. Be sy'n gneud i chi feddwl fod papura Jan Meryk gen i?'

Ergyd greulon yn ei stumog a dderbyniodd y tro hwn, a'i gyrrodd yn ôl i'w gadair yn griddfan mewn poen. Amneidiodd yr holwr ar ei bartner ac aeth hwnnw ati i archwilio'r lle gan fynd trwy bob drôr a chwpwrdd a thaflu'r cynnwys driphlith draphlith i bob cyfeiriad cyn ildio a gorfod cydnabod ei fethiant i ganfod yr hyn roedd yn chwilio amdano.

Be wnân nhw rŵan? meddyliodd Alwyn, ac ofn yn

dechrau cydio ynddo. Fe'i hatebwyd yn fuan pan gafodd ei lusgo ar ei draed. 'Fe gei di fynd â ni i dŷ Meryk, ble bynnag mae hwnnw, ac os na chawn ni'r hyn a fynnwn yn fan'no, Duw a'th helpo.'

'Dydw i ddim yn gwybod am be rydach chi'n chwilio,' heriodd hwy.

'Roedd gan Meryk lythyr y bwriadai ei anfon i Dubcèk, y bradwr arall oedd yn cynllwynio ag o i ddymchwel llywodraeth ein gwlad,' meddai'r dieithryn. 'Ble mae hwnnw? A ble mae llwch Meryk? Fe ofalwn ni na chaiff 'run gronyn ohono fynd yn ôl i'n gwlad ni.'

'Gan yr ymgymerwr y mae'r llwch,' atebodd Alwyn, 'ac mae'r holl bapura gan 'i dwrne fo.'

Atebwyd mohono'r tro hwn, ond fe'i gwthiwyd allan o'r tŷ i sedd flaen eu car. 'Cyfeiria ni i dŷ Meryk,' gorchmynnwyd, ac nid oedd dewis ganddo ond ufuddhau.

Wedi cyrraedd, gwnaeth un ymdrech arall i'w hatal. 'Does gen i ddim allwedd i'r tŷ,' meddai, 'mae o gan y twrne.'

Problem fechan iawn oedd honno iddyn nhw. Rhoes y gyrrwr ddwy gic nerthol i'r drws gan falu'r clo yn yfflon, a gyrrwyd Alwyn i mewn i droi'r golau ymlaen cyn ei orfodi i eistedd mewn cadair yn y gegin fyw dan fygythiad i beidio â symud o'r fan tra aent hwythau drwy'r tŷ â chrib fân.

Wedi chwilio'n wyllt ac ofer, cydiodd y gyrrwr ynddo a dechrau'i bwnio'n ddidrugaredd. Ceisiodd wrthwynebu orau y gallai ond roedd yn rhy gryf iddo, ac fe'i gadawyd â gwaed yn llifo i lawr ei wyneb, a'i gorff yn gwynegu drosto.

'Pwy ydi'r twrne 'ma rwyt ti'n sôn amdano, a ble mae o'n byw?' gofynnwyd iddo.

Os cân nhw wybod, fe wnân yr un peth i Gwyn, meddyliodd yntau, a chymerodd arno dagu er mwyn cael cyfle i feddwl cyn codi'i ben i'w hwynebu. 'Saeson ydyn nhw,' meddai, gan eu bedyddio â'r enwau cyntaf a ddaeth i'w feddwl. 'Shearer a Thompson. Mae eu swyddfeydd nhw yng Nghaer.'

Edrychodd y naill ar y llall. 'Be wnawn ni efo fo?' holodd y gyrrwr.

'Dysga wers iddo!' atebodd ei bartner. 'Ac fe rown ni'r diawl lle ar dân. Mi fydd yn llwch fel y cythral Meryk 'na cyn bore.'

Tynnodd y gyrrwr bistol allan o'i boced a'i anelu at Alwyn. O! Dduw mawr! meddai wrtho'i hun mewn braw, maen nhw'n mynd i'm lladd! Cododd ar ei draed yn sigledig a'u hwynebu, 'Gwnewch fel y mynnoch, y cythreuliaid!' hisiodd drwy'i wefusau chwyddedig. 'Fe wn i un peth. Lwyddwch chi ddim i ladd ysbryd Jan Meryk a'i debyg. Fe ddaw y gwanwyn i'ch gwlad er eich gwaetha—' Ond cyn iddo lwyddo i ychwanegu dim mwy, fe'i trawyd yn galed ar draws ei dalcen â baril y gwn nes ei lorio'n anymwybodol.

*   *   *

Ni wyddai am ba hyd y bu'n gorwedd yno cyn iddo ddechrau dod ato'i hun. Cododd i'w blyg, ei ben yn un talp o boen, a phob cymal o'i gorff yn gwynegu. Crafangodd i eistedd mewn cadair, a bu yno am amser a'i ben yn ei ddwylo.

Pan suddodd i'w ymwybyddiaeth yn y man ei fod yn dal yn fyw ac nad oedd y lle wedi'i roi ar dân, cododd yn drwsgl gan anelu'n sigledig tua'r ystafell ymolchi. Doedd dim arwydd o'r un o'r ddau fu'n ei boenydio. Safodd uwchben y toiled a chwydu'i berfedd allan cyn mynd at y basn ac edrych arno'i hun yn y drych. Fe'i brawychwyd gan yr hyn a welai. Roedd ei lygaid wedi chwyddo, roedd craith dros ymyl ei dalcen, a'r gwaed a redodd ohono ac o'i drwyn wedi ceulo'n ddu. 'Nefoedd! Rwyt ti'n beth del!' meddai wrtho'i hun, ond roedd ceisio gwenu'n drech nag ef. Dechreuodd olchi'i wyneb yn araf, a phob cyffyrddiad yn peri poen iddo.

Llyncodd wydraid o ddŵr oer cyn troi'n ôl i'r gegin fyw. 'Y cythreuliaid!' ebychodd wrth sylwi ar y llanast a adawyd ar eu hôl. Diolch i'r nefoedd fod Jan druan wedi marw, neu Duw a ŵyr be fydden nhw wedi 'i neud iddo, meddyliodd wrth chwilio am y ffôn i gysylltu â Gwyn Rees i ddweud beth oedd wedi digwydd, ond gwelodd eu bod wedi rhwygo'r gwifrau o'r pared.

Gwyddai nad oedd mewn cyflwr i wneud dim ynghylch y llanast, a throdd tuag adref wedi ceisio sicrhau'r drws a falwyd mor ddiogel ag y gallai. Pan gyrhaeddodd, llanwodd y bàth â dŵr poeth, ac wedi tynnu'i ddillad, camodd i mewn iddo a gorwedd gan adael i'r gwres sugno peth o'r boen o'i gymalau. Arhosodd nes i'r dŵr ddechrau oeri cyn codi ohono. Sychodd ei gorff a mynd i edrych yn y drych gan syllu unwaith eto arno'i hun. Roedd ganddo ddau lygad du, a'r graith hir ar ei dalcen i'w gweld yn gliriach ar ôl golchi'r gwaed oedd wedi ceulo o'i chylch. Roedd ei gorff yn gleisiau drosto, ac wrth edrych arno'i hun bu'n dyfalu pa helynt oedd hon yr oedd wedi'i thynnu i'w ben.

Aeth ati i wneud mygaid o goffi cryf iddo'i hun, a llyncu tair o dabledi lleddfu poen cyn mynd i'w lofft. Gorweddodd yn flinedig ar y gwely, a chyn pen dim roedd yn cysgu'n anesmwyth.

Y cloc larwm yn clochdar a'i deffrôdd, a chododd yn drwsgl i roi taw arno cyn mynd i'r gegin i wneud mygaid arall o goffi a llyncu dwy dabled arall mewn ymgais i leddfu'r boen oedd yn ei ben. Doedd dim angen iddo edrych arno'i hun yn y drych cyn penderfynu a âi i'r ysgol ai peidio. Gwyddai nad oedd mewn unrhyw gyflwr i fedru wynebu disgyblion y chweched dosbarth, heb sôn am yr olwg oedd arno. Rhoes y tecell ymlaen i ferwi dŵr a rhoi dau ddarn o fara yn y tostiwr, ond erbyn iddo wneud y te a rhoi menyn ar y tost, un darn yn unig y llwyddodd i'w fwyta, am fod ei safn yn rhy boenus i gnoi dim mwy.

Troes at y ffôn a chysylltu â phrifathro'r ysgol i egluro nad oedd yn abl i ddod i'r ysgol am iddo gwympo i lawr y grisiau. Yna ffoniodd Gwyn Rees a gofyn a ddôi i fyny ato cyn gynted ag y gallai. 'Fe gei wybod y cyfan yn y man,' meddai.

Pan gyrhaeddodd hwnnw'n ddiweddarach, edrychodd arno mewn syndod. 'Nefi blw, Alwyn!' ebychodd. 'Be ar y ddaear sy wedi digwydd i ti?'

'Stedda, ac fe gei glywed,' atebodd yntau. Gwrandawodd y twrne arno mewn rhyfeddod wrth iddo adrodd yr holl hanes.

'Mae golwg felltigedig arnat ti,' meddai, wedi i Alwyn orffen. 'Mae'n rhyfeddod i mi dy fod ti'n fyw.'

'Fe glirith y cleisia mewn 'chydig, Gwyn,' atebodd.

'Falle hynny, ond beth pe baen nhw'n galw eto, wedi methu canfod dy dwrneiod dychmygol di? Wyt ti wedi hysbysu'r heddlu?'

'Faint gwell fydden i, Gwyn bach? A be fedrwn i ddeud wrthyn nhw? Fod yna ddau ddyn diarth o rywle wedi galw berfedd nos a'm dyrnu heb imi egluro pam iddyn nhw? At hynny, maen nhw'n ôl yn Llundain bellach, iti—neu Gaer gobeithio!' ychwanegodd â gwên, er i honno gostio dipyn iddo. 'Mi fase'r heddlu'n meddwl 'mod i'n dechra drysu.'

'Wel, wir, Alwyn, bron na faswn i'n dechra ama hynny fy hun. Dwn i ddim be ddaeth dros dy ben di i ddechra.'

'Gwyn,' atebodd yntau'n dawel, 'dase ti wedi gweld y creithia ar gorff Jan Meryk, ac wedi gwrando ar 'i stori, fe fyddet titha'n gweld petha â llygaid gwahanol. Fe ddysgais i rywbeth am gost sicrhau heddwch a rhyddid. Wyt ti am i mi dorri f'addewidion am fod dau labwst yn credu mai â grym y mae sicrhau'r hyn a fynnan nhw?'

'Nac ydw, Alwyn. Nid dy geryddu di oeddwn i. Pryderu dy fod ti'n mynd dros dy ben i rywbeth nad oes gen ti ddim syniad be all ei olygu. Rwyt ti'n meddwl mentro i wlad na wyddost ddim amdani, a honno yng nghanol trafferthion difrifol.'

'Does gen i ddim dewis os ydw i am gyflawni f'addewidion.'

'Pam na wnei di gysylltu â'n Swyddfa Dramor ni yn Llundain? Fe allen nhw gyflawni'r cwbl drosot ti. Dyna ydi 'u gwaith nhw.'

'A gadael i'r giwed yna fy nhrechu i? Na! A pheth arall, wyt ti'n gweld swyddogion y Swyddfa Dramor yn mynd i drafferth i boeni am lwch rhywun o Tsiecoslofacia, a mynd i drafferth i chwilio am ferch Meryk heb wybod ble mae hi—os ydi hi'n fyw—heb sôn am boeni am ryw eiddo na wyddan nhw ddim amdano?'

Gorfu i Gwyn Rees gydnabod fod gan ei gyfaill ddadl deg. 'Rwyt ti'n benderfynol o fynd felly?'

'Ydw, a mi fydda i'n ddiolchgar os gwnei di fy helpu efo'r trefniadau.'

'Gwnaf, siŵr iawn. Be wyt ti am imi wneud gynta?'

'Rhoi help imi glirio'r llanast yn nhŷ Jan. Fe gliria i'r fan hyn yn f'amser fy hun.'

Cytunodd ei gyfaill, ac ymhen ychydig roeddent yn camu i mewn i lanastr tŷ Jan Meryk.

'Rhaid cydnabod fod gan y ddau ddawn arbennig i wneud llanast ar le—ac ar ddyn!' meddai'r twrne wrth edrych o gwmpas y tŷ.

Wedi iddyn nhw fod wrthi am amser yn cymoni'r lle, gwnaeth un apêl arall i geisio perswadio'i ffrind i ildio yn ei fwriad. 'A siarad fel twrne, Alwyn,' meddai, 'fel y dywedais o'r blaen, does 'na ddim rhithyn o gyfrifoldeb arnat ti i gyflawni d'addewidion i Meryk. Mae o wedi marw, a doedd ganddo ddim hawl i ofyn yr hyn a wnaeth. Rho gyfle i bobl y Swyddfa Dramor.'

'A golchi 'nwylo o'r cyfan, a minna wedi rhoi fy ngair? Wel, dydw i ddim yn bwriadu ei dorri. Faddeuwn i byth i mi fy hun. A pheth arall, fe ofynnodd Jan i mi roi'r un llythyr pwysig hwnnw yn nwylo Alexander Dubcèk fy hun, ac nid yn nwylo unrhyw un arall. Dyna'r llythyr roedd y ddau yna'n chwilio amdano. Diolch i'r drefn mai gen ti y mae o. Mae'n rhaid 'i fod o'n bwysig iawn, iddyn nhw fynd i'r fath drafferth.'

'Ac os ydi hynny'n wir, Alwyn, dwyt ti ddim yn rhydd o beryg o bell ffordd. A siarad fel dy ffrind, rhaid imi edmygu dy benderfyniad. Pryd wyt ti'n bwriadu mentro i Tsiecoslofacia?'

'Does gen i ddim dewis bellach ond aros tan wylia haf yr ysgol. Dwn i ddim yn iawn faint o amser fydd 'i eisia arna i.'

'Be am y llythyr yna? Fe all fod yn rhy hwyr.'

'Dyna un peth na fedra i wneud dim yn ei gylch. Dim ond gobeithio'r gora. Ar hyn o bryd mae'n edrych fel petai Dubcèk yn llwyddo i ddal ei dir.'

'Be wnawn ni â'r tŷ—ei werthu?'

'Na, dydw i ddim yn meddwl. Pwy ŵyr be ddigwyddith? Falle bydd Elena, merch Jan, eisia dod yma i'w weld. 'I ddiogelu o fydd ora, a gofyn i blisman y pentra 'ma gadw llygad arno fo.' A chytunodd Gwyn Rees i hynny.

*   *   *

Haf 1968

Rhwng popeth, gwibiodd tymor haf yr ysgol heibio yn rhyfeddol o gyflym. O fewn tridiau i'w ddiwedd, roedd Alwyn wrthi fel lladd nadroedd yn cwblhau'r trefniadau ar gyfer teithio i Tsiecoslofacia. Deallodd yn ôl y newyddion ar y teledu ac yn y papurau dyddiol fod y sefyllfa yn y wlad yn gwaethygu, a bod dyfodol Dubcèk yn ansicr. Roedd yn hollbwysig iddo gael y llythyr tyngedfennol cyn iddi fynd yn rhy hwyr.

Gwnaeth Gwyn Rees sawl ymgais i'w gael i roi heibio'r bwriad, ond dal yn benderfynol yr oedd Alwyn.

'Rwyt ti fel mul,' edliwiodd iddo, gan ychwanegu â gwên, 'ond mul annwyl iawn!'

Ddeuddydd wedi i'r ysgol gau dros wyliau'r haf, roedd ar ei draed ben bore, y car wedi'i lwytho, a'r tanc petrol yn llawn. Yn wahanol i'w arfer o gludo offer gwersylla pan fyddai ar wyliau yn Ewrop, roedd wedi penderfynu aros mewn gwestai er mwyn arbed amser iddo'i hun.

Fel yr oedd yn cloi'r drws, daeth i'w gof y noson honno pan ei hagorodd i'r ddau ymwelydd annisgwyl o Lundain. Trodd yr allwedd yn y clo a'i gysuro'i hun eu bod hwy wedi ildio yn eu hymgais i feddiannu dogfennau Jan Meryk. 'Diolch i'r drefn am hynny,' meddai wrtho'i hun, a chamu i mewn i'r car.

'Ydi popeth yn barod gen ti?' gofynnodd i Gwyn Rees, pan gerddodd i mewn i swyddfa'r twrne ryw ugain munud yn ddiweddarach.

'Ydi,' atebodd, 'popeth ac eithrio llond sach o lwc y bydd ei angen arnat ti.' Cododd o'i gadair, mynd at y sêff yn y mur a thynnu ohoni waled ledr. 'Mae'r holl ddogfennau yn hon,' ychwanegodd. 'Cymer ofal mawr ohoni. Gest ti arian Tsiecoslofacia o'r banc?'

'Do, a rhywfaint o arian yr Almaen hefyd. Cystal imi fod â digon wrth gefn. Beth am y llwch?'

Estynnodd y twrne becyn bychan wedi'i rwymo mewn lliain llwyd cryf a'i osod ar y ddesg o'i flaen. 'Dyma fo,' meddai. 'Casged bren ydi hi—mi ofynnais i Oswald Pugh, yr ymgymerwr, ei gneud mor fychan ag y medrai a'i rhwymo'n ddiogel er mwyn iti fedru'i chelu mewn lle diogel yn y car pan fyddi di'n mynd drwy'r tollau.'

'Syniad da, Gwyn,' meddai Alwyn. 'Diolch iti am dy help—does ond gobeitho'r gora bellach.'

Hebryngodd y twrne ei gyfaill at y car a'i wylio'n rhoi'r waled o dan garped ei sedd ei hun cyn rhoi'r gasged ar y sedd ôl a thaflu twr o ddillad glaw drosti. 'Pob lwc iti,' meddai, 'a chofia, os ei di i unrhyw drafferth yno, cysyllta'n syth â'n swyddfa Adran Dramor ni ym Mhrâg, a ffonia fi mor amal ag y gelli di. Dase gen i'r amser, fe faswn i wedi bod wrth fy modd yn mentro efo ti. Cymer bwyll!'

Fe'i gwyliodd yn gyrru i ffwrdd nes i'r car ddiflannu o'i olwg cyn troi'n ôl i'w swyddfa a'i galon yn llawn pryder dros ei gyfaill.

*   *   *

Mwynhaodd Alwyn daith hwylus i Dover lle byddai'n dal y fferi i Zeebrugge yng Ngwlad Belg, gyda'r bwriad o anelu am briffyrdd yr Almaen ac yna Nurenburg, cyn dewis man i groesi'r ffin i Tsiecoslofacia.

Mwynhaodd ginio ar y fferi, a phan laniodd yn Zeebrugge, aeth drwy'r tollau'n ddidrafferth. Canfu fod ganddo o leiaf ddwy awr dda o olau dydd wrth gefn, felly penderfynodd yrru ymlaen ar y daith er mwyn arbed amser. Croesodd y ffin i'r Almaen, a chyn pen dim roedd wedi ymuno â'r *Autobahn*, ac yn teithio'n gyflym yng nghanol llif o draffig trwm. Aeth yn ei flaen nes ei bod yn nosi, cyn aros mewn tref fechan i chwilio am *Pension* lle câi wely a brecwast.

Roedd ar ei draed bron gyda thoriad y wawr drannoeth, ac wedi cael brecwast arferol trigolion Ewrop o goffi, bara brown ffres, caws a jam ceirios du, gyrrodd yn ei flaen i gyfeiriad Nurenburg. Arhosodd unwaith ar y daith i ymlacio a llyncu paned o goffi a brechdanau cig cyn ailymuno â'r *Autobahn*. Roedd wedi hen arfer â chrwydro'r Almaen ar ei wyliau, ac roedd ganddo syniad da am y ffyrdd gorau tua Nurenburg. Erbyn chwech o'r gloch roedd yn gyrru i mewn i'r ddinas enwog, wedi teithio yn agos i bedwar cant a hanner o filltiroedd yn ystod y dydd.

Pan gyrhaeddodd y gwesty lle'r oedd Gwyn Rees wedi archebu ystafell iddo, aeth ar ei union i gael cawod boeth cyn rhoi trefn arno'i hun a mynd i lawr i fwynhau cinio da. Yna, am fod dwy flynedd wedi mynd heibio er pan fu yn Nurenburg ddiwethaf, aeth allan i weld faint o newid oedd wedi bod oddi ar hynny.

Fe'i synnwyd wrth gerdded yn araf o stryd i stryd gan faint yr atgyweirio oedd wedi digwydd mewn dwy flynedd, er bod creithiau'r bomio a'r ymladd fu yno yn ystod y rhyfel i'w gweld mewn sawl man. Teimlai, er gwaethaf yr hanes a fu i'r ddinas a'i thrigolion yn ystod cyfnod Hitler a'r Natsïaid, fod yna newid wedi bod yn ymarweddiad yr Almaenwyr; roeddent i'w gweld yn fwy cyfeillgar, a phenderfynodd y byddai'n aros yno am ychydig ddyddiau ar ei ffordd yn ôl o Tsiecoslofacia.

Mwynhaodd noson o gwsg cyfforddus, a chododd yn weddol gynnar er mwyn anelu am ddinas Wurburg, heb fod ymhell iawn o'r ffin â Tsiecoslofacia, gyda ffordd gyfleus tua dinas Prâg. Yn anffodus, erbyn iddo gyrraedd Wurburg tua chanol y bore, roedd y tywydd wedi newid, a smwc o law mân yn peri bod gyrru'n bur anghysurus. Pydru ymlaen a wnaeth er hynny, ac erbyn canol y pnawn roedd yn arafu wrth y groesfan Almaenig. Aeth drwyddi'n ddigon didrafferth, ond wrth iddo anelu am ffin Tsiecoslofacia ryw ganllath i ffwrdd, teimlodd ewynnau ei stumog yn dechrau tynhau, a thyndra'n cydio ynddo. Sut yr âi pethau, tybed? A gâi groesi yr un mor ddidrafferth? Doedd dim y gallai ei wneud ond gobeithio'r gorau.

Gyrrodd yn araf y tu ôl i ddau gar oedd yn y rhes o'i flaen, a phan welodd wylwyr arfog yn dechrau crynhoi o'u cylch, dyfnhaodd ei bryder, ac am rai eiliadau teimlodd awydd dwfn i droi'r car yn ei ôl a gyrru oddi yno am ei fywyd. Fe'i hanogodd ei hunan i beidio â bod mor ffôl, gan ei atgoffa'i hun mai dyna arfer y swyddogion. Camodd un ohonynt ato a gofyn am ei ddogfennau. Ar ôl eu trosglwyddo iddo, ac i hwnnw'u darllen, edrychodd y swyddog arno'n surbychaidd a'i orchymyn i symud i'r ochr ac ymuno â chiw o lorïau enfawr oedd yn disgwyl i gael eu harchwilio. Ufuddhaodd yn dawel, ond wedi bod yn aros am rai munudau, gwelodd wyliwr gwahanol yn anelu tuag ato a chi Dobermann wrth ei sodlau. O'r nefoedd fawr! ebychodd, a ias o ofn yn gwasgu am ei galon. Beth os yw llwch Meryk yn arogli fel cyffuriau? Fe fydd ar ben arna i cyn imi gael cychwyn ar fy nhaith.

Fe'i gorchmynnwyd i ddod allan o'r car, a chyn gynted ag y gwnaeth hynny, gollyngwyd y ci a neidiodd hwnnw i mewn i'r car a dechrau snwffian o'i gwmpas. Wedi ffroeni'n ofer wrth y seddau blaen, neidiodd i'r rhai ôl, a daliodd Alwyn ei anadl wrth ei wylio'n turio drwy'r pentwr dillad a guddiai'r gasged lwch. Yna cododd y ci ei ben a llamu drosodd i'r gist ôl, a gollyngodd yntau anadl o ryddhad. Rhoddwyd arwydd iddo fynd i mewn i'w gar ac ailymuno â'r ceir eraill, a gwnaeth hynny'n ddiolchgar gan aros am ei ddogfennau. Pan ddaeth y swyddog â hwy iddo, fe ofynnodd, 'Mynd ar wyliau ydach chi?'

'Ia,' meddai'n frwd, a'r tensiwn a gydiodd ynddo'n llacio. 'Rydw i'n edrych ymlaen at weld eich gwlad, ond gobeithio y ca i well tywydd na hyn.'

'O! fe gewch!' atebwyd. 'Mwynhewch eich gwyliau. Gyrrwch yn ofalus. Am ble rydach chi'n anelu heno?'

'Meddwl mynd am ddinas Pilsen, ac aros yno am ychydig,' atebodd yn ddiniwed.

'Dinas hardd,' meddai'r gwyliwr. 'Pob lwc.'

Gyrrodd ymlaen yn eiddgar ac ymuno â'r ffordd fawr yn y man.

'Diaist i! Doedd petha ddim cynddrwg â hynny,' meddai wrtho'i hun. 'Doedd dim angen imi fod wedi poeni cymaint. Ond os ydi'r swyddog bach yna'n meddwl 'mod i'n anelu am Pilsen, mae o'n gneud cythgam o gamgymeriad!'

Wrth y groesffordd gyntaf, anwybyddodd yr arwydd am Pilsen a dilyn yr un a gyfeiriai tua dinas Prâg.

51

Go brin y byddai wedi teimlo mor hapus pe bai wedi digwydd gweld y swyddog hwnnw'n dychwelyd i'r bwth, yn codi'r ffôn ac yn dweud, 'Mae o wedi croesi'r ffin ac yn anelu am Pilsen. Mi fydd yn aros yno.'

Arhosodd Alwyn am wydraid o gwrw Pilsner a brechdanau caws mewn tafarn ar y ffordd, ac wedi holi'r tafarnwr, deallodd fod yna ryw ddeugain cilomedr oddi yno i Brâg. Cysurodd ei hun y dylai fod yno'n weddol gynnar fin nos, a byddai ganddo amser i chwilio am lety.

Pan gyrhaeddodd gyrion y ddinas, awr fwy neu lai yn ddiweddarach, teithiodd ymlaen yn bwyllog gan chwilio am westy mewn rhan weddol dawel o'r ddinas. Yn ffodus, doedd y traffig ddim yn drwm, a gyrrodd yn bwyllog nes dod at bont a adnabu fel pont enwog Siarl, a groesai afon Vltava. Am nad oedd modd ei chroesi â char, fe droes heibio iddi gan yrru ymlaen nes cyrraedd stryd weddol dawel a nifer o westai bychan ynddi. 'Yr union beth,' meddai wrtho'i hun, ac arhosodd ar fympwy y tu allan i un ohonynt o'r enw V Zlotè. Daeth allan o'r car a dringo rhyw bedair gris at y drws gwydr. Camodd drwodd i fynedfa fechan lle'r oedd merch ifanc yn sefyll wrth gownter yn y gornel. Aeth ati a holi mewn Almaeneg a oedd ystafell wely ar gael.

'Oes,' atebodd â gwên. 'O'r Almaen ydach chi'n dod?'

'Nage,' atebodd, 'o Brydain.'

'Ach so!' meddai a'i gwên yn lledu. 'Croeso i'n gwlad! Ar wyliau ydach chi?'

'Ia,' atebodd, 'meddwl aros yma ym Mhrâg am ddau neu dri diwrnod, os gwellith y tywydd.'

'Mae'r arwyddion yn dda am yfory,' atebodd y ferch.

'Diolch am hynny,' meddai. 'Ond fe ddigwyddais glywed pan oeddwn ar y ffordd fod pethau'n ansicr yma. Ydi hi'n ddiogel i ymwelydd fynd o gylch y ddinas?'

Edrychodd y ferch o gwmpas cyn ateb yn dawel, 'Ydi, mae'r sefyllfa'n ansicr ar hyn o bryd, gwaetha'r modd, ond dydw i ddim yn credu fod 'na unrhyw beryg i chi. Mae si ar led fod Alexander Dubcèk, ein harweinydd newydd, yn debyg o orfod mynd i Moscow gyda hyn. Dwn i ddim i beth, chwaith.'

Dyna'r newydd olaf y dymunai Alwyn ei glywed.

'A wel!' meddai. 'Fe arhosa i felly.'

Rhoddodd ei basport a'i fisa i'r ferch i'w harchwilio, ac wedi eu derbyn yn ôl, arwyddodd y gofrestr, a rhoes y ferch allwedd ei lofft iddo gan alw ar borter i'w gynorthwyo gyda'i fagiau.

Ymunodd gŵr mewn oed â hwy, a holodd Alwyn ef a oedd yna garej ddiogel ar gael.

'Oes,' atebodd y gŵr, 'fe ddo i allan at y car efo chi, a'ch hebrwng ati.'

'Fe fydd eich car yn berffaith ddiogel fan hyn,' meddai'r porter, wedi iddynt gyrraedd y garej. 'Rwy'n gofalu'i chloi dros nos, ac yn cadw llygad arni hefyd. Fe allwn fynd i mewn i'r gwesty drwy'r cefn o'r fan yma.'

Diolchodd Alwyn iddo. 'Mae gen i gwpwl o bethau y bydd eu hangen arnaf dros nos,' meddai, ac a'i gefn tuag at y porter, estynnodd y waled ledr a'r gasged lwch a'u taro i mewn i'w gwdyn dillad. Cydiodd y porter yn y cwdyn a cherddodd y ddau i mewn i'r gwesty ac i fyny'r grisiau i lofft Alwyn.

'Dyma chi,' meddai'r porter wrtho. 'Bydd cinio yn yr ystafell fwyta o saith o'r gloch ymlaen.' A gwenodd yn ddiolchgar pan roes Alwyn gil-dwrn hael iddo.

Llofft gymharol fechan oedd hi, a'r dodrefn yn ddigon cyffredin, ond roedd Alwyn yn falch o weld ei bod yn lân iawn, a'r gwely'n edrych yn gyfforddus. 'Diolch byth,' meddai wrtho'i hun pan gamodd i mewn i'r ystafell ymolchi a gweld bod ynddi gawod, ac o fewn munudau roedd yn sefyll odani gan adael i'r dŵr poeth lifo drosto a llacio'r cymalau oedd wedi stiffio yn dilyn yr holl yrru a wnaethai.

Erbyn iddo orffen, roedd yn bryd iddo fynd i lawr i chwilio am ginio, ac fe'i cyfarwyddwyd i'r ystafell fwyta gan y dderbynferch. Rhoed ef i eistedd wrth fwrdd ar ei ben ei hun, a mwynhaodd bryd blasus o gig moch wedi ei ferwi, selsig, tatws rhost a bresych sur ynghyd â photel o gwrw Pilsner. Yna cafodd goffi, caws a bisgedi. Wrth i'r weinyddes ifanc glirio'r bwrdd, fe'i holodd a oedd yno siop gyfleus yn gwerthu llyfrau gwybodaeth am ddinas Prâg a'r cylch.

'Oes,' atebodd, 'mae yna rai ar agor yn hwyr wedi i chi fynd heibio pen pont Siarl, a throi i'r chwith.'

Wedi gadael y gwesty a dilyn ei chyfarwyddyd nes dod at y bont, cerddodd i fyny rhan ohoni heibio i rai cerfluniau o wŷr enwog cyn pwyso ar ymyl y bont ac edrych i lawr am y tro cyntaf ar afon enwog Vlatva. Llifai ei dyfroedd yn dawel a llyfn, a gwelodd nifer o gychod-cargo hir, du, a'u deciau isel, yn symud yn gyflym i fyny ac i lawr. Trodd yn ei ôl yn y man a cherdded i lawr stryd wedi'i phalmantu â cherrig breision nes dod at nifer o siopau bychan a chanfod yr union un a fynnai. Wedi prynu cwpl o lyfrau a phamffledi yn ymwneud â'r ddinas, trodd yn ei ôl tua'r gwesty.

Gofynnodd i'r dderbynferch drefnu iddo gael ei alw â choffi am wyth o'r gloch y bore, ac yna aeth i fyny i'w lofft.

Wedi ymolchi a newid i'w byjamas, gorweddodd ar y gwely a chydio yn y llyfrau a brynodd, gyda'r bwriad o ganfod lleoliad y stryd lle'r oedd pencadlys y llywodraeth yn debyg o fod, ynghyd â'r rhan honno o'r ddinas lle y dywedodd Jan Meryk roedd ei chwaer-yng-nghyfraith yn byw.

Wedi darllen yr un darn drosodd a throsodd, gorfu iddo ildio i'w flinder a rhoi'r cyfan heibio er mwyn mynd i gysgu gan obeithio y byddai'r tywydd wedi gwella erbyn y bore.

4

Pan ddeffrôdd yn y bore wedi noson dda o gwsg, a goleuni'r haul yn llenwi'r llofft, cododd o'r gwely a mynd at y ffenestr i edrych allan. Roedd yr awyr yn las a gobeithiol, a draw yn y pellter gwelodd hen gastell Prâg, yn union fel petai'n hofran uwchben y ddinas a thes y bore fel ffedog wenlas am ei waelodion. Hwnt ac yma disgleiriai pelydrau'r haul oddi ar binaclau sawl eglwys ac ambell adeilad uchel. Trodd oddi wrth y ffenestr gan deimlo'n hapus a pharod i wynebu'r gwaith oedd o'i flaen.

Curwyd ar y drws a daeth morwyn ifanc â choffi iddo, ac eisteddodd ar ymyl y gwely i'w fwynhau. Wrth yfed, a chofio am Jan Meryk a'i awydd dwfn am gael dychwelyd adre, chwalodd ton o dristwch drosto. Llyncodd weddill y coffi cyn mynd i gael cawod, ac eillio.

Aeth i lawr i frecwast yn benderfynol o ymaflyd yn y dasg oedd ganddo i'w chyflawni. Mwynhaodd frecwast o roliau bara cynnes, gyda chaws a jam ceirios a choffi, a thra bu'n bwyta penderfynodd adael y car yn y garej er mwyn cael cyfle i ymgydnabod â'r ddinas, ond byddai'n gofalu mynd â'r waled ledr a'r gasged llwch gydag ef yn ei gwdyn-cefn, rhag ofn i rywun fynd i chwilota yn ei ystafell. Wedi gorffen ei bryd aeth i fyny'r grisiau i'w lofft i'w ceisio, ac ar y ffordd allan eglurodd wrth y dderbynferch ei fod yn gadael y car yn y garej, ac y byddai'n ôl yn yr hwyr.

Camodd allan i haul poeth y bore gan anelu unwaith eto am bont Siarl, a'i chroesi'r tro hwn cyn cyfeirio am ganol Prâg. Aeth heibio i nifer o stondinau oedd wedi eu codi arni, yn gwerthu ffrwythau a phob math o bethau a fyddai'n denu ymwelwyr i brynu. Nid arhosodd yno, ond dewis mynd ymlaen i chwilio am sgwâr Wenceslas, neu Vaclavske Namesti, fel y cyfeirid ato yn y llyfrau a ddarllenodd y noson cynt.

Wedi croesi'r bont, cerddodd ymlaen ar hyd y strydoedd cerrig coblog nes dod i'r rhan Iddewig o'r ddinas. Fel yr âi heibio, meddyliodd am y miliynau o Iddewon a laddwyd yn ystod yr Ail Ryfel Byd, gan ddyfalu tybed sut yr oedd pethau ar y trigolion erbyn hyn. Bwriai rhai o'r adeiladau Gothig eu cysgodion dros y strydoedd culion gan greu awyrgylch oeraidd braidd, a theimlai'n falch pan gamodd allan yn y man i sgwâr bychan heulog, gyda stondinau ar un ochr iddo. Gwyddai nad y sgwâr a geisiai oedd hwnnw, ac aeth yn ei flaen nes dod at un arall mwy hirsgwar, ac fe'i hadnabu'n syth fel yr un a welodd y noson dyngedfennol honno ym mwthyn Jan Meryk.

Roedd yr olygfa'n gwbl wahanol, a'r bobl yn symud o'i gylch yn hamddenol gydag ambell blisman arfog yn cerdded yn ddidaro drwyddynt. Roedd yn anodd iddo ymdeimlo â'r ias a gafodd pan welodd y dorf ar y teledu yn troi a throsi'n wyllt gan floeddio, 'Dubcèk! Dubcèk!' yn ddibaid. Prin oedd y ceir yno, ond sylwodd ar res o dacsis ceffylau ar un ochr yn aros yn amyneddgar am gwsmeriaid. Penderfynodd oedi cyn mynd i chwilio am bencadlys y llywodraeth, a phan welodd westy â byrddau allan ar y palmant, cerddodd ato ac eistedd wrth un ohonynt. Daeth gwraig ganol oed ato ac archebodd goffi ac un o gacennau enwog y ddinas. Tra oedd yn disgwyl, rhoes ei law ym mhoced ei siaced i sicrhau bod ei waled arian yno, ac wrth iddo wneud hynny, byseddodd y llythyr oedd i'w drosglwyddo i Dubcèk. Pan ddaeth y wraig â'r coffi iddo, gofynnodd iddi ymhle'r oedd y pencadlys, a phwyntiodd hithau at fan ar draws y sgwâr iddynt. 'Ydach chi'n meddwl y byddai'n bosibl imi gael cyfweliad â Dubcèk?' gofynnodd, gan egluro mai newyddiadurwr o Brydain oedd ef.

'Mae'n anodd deud,' atebodd hithau'n bwyllog. 'Mae cymaint o bwysa arno. Prin mae'r creadur yn cael cyfle i gysgu.'

'Mae'n bwysig iawn bod gwledydd eraill yn cael gwybod be sy'n digwydd yma,' meddai yntau.

Edrychodd hi dros ei hysgwydd cyn dweud yn dawel, 'Dydan ni sy'n byw yma ddim yn gwybod yn iawn, ond mae'n ddiogelach peidio â sôn llawer am hynny—mae gormod o glustiau ar bob cornel.'

Nid oedd clywed hynny'n syndod o gwbl i Alwyn. Gwenodd ar y wraig a diolch iddi, gan ychwanegu, 'Fe fentra i fy siawns, a gweld be ddigwyddith!'

Wedi gorffen ei goffi a bwyta'r gacen, gadawodd gil-dwrn i'r wraig a chodi i groesi'r sgwâr at y pencadlys. Wrth iddo nesáu ato, gwelodd fod yno ddau wyliwr arfog wrth y grisiau. 'Mentra hi!' meddai wrtho'i hun, ac anelodd amdanynt. Chafodd o ddim cyfle i roi'i droed ar y ris gyntaf. Camodd y gwylwyr ato i'w atal a gofyn beth oedd ei fwriad. Atebodd mewn Almaeneg mai newyddiadurwr tramor ydoedd, a'i fod yn ceisio cyfweliad â Dubcèk.

'Does gynnoch chi ddim gobaith,' meddai un ohonynt ar ei draws, 'mae o'n llawer rhy brysur. A phrun bynnag, dydi o ddim yma, a does wybod pryd y daw o.'

Doedd gan Alwyn ddim dewis ond troi i ffwrdd yn siomedig gan amau a gâi gyfle o gwbl i gyflwyno'r llythyr. Barnodd nad oedd dim amdani ond mynd i drio canfod y chwaer-yng-nghyfraith honno. Croesodd yn ôl ar draws y sgwâr a mynd at y gŵr a safai wrth ben rhes o dacsis a'i holi am y cyfeiriad a gawsai gan Meryk.

'Mae o gryn bellter o'r fan hyn,' atebodd y gŵr. 'Go brin y gallech chi'i ganfod ar eich pen eich hun.'

Edrychodd yntau ar y ceffyl oedd â'i ben yn ddwfn mewn cwdyn o geirch. 'Fe gymer gryn amser i hwnna gyrraedd yno hefyd dybiwn i,' meddai wrtho'i hun, ond am y gwyddai nad oedd ganddo fawr o ddewis, huriodd y tacsi.

Eisteddodd yn ôl yn gyfforddus gan ddal ar y cyfle i edrych o'i gwmpas fel yr aent o stryd i stryd, a'r gyrrwr yn cyfeirio o bryd i'w gilydd at ambell adeilad pwysig neu ddiddorol. Wedi tuthian am ryw hanner awr, arafodd y ceffyl, ac ar orchymyn ei feistr trodd i mewn i stryd weddol lydan a choed yn tyfu ar ei phalmentydd. Edrychai'r tai yn urddasol gyda grisiau yn codi at bob un. 'Mae hon yn stryd hardd yr olwg,' meddai wrth y gyrrwr.

'Ydi,' cytunodd yn swta. 'Fan hyn mae'r bobl bwysig yn byw—a'r werin yn eu cadw!'

Arafodd y ceffyl yn y man ac aros y tu allan i un o'r tai. 'Dyma fo'r tŷ,' meddai'r gyrrwr. 'Ydach chi am imi aros amdanoch?'

'Rydw i'n credu y byddai cystal i chi neud,' atebodd Alwyn. 'Os nad yw'r rhai rydw i'n 'u ceisio'n byw yma bellach, fe fydd yn rhaid i mi chwilio yn rhywle arall, debyg.'

Daeth i lawr o'r tacsi a dringo'r grisiau at y drws. Wedi canu'r gloch, gorfu iddo aros am beth amser cyn cael ateb, a dechreuodd ofni mai siom a gâi. Yna clywodd sŵn dadfolltio'r drws, ac wedi'i agor, fe'i hwynebwyd gan wraig fechan oddeutu hanner cant oed, a chanddi wyneb main, llwyd, sarrug yr olwg braidd, a gwallt du wedi'i bentyrru ar ei chorun.

'Frau Gromesky?' holodd yn betrus—yr enw a roes Jan Meryk iddo.

Syllodd y wraig arno am eiliadau cyn dweud, 'Nein!'

Syrthiodd gobeithion Alwyn, a phan welodd fod y wraig ar gau'r drws arno, 'Bitte!' meddai, gan ei chyfarch mewn Almaeneg. 'Allwch chi fy helpu? Rydw i'n deall bod Frau Gromesky wedi bod yn byw yma rywbryd. Fe hoffwn i fedru cysylltu â hi ar fater pwysig. Oes gynnoch chi syniad ble mae hi'n byw yn awr—os yw hi'n fyw?'

Roedd yn amlwg iddo nad oedd y wraig yn or-barod i ymateb i'w gais, a'i bod eto ar gau'r drws. 'Plîs!' meddai. Ar hynny ymunodd merch ifanc â hwy gan holi'r wraig, er na ddeallodd Alwyn yr un gair a ddywedodd hi. Atebodd y wraig hi'n swta, a throdd y ferch ifanc ato yntau a gofyn,

'Beth yw eich busnes â Frau Gromesky?'

'Mae'n bwysig 'mod i'n cyfarfod â hi,' atebodd. 'Mae gen i neges oddi wrth un o'r enw Jan Meryk, ei brawd-yng-nghyfraith, ac—'

'Nein! Nein!' torrodd y wraig hŷn ar ei draws yn wyllt. Roedd yn amlwg ei bod wedi cynhyrfu'n arw, a rhoes gynnig arall ar gau'r drws arno.

'Maman!' meddai'r ferch, gan roi'i llaw ar ei braich a'i hatal cyn gofyn i Alwyn beth oedd ei enw, ac o ble'r oedd yn dod.

'Alwyn Harris yw fy enw,' atebodd yntau, 'ac rwy'n dod o Brydain. Mae'n ddrwg gen i os ydw i'n peri trafferth, ond mae'n bwysig 'mod i'n dod o hyd i Frau Gromesky. Tybed a gawn i ddod i mewn am funud, ac egluro mwy i chi?'

Edrychodd y ddwy wraig ar ei gilydd cyn i'r fam ateb, 'Nein!'

Trodd Alwyn at ei merch yn apelgar, ac wedi iddi

siarad â'i mam, atebodd, 'O'r gorau. Ond dydan ni ddim eisia stŵr o unrhyw fath. Dowch i mewn.'

Camodd yntau i mewn a'u dilyn i ystafell ffrynt y tŷ, ystafell eang yn llawn o ddodrefn mawr henffasiwn, a'r llenni trymion ar y ffenestri yn creu awyrgylch tywyll, oeraidd, yn union fel y croeso a dderbyniodd.

'Steddwch,' meddai'r ferch, gan ychwanegu, 'Falle y dylem ni egluro. Doedden ni ddim yn bwriadu bod yn anfoesgar—nac yn amharod i'ch helpu. 'Dach chi'n gweld, Maman yw—neu oedd—Frau Gromesky. Bu farw fy nhad, ac fe ailbriododd Maman. Frau Korsky yw hi'n awr. Ac y mae yna resymau pam roedd hi'n amharod i'ch cynorthwyo.'

'Diolch ichi am egluro,' atebodd Alwyn. 'Falle y dylwn innau fod wedi bod yn fwy pwyllog. Fe ddois i yma i wneud cymwynas â chyfaill imi, a pherthynas i chi—Jan Meryk. Mae'n ddrwg gen i orfod dweud 'i fod o wedi marw ryw ddeufis yn ôl,' ac aeth ymlaen i adrodd cyfran o'r hanes wrthynt. 'Fe ddois i geisio canfod Elena, ei ferch, ac i drefnu i'w lwch gael ei gladdu ym medd Olga, ei briod. Wnewch chi fy helpu?'

'Nein! Nein!' meddai'r fam yn ffrom. Trodd at ei merch a siarad yn gyflym yn yr iaith Tsiec cyn troi'n ôl at Alwyn a dweud, 'Chaiff llwch y bradwr yna ddim gorwedd ym medd fy chwaer. Arno fo roedd y bai am yr hyn a ddigwyddodd iddi.'

'Maman!' meddai ei merch, 'peidiwch â chynhyrfu'ch hun.' Yna wrth Alwyn, 'Fedrwn ni ddim cytuno i'ch cais,' meddai.

'Dydw i ddim yn deall,' atebodd. 'Yn ôl yr hanes gefais i, arwr ac nid bradwr oedd Jan Meryk. Ydi Elena, ei ferch, yma?'

'Nac ydi,' atebodd y ferch ifanc.

'Mae'n siŵr gen i, os yw hi'n fyw, mai ganddi hi mae'r hawl i benderfynu lle caiff llwch ei thad ei gladdu. Wyddoch chi ble mae hi?'

Edrychodd y gwragedd ar ei gilydd cyn i'r fam ateb, 'Mae Elena wedi marw. A beth bynnag yw'r hanes a glywsoch chi am Jan Meryk, ni yma sy'n gwybod orau. Ni oedd yna ar y pryd. Twyllwr a chelwyddgi oedd o, ac oni bai amdano fo fe fydde Olga, fy chwaer, yn fyw heddiw.'

'Rhaid imi gyfadde bod hyn yn gwbl annealladwy i mi,' atebodd Alwyn mewn penbleth. 'Fe gefais i'r holl hanes o'i wefusau'i hun—iddo orfod cefnu ar ei wlad, ac ymladd i'w rhyddhau. Fe gafodd ei glwyfo yn y rhyfel—'

'Celwydd!' meddai'r fam ar ei draws. 'Ac yn anffodus, fe ymdebygodd ei ferch iddo. Fe roisom ni gartre a gofal iddi wedi i'w thad ddianc, ac i'w mam gael ei lladd. A be ddigwyddodd? Fe drodd ei chefn arnom, a mynnu mynd 'i ffordd 'i hun. Ar ddamwain yn unig y clywsom ni ei bod wedi marw.'

'Duw a'm helpo,' meddai Alwyn wrtho'i hun, wrth sylweddoli fod pethau'n mynd o ddrwg i waeth arno.

'Be ddigwyddodd iddi hi, yntê?' gofynnodd, gan edrych yn ymbilgar. 'Doedd hi ond prin ddwy ar hugain oed. Mae 'ma ryw ddirgelwch, ac fe ddylwn i gael gwybod y gwir. Rydw i wedi dod yr holl ffordd o Brydain i gyflawni addewid, a dyma gwrdd â gwrthwynebiad. Wyddai ei thad ddim ei bod wedi marw, ac fe fethodd â chael ateb i'r un o'r llythyrau a anfonodd o i chi. Pe bai o'n gwybod, prin y bydde fo wedi gwneud ewyllys yn gadael ei eiddo iddi hi.'

'Eiddo!' meddai'r fam yn sarrug. 'Pa eiddo oedd ganddo ar wahân i'r hyn roedd y diafol wedi llwyddo i'w ddwyn oddi ar fy chwaer? Fe ddyle fod—'

'Maman!' meddai ei merch ar ei thraws. 'Mae gormod o amser wedi mynd heibio. Gadewch iddo fod.'

'Na,' mynnodd Alwyn. 'Mae gen inna hawl i wybod y gwir. Ydi Elena wedi'i chladdu ym medd ei mam, ac os ydi hi, pam na chaiff llwch Jan ei gladdu yno hefyd?'

Unwaith eto edrychodd y ddwy ar ei gilydd gan drafod rhywbeth na ddeallodd ddim arno ac eithrio 'Nelda' ac 'eiconau'. Tybiodd mai Nelda oedd enw'r ferch, a'u bod yn gwybod rhywbeth am yr eiconau. Rhoes hynny ef ar ei wyliadwriaeth.

'Rydw i'n credu ei bod yn deg i mi gael gwybod mwy am farwolaeth Elena, a pham mae yna elyniaeth rhyngoch chi a Jan Meryk.'

'O'r gora, Herr Harris,' meddai'r fam yn dawelach. 'Gadawodd Jan fy chwaer heb geiniog, ond yn waeth na hynny, ei gadael yn nwylo heddlu cudd y wlad. Dianc wnaeth o, a gadael fy chwaer i farw, a minnau i fagu ei ferch. Fe wnes hynny fel petai hi'n eneth i mi ac yn chwaer i Nelda. Pan ailbriodais i, fe drodd yn ein herbyn a chefnu arnom heb inni wybod i ble'r aeth hi. A'r unig newydd a gawsom oedd hwnnw pan lwyddodd fy ngŵr i ganfod ei bod wedi marw mewn damwain ar y mynydd yn rhywle. Roedd hi wedi'i chorfflosgi cyn inni ddeall dim. Roedd ei chasineb hi at ei thad mor ddwfn â'm casineb innau.'

Oedd, debyg, meddyliodd Alwyn, gan ddyfalu bod y wraig hon wedi bwydo peth ar y casineb hwnnw. Er hynny, roedd y stori a adroddodd hi yn swnio mor rhesymol. Os felly, tybed ai bradwr a thwyllwr oedd Jan wedi'r cyfan? Ond pam roedd yn dymuno i'w lwch gael ei gladdu ym medd ei wraig, a gadael ei eiddo i Elena? Beth oedd arwyddocâd y creithiau ar

63

ei gorff? Pentyrrai'r cwestiynau yn ei feddwl, ac ni allai ateb yr un ohonyn nhw.

'Ble mae'r eiddo adawodd o yn awr, Herr Harris?' gofynnodd Frau Korsky.

'Pam ydach chi'n holi?' gofynnodd.

'Beth bynnag adawodd o, gan fod Elena wedi marw, yna Nelda, fy merch, ddylai ei gael,' atebodd.

'Yr eiconau,' meddai Alwyn wrtho'i hun. 'Mae hi'n dal i'w chwenychu nhw. Wel, fe gaiff aros nes ca i wybod mwy.'

'Faint bynnag o feiau oedd gan Jan,' meddai wrth y merched, 'fe fynnodd geisio gofalu am Elena. Mae'r eiddo wedi'i gadw'n ddiogel yma yn Tsiecoslofacia ar ei chyfer.'

Edrychodd y fam ar ei merch a'i hwyneb yn goleuo. 'Mae'r eiconau yn dal yma felly!' meddai wrthi.

Pan sylwodd ar ymateb y fam, a chlywed y gair 'eiconau' am yr eildro, sylweddolodd Alwyn iddo wneud camgymeriad yn datgelu gwybodaeth am yr eiddo. Yr eiconau oedd wrth wraidd eu gofid. Penderfynodd wneud yn siŵr na chaen nhw mo'r rheini mor rhwydd â hynny. 'Frau Korsky,' meddai'n araf. 'Fe wnaeth Jan Meryk ewyllys oedd yn gadael y cyfan o'i eiddo i Elena. Ond, os oedd hi wedi marw, ac y gallwn i brofi hynny, roedd yr eiddo yn dod i mi.'

Bu eiliadau o dawelwch cyn i'r fam ymateb, a'i hwyneb yn gwrido gan dymer. 'Deallwch hyn, Herr Harris, mae yna eiconau sy'n rhan o'r eiddo wedi bod yn fy nheulu i ers bron ddwy ganrif, ac os oes gan rywun hawl iddyn nhw, Nelda, fy merch, fel cyfnither gyfan i Elena, yw honno. Ac fe alla i eich sicrhau y bydd hi'n eu cael sut bynnag y credwch chi. Dieithryn ydach chi yma, ac y mae pethau rhyfedd yn gallu digwydd, yn enwedig yn y dyddia hyn a phethau fel y maen nhw yn ein gwlad. At hynny, fy ngŵr yw pennaeth heddlu Prâg.'

O'i ganfod ei hun yn cael ei dynnu'n ddyfnach i'r helynt, rhoes Alwyn gynnig ar ddal ei dir o gyfeiriad arall. 'Frau Korsky!' meddai'n gadarn, 'peidiwch â 'mygwth i. Mae gen inna gysylltiada yma. Mae yn fy meddiant lythyr i'w gyflwyno i Alexander Dubcèk, ac fe all ei gynnwys wneud llawer iawn o wahaniaeth i chi.' Cyn iddo orffen llefaru'r geiriau, sylweddolodd iddo wneud camgymeriad ynfyd arall, a daliodd ei dafod rhag dweud ychwaneg. Cododd a throi tua'r drws. 'Fe ddo i i gysylltiad â chi eto,' meddai. 'Peidio gweithredu'n ffôl fydde ore i chi yn y cyfamser.'

Dilynodd Nelda'r ferch ef at y drws. 'Herr Harris,' meddai wrtho cyn iddo fynd, 'rhowch gyfle i mi egluro'n fanylach—mae Maman yn chwerw, ac yn tueddu i wylltio a dweud pethau ffôl. Mae'r eiconau'n golygu llawer iawn i ni fel teulu, ac fe fyddai eu colli'n ergyd fawr. Mae hi wedi poeni llawer yn eu cylch nhw. Roedd yna resymau eraill pam y cefnodd Elena arnom, na fedrwn i mo'u datgelu i Maman. Yn Budè Jovicè yr oedd Elena pan glywsom ni ei bod wedi ei lladd, ac ar ddamwain, drwy fy llystad, y clywsom ni hynny. Fi yw'r berthynas agosaf iddi hi. Os rhowch chi gyfeiriad eich gwesty i mi, fe alla i gadw mewn cysylltiad â chi.'

Nid mor rhwydd â hynny chwaith, meddyliodd Alwyn cyn ateb, 'Diolch ichi am egluro pethau'n well imi, ond dydw i ddim yn siŵr ymhle y bydda i'n aros o ddiwrnod i ddiwrnod. Fe gysyllta i â chi.' Roedd tri chamgymeriad yn ddigon, heb ychwanegu un arall.

Ymddiheurodd i'r gyrrwr tacsi am fod mor hir, a gofyn am gael ei gludo yn ôl i sgwâr Wenceslas.

'Popeth yn iawn,' atebodd hwnnw â gwên. 'Mae cwsmeriaid da yn brin. Ble 'dach chi'n aros?'

'Gwesty V Zlotè,' atebodd, 'ond dydw i ddim eisia mynd yno ar fy union.'

Rhoes y gyrrwr glip i'w gaseg ar ei chrwper i ddweud wrthi ei bod yn bryd iddi symud, a chychwynnwyd ar y daith yn ôl i'r dre.

5

Pan ymunodd Nelda â'i mam, roedd hi ar y ffôn yn sgwrsio â'i gŵr ac yn adrodd hanes yr ymwelydd annisgwyl wrtho. 'Fe all fod yn beryg, Josèf,' meddai. 'Roedd o'n sôn am ryw lythyr a roddwyd iddo gan Jan, i'w gyflwyno i Dubcèk. Os llwyddith o yn ei fwriad, fe all effeithio arnat ti ac eraill.'

'Mae o wedi llwyddo i gyrraedd Prâg, ydi o,' meddai ei gŵr. 'Fe wyddem ni amdano, ac rydyn ni wedi trefnu ar 'i gyfer. Sut felltith y llwyddodd o i lithro drwodd? Fe ofala i y caiff rhywun dalu am y blerwch yna. Pan glywith Kadesh am hyn, fe fydd yna gythgam o le. Wyddost ti ble mae o'n aros?'

'Na, fe wrthododd ddeud. Fe gysylltith o â ni, medde fo. Paid â gadael iddo ddianc, Josèf—mae o'n gwybod ble mae'r eiddo a gasglodd Olga a'r cythral gŵr 'na oedd ganddi. Mae'r eiconau'n siŵr o fod yn rhan ohono.'

'Paid â phoeni, fe ofala i na chaiff o mohono. Sut daeth o acw?'

'Tacsi ceffyl. Roedd o'n 'i gymryd yn ôl i'r dre.'

'Iawn, fe ofala i y bydd rhywun yn aros amdano fo. Fyddwn ni ddim yn hir yn 'i setlo.'

'Be wnân nhw iddo fo, Maman?' gofynnodd Nelda pan orffennodd ei mam siarad â'i gŵr.

'Gneud yn siŵr na chaiff y ceiliog bach o Brydeiniwr ddim diflannu efo'r eiddo sy'n perthyn i ni—a gofalu amdano ynta hefyd.'

'Pam hynny, ac ynta wedi dod i wneud cymwynas â ni?'

'Rhwng dy lystad a Kadesh, pennaeth y CSS, am hynny. Doedd dim eisia iddo ddod yma i wneud gwaith y bradwr Jan yna. Ac os cymeri di 'nghyngor i, wnei di ddim sôn amdano eto. 'Daiff o ddim pellach na sgwâr Wenceslas, iti.'

'Gobeithio na welan nhw mohono,' atebodd hithau'n swta wrth adael yr ystafell.

*　　*　　*

Ar y daith araf yn ôl i ganol Prâg, pendroni uwchben y cyfan yr oedd Alwyn. Y cynlluniau a wnaeth mor ofalus a gobeithiol wedi eu chwalu'n yfflon. Yn ei fyw ni allai gredu fod Jan Meryk wedi ei dwyllo ef mor rhwydd. Ac eto roedd Frau Korsky wedi bod mor bendant, ac yn swnio mor rhesymol. Beth i'w wneud nesaf oedd ei broblem fawr. Gan ofidio na buasai Gwyn yn nes i gael sgwrs ag ef, cofiodd i'r twrne 'i siarsio i deleffonio os byddai mewn anhawster. Plygodd ymlaen a gofyn i'r gyrrwr a oedd yna fwth ffôn yn gyfleus yn rhywle.

'Ddim nes na sgwâr Wenceslas hyd y gwn i,' atebodd yntau.

Gwnaeth Alwyn benderfyniad sydyn, 'Ewch â fi'n ôl i'r gwesty V Zlotè,' gorchmynnodd, ac wedi cyrraedd yno talodd yn anrhydeddus i'r gyrrwr a dweud, 'Os daw rhywun i'ch holi amdana i, dwedwch na welsoch chi 'rioed mohono i, a pheidiwch â sôn am y llety yma.'

Wedi derbyn cil-dwrn mor hael, roedd hwnnw'n barod iawn i gytuno. 'Mae hyn gymaint ag a gymera i mewn deuddydd,' meddai. 'Fe ga i noson gynnar efo'r wraig heno!'

Am nad oedd ffôn ar gael yn ei lofft, gorfu i Alwyn ddefnyddio'r un cyhoeddus oedd mewn bwth bychan yng nghornel y cyntedd. Bu'n aros yn ddiamynedd am hydoedd tra oedd y cysylltiad â Gwyn yn cael ei gwblhau, a phan glywodd lais merch yn ateb mewn Cymraeg, rhoes ochenaid ddofn o ddiolch a gofyn am gael siarad â Gwyn Rees.

'Alwyn!' meddai'r twrne. 'Ble'r wyt ti, a be sy'n bod?'

'Rydw i ym Mhrâg, Gwyn,' atebodd, 'a dydi petha ddim yn mynd yn dda o gwbl.' Ac aeth ymlaen i adrodd ei hanes.

'Mi ddwedais i wrthyt ti am beidio â chymryd dy hudo, on'do?' meddai hwnnw'n geryddgar.

'Dŵr o dan y bont yw hynny bellach, Gwyn bach,' atebodd yntau. 'Be dwi'n mynd i' neud rŵan, ydi'r cwestiwn? Oes gen ti ryw gyngor?'

'Mae'n sefyllfa od,' atebodd y twrne, 'ac fe elli fod mewn peryg, yn enwedig gan fod gŵr y ddynas yna'n bennaeth heddlu Prâg. Mae hi'n siŵr o fod wedi cysylltu ag o bellach. Gwrando! Y peth gora i ti 'i neud rŵan ydi cefnu ar y gwesty yna cyn gynted ag y gelli di. Os na fedri di adael Prâg, chwilia am lety bach di-nod, yna dal ar dy gyfle i gysylltu â'n conswl ni yn y ddinas. Dyna'r peth diogela ac—'

'Ond be am Elena, Gwyn?' gofynnodd ar ei draws. 'Fe ddois i yma i ddod o hyd iddi hi . . .'

'Ond os ydi hi wedi marw, Alwyn, be fedri di neud? Gwna'n siŵr, os gelli di, fod Dubcèk yn cael y llythyr yna. Wedyn, tyrd adre am dy fywyd. Dyna 'nghyngor i ti.'

'Y drwg ydi nad ydw i ddim yn siŵr 'u bod nhw'n deud y gwir. Mae 'na ryw ddrwg yn y caws yn rhywle, a fydda i ddim yn fodlon nes bydda i wedi canfod be ydi o. Faddeuwn i byth i mi fy hun pe rhown i'r gorau iddi am fod arna i ofn cwpwl o wragedd.'

'Un pengaled fuost ti 'rioed, Alwyn. O'r gora,

gwna be fedri di i'w chanfod, ond paid â threulio gormod o amser wrthi. Yn ôl y newyddion dwetha o'r wlad yna, dyw'r argoelion ddim yn dda i Dubcèk, druan. Os na cha i air gen ti ymhen tridia, fe fydda i'n cysylltu â'r Swyddfa Dramor yn Llundain. Mae'n bryd i rywun bwnio rhywfaint o synnwyr i'th ben di . . .'

Ar hynny, torrwyd y cysylltiad. 'Fflamio!' ebychodd Alwyn gan roi'r derbynnydd yn ôl yn ei le, ac er nad oedd fawr callach yn dilyn y sgwrs fer, teimlodd yn hapusach o lawer wedi clywed llais ei gyfaill.

Penderfynodd dderbyn cyngor Gwyn. Aeth yn syth at y dderbynfa ac egluro wrth y ferch ei fod am adael Prâg, gyda'r esgus fod y ddinas yn rhy boeth, ac yr hoffai gael cyfle i grwydro'r pentrefi. Talodd am ddwy noson cyn mynd i'w lofft i gasglu ei gwdyn dillad ac yna i'r garej i nôl ei gar. Gyrrodd oddi yno a dechrau chwilio am lety gwely a brecwast mewn rhan wahanol o'r ddinas. Wedi llwyddo yn y bwriad hwnnw, gadawodd ei gar mewn iard yng nghefn y llety a mynd allan i grwydro o gylch y ddinas gan gadw'n glir o'i chanol. Aeth i dafarn i fwynhau swper cyn troi yn ôl i'r gwesty.

Bu am hydoedd yn ceisio cysgu, a'i feddwl yn troi a throsi ynghylch yr ymweliad â chwaer-yng-nghyfraith Jan, a'i fethiant i gyflwyno'r llythyr i Dubcèk. Fe'i temtiwyd i dderbyn cyngor Gwyn Rees a throi cefn ar y cyfan, ond wedi noson anesmwyth o gwsg, gwrthod yr awgrym a wnaeth. 'Ildia i ddim mor rhwydd â hynna,' meddai wrtho'i hun wrth fynd i lawr i frecwast.

Manteisiodd ar un o'r papurau dyddiol Almaeneg oedd ar fwrdd wrth ddrws yr ystafell fwyta er mwyn canfod sut oedd pethau gyda Dubcèk. Fe'i siomwyd o ddeall bod y sefyllfa'n mynd o ddrwg i waeth arno, a bod Brezhnev, pennaeth y Sofiet, wedi galw cyfarfod brys gyda phenaethiaid gwledydd y Bloc Dwyreiniol. Sylweddolodd fod ei gyfle i gyflwyno'r llythyr yn prinhau, a phenderfynodd fynd ar ei union i weld y conswl Prydeinig i ofyn am help. Gadawodd ei gar yn y llety ac anelu am sgwâr Wenceslas gyda'r bwriad o geisio cymorth gŵr y tacsi a'i cludodd y diwrnod cynt.

Yn ddiarwybod iddo, pan gefnodd Alwyn ar gartre Frau Korsky, roedd o wedi cynnau tân eithin oedd i losgi'n fflamau o'i gylch cyn hir. Pan fethwyd â'i ganfod yn sgwâr Wenceslas gan ddau aelod o'r heddlu o dan orchymyn y Capten Korsky, dechreuwyd holi gyrwyr y tacsis am yr un a'i cludodd. Roedd hwnnw a gafodd gil-dwrn da gan Alwyn wedi penderfynu cymryd gweddill y dydd yn rhydd, gartre'n mwynhau swper cynnar gyda'i wraig. O dan fygythiad yr heddlu, gorfodwyd y gyrwyr eraill i roi ei gyfeiriad iddyn nhw.

Sŵn curo trwm ar ddrws eu cartref oedd y rhybudd cyntaf a gafodd y gyrrwr fod yr heddlu ar ei warthaf. Ei wraig a gododd i weld pwy oedd yno, a phan agorodd y drws gwthiodd dau heddwas heibio iddi gan fynd yn syth i'r gegin at ei gŵr a dechrau ei holi. Roedd yntau'n gyndyn o ddatgelu dim am y cwsmer hael ei gil-dwrn, ond pan fygythiwyd cymryd ei drwydded yrru oddi arno, gwyddai nad oedd dewis ganddo.

Ymadawodd y ddau yn syth ac anelu am y gwesty V Zlotè, lle bu Alwyn yn aros, ond roedden nhw'n rhy hwyr. Fe'u gorfodwyd i ddychwelyd i'r pencadlys ac adrodd hanes eu methiant wrth Korsky, gan egluro bod y dderbynferch wedi dweud i Alwyn adael y ddinas i grwydro'r pentrefi cyfagos. Gwylltiodd y pennaeth yn gaclwm pan ddeallodd fod Alwyn wedi llithro o'i afael unwaith yn rhagor, a gorchmynnodd nifer o heddlu i fynd allan i'r pentrefi i chwilio amdano. Pan ddaethant yn ôl o un i un gan adrodd eu methiant, gwyddai'r pennaeth nad oedd dewis ganddo bellach ond cysylltu â'r Cyrnol Kadesh, pennaeth heddlu cudd y wlad. Byddai'n adrodd yr hanes wrth hwnnw gan ei rybuddio bod eu dyfodol mewn peryg.

*   *   *

Wedi cyrraedd sgwâr Wenceslas, anelodd Alwyn am y gyrwyr tacsis gan lygadu am un yn arbennig. Wedi adnabod hwnnw, anelodd yn syth amdano a gofyn iddo'i gludo i gonsiwlét Prydain.

Syllodd y gyrrwr arno mewn braw. 'Mae'r heddlu'n chwilio amdanoch,' sibrydodd, gan adrodd ei helynt gyda'r awdurdodau y noson cynt. 'Gadael Prâg cyn gynted ag y gallwch fydd orau ichi, neu Duw a'ch helpo os caiff yr heddlu cudd afael ynoch.'

Diolchodd Alwyn iddo am ei gyngor. 'Ond mae'n bwysig iawn 'mod i'n llwyddo i gysylltu â chonswl Prydain yma. Fedrwch chi fynd â mi yno?'

'Feiddien i ddim,' atebodd y gyrrwr. 'Pe cawn i fy nal yn gneud hynny fe fydden inna yn y carchar cyn nos, a'm bywoliaeth wedi mynd.'

'Dyna'r peth ola fynnwn i,' meddai Alwyn, 'ond fedrwch chi ddeud wrtha i sut i ganfod y consiwlét?'

Cytunodd y gyrrwr yn barod iawn i hynny, ac roedd yn falch o weld cefn y Prydeiniwr.

Wedi dilyn ei gyfarwyddiadau'n fanwl, a cherdded am tua hanner awr, cyrhaeddodd ardal lle'r oedd nifer o dai mawr wedi eu hamgylchynu â gerddi eang. Arhosodd y tu allan i un yn y man, a phan welodd y geiriau 'British Consulate' ar un o bileri clwyd fawr, rhoes ochenaid dawel o ryddhad. Ceisiodd agor y glwyd ond roedd clo arni. Nid oedd yn siŵr pa gam i'w gymryd nesaf, ond daeth cymorth pan gamodd milwr allan o fwth gerllaw a holi beth oedd ei fusnes. Deallodd yn syth mai milwr Prydeinig ydoedd, ac eglurodd ei fod am gael gweld y conswl ar fater pwysig. Pan ddeallodd y gwyliwr mai o Brydain yr oedd yntau, agorodd glwyd fechan iddo gamu heibio iddi i mewn i dir y consiwlét.

'Fe a' i i ffonio, a gweld a all rhywun gwrdd â chi,' meddai.

Wedi aros am ryw bedwar neu bum munud yn sgwrsio â'r gwyliwr, gwelsant *jeep* yn gyrru i lawr y dreif tuag atynt, ac yn aros gerllaw. Camodd gŵr ifanc trwsiadus allan ohono ac ymuno â hwy.

Eglurodd Alwyn iddo beth a geisiai. 'Mae a wnelo â mater pwysig iawn all effeithio ar ddyfodol Dubcèk,' meddai.

Ceisiodd y gŵr ifanc fwy o wybodaeth ganddo, ond roedd yntau'n amharod i ddatgelu gormod cyn gweld y conswl. Yn y diwedd cytunodd y clerc i'w gludo i fyny i'r consiwlét ac i gael gair ar ei ran gyda'i bennaeth. Taniodd y *jeep*, ac i ffwrdd ag Alwyn yn ei gwmni. Pan gyrhaeddodd, fe'i rhoed mewn lolfa i aros. 'Fe a' i i gael gair â'r conswl, ac fe drefna i i rywun ddod â choffi i chi. Leslie Harrison ydw i, gyda llaw,' ychwanegodd y gŵr ifanc cyn gadael.

Eisteddodd Alwyn yn bur obeithiol bellach, ac yntau wedi llwyddo i ddod cyn belled. Yn y man, pan ddaeth morwyn ifanc â choffi a chacen iddo, diolchodd iddi ac ymroi i'w mwynhau. Gwenodd hithau arno, a'i adael.

Roedd ar ei ail gwpanaid pan agorodd y drws a cherddodd gŵr canol oed i mewn i ymuno ag ef, a'r clerc wrth ei sodlau. 'Mr Harris,' meddai wrtho gan estyn ei law, 'Gordon Harley, Conswl Prydain yn Tsiecoslofacia, ydw i. Rwy'n deall fod gynnoch chi broblem i'w datrys.'

Cododd yntau i'w gyfarfod ac ysgwyd llaw. 'Diolch ichi am gytuno i'm gweld,' meddai. 'Oes, mae gen i broblem, ac fe fyddwn i'n falch iawn o'ch cymorth.'

'Gadewch i ni eistedd,' meddai'r conswl, 'ac fe gewch gyfle i egluro be sy'n eich poeni.'

Wedi i'r tri eistedd, adroddodd Alwyn gyfran o bwrpas ei ymweliad â Phrâg, gan bwysleisio pwysigrwydd medru cyflwyno llythyr Jan i Dubcèk, heb ychwanegu gormod am y gweddill o'r dasg o geisio canfod Elena a sicrhau ei bod yn cael eiddo ei thad, os oedd hi'n fyw. 'Os gallwch fy helpu, fe fydda i'n ddiolchgar iawn i chi,' meddai.

'Llythyr personol i'r prif weinidog,' meddai'r conswl a'i aeliau'n codi, a'i osgo fel petai'n awgrymu ei fod wedi cwrdd â rhyw fath o granc. Edrychodd ar ei glerc cyn troi'n ôl at Alwyn. 'Mae'n anodd credu y gall llythyr gan ryw fath o "ex-patriot" Tsiecoslofacaidd, pwy bynnag oedd o, wneud fawr o wahaniaeth i sefyllfa Dubcèk, fel y mae pethau ar hyn o bryd. At hynny, fe fuaswn i'n deud ei bod yn gwbl anobeithiol i chi gael cyfweliad ag o.'

Wedi gwrando ar yr ymateb llugoer i'w gais, teimlodd Alwyn fod ei holl ymdrechion a'i obeithion yn cael eu chwalu'n llwyr, ac yntau'n analluog i wneud dim ynghylch hynny. 'Dal ati,' meddai wrtho'i hun, 'mae gen ti hawl i'w help o.' Gwnaeth un ymgais arall drwy egluro mwy ar gefndir Meryk a'i gysylltiad cynnar â Dubcèk, a hefyd fod ganddo deulu yn y wlad.

Oedodd y conswl cyn ymateb. 'O'r gora,' meddai. 'Rhoi cynnig arni fydd y peth lleia y medrwn ni 'i neud wedi'ch parodrwydd chi i fentro ar y fath dasg.' Trodd at ei glerc. 'Leslie,' meddai, 'ewch i gysylltu â phencadlys Dubcèk, a cheisio cael cyfweliad inni cyn gynted ag y gellir.'

Tra bu'r clerc yn gwneud hynny, bu'r conswl ac Alwyn yn sgwrsio, ac eglurodd yntau'n gynnil am y gwaith ychwanegol oedd ganddo i'w gyflawni.

'Go brin mai dyma'r adeg orau i geisio crwydro'r wlad, a phethau fel y maen nhw,' meddai'r conswl. 'Mae'n amlwg erbyn hyn nad yw'r comiwnyddion sy o dan ddylanwad Moscow yn mynd i ildio'u hawliau'n rhwydd. Os digwydd i ni lwyddo i gael cyfweliad y bore 'ma, fy nghyngor i chi ydi dychwelyd i Brydain wedyn, neu o leia fynd i'r Almaen am sbel.'

Dychwelodd y clerc yn y man. 'Maen nhw wedi cytuno i roi deng munud i chi, syr,' meddai, 'ond rhaid i ni fod yno o fewn hanner awr—mae'r prif weinidog ar gychwyn i gyfarfod pwysig. Efo Herr Bilàk y bûm i'n siarad, a doedd o ddim yn barod i roi ei air y câi Mr Harris ei hun weld Herr Dubcèk.'

'O'r gora, Leslie,' meddai'r conswl, 'gallwn ni ond gobeithio y llwyddwn ni. Ewch i drefnu bod y car ar gael yn syth.'

Ymhen pum munud, roedd Alwyn yn eistedd yn gyfforddus yn sedd ôl car Rolls Royce moethus, a'r conswl wrth ei ochr. 'Mae'n bosib y bydd yn rhaid i chi gytuno i mi fynd â'r llythyr i mewn i ystafell y prif weinidog,' meddai'r conswl wrtho. 'Mae yna beth wmbredd o bobl yn ceisio cyfweliad ag o.'

Er ei fod yn gyndyn iawn i ildio, gwyddai Alwyn na allai ond ceisio gwneud y gorau o'r gwaethaf, ac mai ildio fyddai raid.

'Os mai Herr Bilàk ei hun fydd yn ein derbyn, mae gobaith imi lwyddo i'w berswadio. Mae o'n fwy cefnogol i ochr Prydain na'r rhan fwyaf sydd yno,' eglurodd y conswl gan geisio'i gysuro.

Yn ffodus, dyna'r union ŵr a safai'n aros amdanynt yn y cyntedd, a bu'r conswl ac yntau'n sgwrsio am rai munudau tra oedd Alwyn yn gwrando ond yn methu deall. Yna trodd y conswl ato a dweud yn dawel, 'Mae'n iawn ichi fynd i mewn, ond mae yna un broblem. Fe fydd gŵr o'r enw Novotny yno hefyd, ac mae o'n gwylio'r prif weinidog â llygaid barcud; dyw hwnnw ddim yn rhy gefnogol iddo. Byddwch yn bwyllog iawn.'

Safai dau wyliwr arfog wrth ddrws ystafell y prif weinidog a gorfu i Herr Bilàk egluro'n fanwl i'r ddau pwy oedd gydag ef. Wedi eu bodloni, agorwyd y drws a chamodd y tri i mewn. Er ei fod yn teimlo'n nerfus iawn, ceisiodd Alwyn ymddangos mor hyderus ag y gallai. Camodd ymlaen yng nghwmni'r ddau arall a sylwi ar ddau ŵr oedd yn eistedd wrth ddesg lydan yn un gornel i'r ystafell. Fel yr oeddent yn agosáu, cododd y ddau a theimlodd Alwyn ias ryfedd yn rhedeg i lawr ei feingefn wrth iddo edrych ar Alexander Dubcèk. Fe'i hadnabu oddi wrth y darluniau ohono a welodd ar y teledu ac yn y papurau dyddiol. Gŵr gweddol dal, grymus o gorff, oddeutu'r canol oed, a'i wyneb crwn, llwydaidd yn tystio i olion straen. Un cwbl wahanol a safai wrth ei ochr, dyn tal, main ei wyneb, gyda dau lygad du, treiddgar yn syllu arnynt yn amheus. Cyflwynodd Herr Bilàk y ddau ac ysgydwodd y prif weinidog law â hwy. Dyma brofiad i'w adrodd wrth blant y chweched dosbarth adre! meddai Alwyn wrtho'i hun, gan roi ei law yn ei boced a thynnu'r llythyr tyngedfennol allan i'w gyflwyno i'r prif weinidog. Wrth iddo wneud hynny, estynnodd Novotny ei law i'w dderbyn, a chymerodd Alwyn hanner cam yn ôl gan ddal ei afael arno. Am eiliadau bu tawelwch llethol cyn i'r prif weinidog wenu arno ac estyn ei law. Rhoes yntau'r llythyr yn ei law yn union fel y dymunodd Jan iddo wneud. 'Llythyr personol i chi oddi wrth hen gyfaill ichi, Jan Meryk, syr,' meddai.

Edrychodd y prif weinidog arno mewn syndod am eiliad neu ddwy. 'Jan Meryk!' meddai. 'Ydi o'n dal yn fyw? Ble mae o?' Ymdaenodd siom dros ei wyneb pan atebodd Alwyn fod Meryk wedi marw, ond diolchodd i Alwyn am gyflwyno'r llythyr ar ei ran.

Ymhen deng munud roedd o yn y car ac yn teithio'n ôl i'r consiwlét.

'Wel,' meddai'r conswl, 'llongyfarchiadau ichi! Dyna chi wedi llwyddo i gadw'ch addewid i'ch ffrind. Beth oeddech chi'n ei feddwl o Alexander Dubcèk?'

'Un yr hoffwn inna fod yn ffrind iddo,' atebodd Alwyn. 'Gobeithio y bydd yn llwyddo yn ei fwriad. Diolch i chi am eich cymorth.'

'Rwy'n falch o fod wedi medru'ch helpu,' atebodd y conswl. 'Does ond gobeithio y cyflawna'r llythyr y bwriad oedd y tu cefn iddo. Gymerwch chi air o gyngor? Mae sefyllfa'r wlad yma'n ddyrys, a synnwn i ddim na fydd y croesfannau'n cael eu cau cyn hir. Rydych chi wedi cyflawni'r dasg bwysicaf, greda i. Troi am adre cyn gynted ag y gallwch fydd orau i chi. Falle y gallwch chi ddychwelyd yma rywbryd eto i orffen yr hyn y gofynnwyd i chi'i wneud. Ar ôl cinio yma efo ni, fe gaiff Leslie eich hebrwng i'r man lle mae'ch car wedi'i barcio.'

Gwyddai Alwyn fod cyngor y conswl yn synhwyrol iawn o dan yr amgylchiadau, ond y cyfan a ddywed-odd oedd, 'Falle y bydde hynny'n beth doeth, syr.'

Wedi mwynhau'r cinio gorau a gafodd ers llawer dydd, aeth y clerc ag ef at ei gar. 'Wel,' meddai'r clerc, 'fe gawsoch brofiad i'w gofio. Ewch ag o adre efo chi.'

Diolchodd Alwyn iddo am ei gymorth yntau, a'i wylio'n gyrru i ffwrdd cyn camu i'w gar ei hun a mynd ati i chwilio am y mapiau o'r cylch a brynodd y noson gyntaf iddo fod yno. Treuliodd beth amser yn eu hastudio i ganfod y ffordd orau, nid allan o Brâg am y groesfan i'r Almaen, ond am y ffordd i'r pentre lle'r oedd Olga Meryk wedi'i chladdu. Wedi gwneud ei benderfyniad, roedd am lynu wrtho.

Ymhen awr, fwy neu lai, roedd yn arafu wrth yrru'n ofalus i mewn i'r pentref roedd Meryk wedi ei enwi. Roedd yn bnawn cynnes, braf, a'r haul yn disgleirio oddi ar glochdy'r eglwys oedd ar ganol y pentref. Arhosodd ger clwyd fechan a agorai i fynwent a amgylchynai'r eglwys. Daeth allan o'r car, ac wrth anelu tuag ati, unwaith eto teimlodd ryw ias ryfedd yn cydio ynddo. Agorodd y glwyd a chamu i lwybr cul a arweiniai heibio'r beddau. Roedd hyfrydwch y pnawn a'r ffaith ei fod yn troedio'r fynwent lle claddwyd Olga Meryk, y clywodd ei phriod, Jan, yn sôn cymaint amdani, wedi'i feddiannu mor llwyr fel na welodd y car oedd wedi aros o fewn tafliad carreg i'w gerbyd ef.

Roedd y ffaith mai car â phlât cofrestru Prydeinig oedd ganddo wedi hwyluso gwaith heddlu Prâg i chwilio amdano. Fe'i gwelwyd gan heddwas pan oedd yn gyrru allan o'r ddinas, ac mewn eiliadau roedd wedi cysylltu â'r pencadlys ac wedi derbyn gorchymyn i'w ddilyn. Nid oedd i ymyrryd ag o, ond doedd y ddau yn y car ddim i golli golwg arno ar unrhyw gyfrif.

Cerddodd Alwyn yn araf o fedd i fedd gan chwilio am enw Olga Meryk. Ni allai beidio â dotio at ddestlusrwydd y beddau a'r tir o'u cylch, gyda darlun o'r sawl a gladdwyd yno wedi ei osod ar y garreg fedd, ac ambell lamp a channwyll ynddi hwnt ac yma. Eithriad oedd i fedd fod heb flodau, a'r rheini'n ffres bob tro.

Wedi mynd heibio i sawl rhes, trawodd ei lygaid ar yr enw y chwiliai amdano—*Olga Meryk, Hydref 5, 1955*, a chofiodd mai deng mlwydd oed oedd Elena pan fu farw ei mam. Nid oedd ei henw hi wedi ei dorri ar y garreg, ac roedd hynny o leiaf yn cadarnhau peth o stori ei modryb, sef nad oedd hi wedi'i chladdu gyda'i mam.

Sylwodd fod tusw blêr o flodau wedi gwywo ar y garreg, a thybiodd ei bod yn od iawn na fuasai'r sawl fu mor ofalus â gosod y blodau wedi bod yno wedyn i glirio'r petalau gwyw. Plygodd yn nes atynt, a sylwodd fod rhywbeth ynghlwm wrth y tusw. Pan gydiodd ynddo, daeth yn rhydd yn ei law. Cwdyn plastig ydoedd, a cherdyn o'i fewn, ond yn anffodus roedd lleithder glaw, ynghyd â gwres haul, wedi magu llwydni dros y cyfan nes ei bod yn anodd darllen y geiriau. Wrth graffu'n galed, canfu Alwyn mai Tsiec oedd yr iaith. Ond yn sydyn, fe hoeliwyd ei sylw ar un gair: 'Elena'. Tybed a oedd hi wedi'i chladdu yma wedi'r cyfan, ac os felly, pam celu'r ffaith? Neu tybed a oedd hi wedi marw o gwbl? Ac onid oedd, ai hi a osododd y blodau ar y bedd?

Safodd yno mewn penbleth yn methu ateb y naill gwestiwn na'r llall. Os oedd y Tad Robèk yn y presbyteri, fo fyddai'r unig un a fedrai roi'r ateb iddo . . . Syllodd ar y cerdyn yn ei law, a phenderfynu mynd i chwilio am yr offeiriad.

Yn ffodus, roedd y presbyteri wrth ochr yr eglwys a cherddodd i fyny'r llwybr at y drws heb wybod fod y ddau oedd yn y car yn ei wylio'n ofalus. Wedi curo arno, gorfu iddo aros am ychydig nes i wraig bur oedrannus ei agor a gofyn beth oedd ei neges.

Atebodd hi mewn Almaeneg, gan holi a oedd y Tad Robèk i mewn, ac a allai ei weld?'

'Y Tad Robèk?' meddai'r wraig yn syn. 'Dyw e ddim yma ers blynyddoedd. Fe ymddeolodd oherwydd ei iechyd.'

'O!' meddai yntau'n siomedig, ac wedi munud o betruso, gofynnodd a oedd yna offeiriad yn yr eglwys ar y foment.

'Oes, mae'r Tad Valèk yma,' atebodd hithau. 'Hoffech chi ei weld o?'

Dywedodd y byddai'n ddiolchgar iawn pe câi, a gadawodd yr hen wraig ef ar garreg y drws. Ymhen munud neu ddau, pan ddaeth offeiriad canol oed ato, eglurodd Alwyn ei fod wedi dymuno gweld y Tad Robèk ar fater pwysig, ac y carai fanylu ymhellach gyda'i ganiatâd. Fe'i gwahoddwyd i mewn yn gwrtais, a dilynodd yr offeiriad i ystafell a llyfrau yn cuddio bron bob mur ynddi.

'Steddwch,' meddai'r offeiriad, a chyda hynny aeth Alwyn ati i ddechrau egluro pam ei bod mor bwysig iddo gysylltu â'r Tad Robèk. 'Wyddoch chi ble mae o'n awr?' gofynnodd.

'Dydw i ddim yn hollol sicr,' atebodd yr offeiriad, gan ychwanegu at siom Alwyn. 'Fe aeth odd'ma oherwydd cyflwr ei iechyd i abaty Kutna Hora, sydd ryw gan milltir o'r fan hyn. Os yw'n dal yn fyw, fe all fod yno o hyd.'

'Duw a'm helpo!' meddai Alwyn wrtho'i hun. Teimlai fod pethau'n gwaethygu, a chan ddyfalu tybed beth a wyddai'r offeiriad hwn am Elena a'i theulu, bwriodd ar gwrs arall o'i holi gan obeithio'r gorau. Aeth ati i egluro mwy o'r cefndir, a gofyn tybed a allai'r offeiriad gynnig rhyw fath o eglurhad ar y cerdyn oedd ynghlwm wrth y tusw blodau. Dangosodd y cerdyn iddo.

Edrychodd y Tad Valèk ar y cerdyn yn ofalus cyn ateb, 'Cerdyn oddi wrth ferch o'r enw Elena yw hwn,' meddai, 'ac mae'r blodau er cof am ei mam.'

'Mae hynny'n amhosibl,' meddai Alwyn. 'Fe ddwedwyd wrthyf i ddoe ddiwethaf fod Elena wedi marw ers o leia ddwy flynedd.'

'Dyna beth od,' meddai'r offeiriad. 'Wyddoch chi ble'i claddwyd hi?'

'Hyd y gŵyr ei theulu, fe'i corfflosgwyd yn Budvais. Tybed a oes modd i chi ganfod pwy allai fod wedi gosod y blodau ar y bedd? Tybed a roddodd rhywun nhw yno ar ran Elena?'

Oedodd y Tad Valèk cyn ateb. 'Wel,' meddai, 'mae rhai pobl sy'n byw ymhell a chanddynt deulu wedi eu claddu yma, yn anfon arian i ni ar adeg gwyliau arbennig i ni brynu blodau ar eu rhan.'

'Ydach chi'n cadw cofnodion o hynny?' holodd Alwyn yn obeithiol.

'O, ydan,' meddai'r offeiriad, 'mae gynnon ni lyfr arbennig ar gyfer hynny. Rhoswch chi,' ychwanegodd wrth godi a mynd at gwpwrdd gan ei agor a thynnu dau lyfr cofnodion trwchus ohono. Dychwelodd at Alwyn a holi, 'Oes gynnoch chi ryw syniad beth oedd enw llawn y ferch, a phle roedd hi'n byw ddiwethaf?'

'Elena Meryk,' atebodd yntau. 'Ac yn ôl a ddeallais i, roedd hi'n debyg o fod yn byw yn Budvais nes iddi gael ei lladd mewn damwain ar un o fynyddoedd yr ardal honno.'

Dechreuodd y Tad Valèk chwilio'r llyfrau cofnodion, ac wedi i Alwyn ddisgwyl yn ddiamynedd am rai munudau, 'A!' meddai'r offeiriad, 'mae yna rywbeth fan hyn. Ond mae o'n beth od, a deud y lleia—o feddwl am yr hyn rydach chi wedi 'i ddeud.' Aeth ymlaen i ddarllen cofnod: 'Rhodd oddi wrth Elena Meryk am ofalu am fedd ei mam, Olga Meryk. Dyddiad Gorffennaf 2, 1967.'

'Gorffennaf 1967!' ebychodd Alwyn. 'Mae hynny'n amhosibl, a hithau wedi marw dros flwyddyn ynghynt.' Oedodd cyn ychwanegu, 'Os nad oes rhywun yn ceisio fy nhwyllo i.'

'Mae hynny'n fwy nag y galla i ei ateb, Herr Harris,' meddai'r offeiriad. 'Hyd y galla i weld, yn Budè Jovicè, neu Budvais, fel rydach chi'n ei alw, y mae'r ateb.'

'Beth am gael claddu llwch ei thad ym medd y teulu yma?' gofynnodd Alwyn. 'Fel y soniais i, dyna oedd ei ddymuniad o. Ydi hi'n bosibl?'

'Mae'n ddrwg gen i, ond rhaid ichi gael caniatâd y ferch neu'r aelod agosaf o'r teulu.'

'Mae hynny'n golygu fod rhaid imi gludo'r llwch o gylch y wlad yma nes bydda i wedi datrys sawl problem,' meddai Alwyn, gan deimlo'n edifar iddo erioed addo ymhél â'r ffasiwn fater trafferthus.

'Fe allwch adael y llwch yn ein gofal ni yn yr eglwys nes y byddwch chi wedi llwyddo i ddatrys rhai o'ch problemau,' cynigiodd yr offeiriad. 'Rwy'n addo y bydd yn berffaith ddiogel yma.'

Derbyniodd Alwyn y cynnig yn ddiolchgar. 'Fe fydde hynny'n help mawr imi. Mae'r llwch gen i yn y car—fe af i'w nôl.'

Gwyliodd y ddau oedd yn y car arall ef yn dod allan o swyddfa'r eglwys ac yn dychwelyd at ei gar, gan estyn rhywbeth ohono cyn dychwelyd at yr offeiriad a rhoi'r pecyn yn ei law, 'Be aflwydd mae o'n 'i roi iddo, sgwn i?' meddai un wrth y llall.

'Fe gawn weld yn y munud,' atebodd ei bartner. 'Be ydan ni'n mynd i' neud os gyrrith o i ffwrdd?'

''I ddilyn o, wrth gwrs, ond fe ddylen ni gael gafael ar y pecyn yna'n gynta.'

Wedi gwylio Alwyn yn dychwelyd i'w gerbyd ac yn troi'n ôl i gyfeiriad Prâg, neidiodd y ddau allan o'r car a phrysuro i'r presbyteri. Yr offeiriad ei hun a agorodd y drws y tro hwn. 'Mae'n brysur iawn yma'r bore 'ma!' meddai gan wenu.

Doedd dim gwên ar wyneb y naill na'r llall a'i hwynebai, a holodd un yn sarrug, 'Pwy oedd y gŵr fu yma efo chi funud yn ôl?'

'Maddeuwch i mi,' meddai'r Tad Valèk, 'fy musnes i yw hynny.'

'Mae o'n fusnes i'r heddlu hefyd,' meddai'r holwr gan ddangos ei gerdyn awdurdod. 'Ei enw? A'i fusnes yn galw arnoch?' ychwanegodd. 'Neu os mynnwch, fe allwn fynd â chi i Brâg i'ch holi. Mae'n hamser yn brin.'

Gwyddai'r offeiriad yn dda am ddull heddlu Prâg o groesholi, a thybiodd mai ceisio'u hateb a fyddai orau iddo. 'Doedd dim byd arbennig yn yr ymweliad,' atebodd. 'Prydeiniwr oedd o yn dymuno cyflawni cymwynas â hen ffrind iddo. Cael claddu llwch ei gyfaill ym medd y teulu. Dyna'r cyfan.'

'Mi fu yma am amser,' meddai'r holwr. 'Oedd o'n holi am rywun arall?'

'Doedd gan yr offeiriad ddim syniad pam roedd gan yr heddlu ddiddordeb yn yr ymwelydd, ond gwyddai y byddent yn dial arno ef pe ceisiai eu twyllo. Er hynny, roedd yn amharod i ddatgelu'r cyfan. 'Rhaid imi ddeud wrthych,' meddai, 'fod yr hyn a drafodir gan berson a'i offeiriad yn gyfrinachol. Felly, rhaid i mi barchu—'

'I'r diawl â hynny!' torrodd yr holwr ar ei draws. 'Gwybodaeth sy arnom ni ei eisia, neu fe ofalwn y bydd yr heddlu cudd yn cael cyfle i'ch holi. Enwau neu . . .' Roedd y bygythiad yn ei lais yn ddigon.

'Alwyn Harris oedd enw'r gŵr,' atebodd y Tad Valèk yn dawel. 'Holi'r oedd am ferch y gŵr yr oedd o wedi cludo'i lwch yma i'w gladdu. Dwn i ddim pam roedd o am gael hyd iddi, ond deallais ei bod wedi marw, a'r unig beth arall a fynnai oedd enw hen offeiriad y teulu. Dymuno diolch iddo am ofalu roedd o, debyg . . .' Ymgroesodd yn ei feddwl, a deisyf maddeuant am gelu peth ar y gwir.

Doedd gan y ddau ddim i'w wneud ond derbyn ei ateb. 'Fe awn ni â'r llwch gyda ni,' meddai'r holwr. Does wybod beth sy y tu cefn i'r cais . . .'

'Na,' meddai'r offeiriad yn bendant. 'Fe'i hymddiriedwyd i'm gofal i, ac fe barchaf hynny. Gwnewch a fynnoch . . .'

Gwyddai'r ddau fod Alwyn yn pellhau tra oeddent yn oedi. 'Fe gewch ymweliad eto,' oedd ffarwél bygythiol y ddau cyn prysuro at eu cerbyd a gyrru ar wib i geisio dod o hyd i Alwyn.

'Wedi cyrraedd croesffordd ar y ffordd yn ôl i'r ddinas, gwelodd Alwyn arwyddbost yn cyfeirio at Budè Jovicè, a bron yn ddiarwybod iddo'i hun troes y car i gyfeiriad Budvais.

Doedd ganddo ddim syniad beth a wnâi wedi cyrraedd yno. Yn wir, doedd ganddo fawr o syniad beth i'w wneud ynglŷn â dim bellach. 'Ond fe wn i un peth,' meddai wrtho'i hun tra oedd yn gyrru ymlaen, 'chân nhw mo 'nhrechu i. Os ydi'r wraig yna a'i merch wedi deud celwydd wrtha i, mae 'na ryw reswm dros hynny, ac fe fynna i wybod pam.

O'i ôl, roedd y ddau oedd i fod i'w wylio mewn llawer mwy o benbleth. Wedi gyrru'n galed yn y gobaith o oddiweddyd Alwyn, aethant heibio i'r tro am Budè Jovicè'n wyllt ac ymlaen am Brâg. Erbyn cyrraedd cyrion y ddinas gorfu i'r ddau gydnabod eu bod wedi'i golli ac nad oedd dewis ganddyn nhw ond mynd i wynebu llid Capten Korsky, eu pennaeth.

Wedi iddo yntau orffen edliw i'r ddau, a'u gyrru allan i strydoedd Prâg i barhau i chwilio, cysylltodd â'r Cyrnol Kadesh unwaith yn rhagor ac adrodd am eu methiant i ganfod Alwyn.

'Trueni na faset ti wedi gadael petha i mi. Fe fydden ni'n siŵr o fod wedi cael gafael arno,' edliwiodd hwnnw. 'Gad o i mi bellach.'

O wybod yn rhy dda am ei ddylanwad, y peth olaf a fynnai Korsky oedd croesi Kadesh. 'Iawn,' cytunodd yn erbyn ei ewyllys. 'Mae yna bosibilrwydd y bydd yn anelu am Budè Jovicè rywbryd. Un gair o gyngor; fe wyddom bellach iddo fod mewn cysylltiad â'i gonsiwlét 'i hun yma, a dydan ni ddim eisia tynnu'r rheini i mewn i'r picil, yn enwedig fel mae petha efo Dubcèk ar hyn o bryd.'

'Paid â phoeni,' atebodd Kadesh, 'fe ofala i na thynnir yr un blewyn o'i drwyn unwaith y cawn ni afael arno!'

6

Wedi aros dros nos mewn tafarn ar y ffordd, ac yna cychwyn yn gynnar, cyrhaeddodd Alwyn dref Budvais ganol y bore. Parciodd ei gar mewn man cyfleus a dechrau rhyw gerdded o gylch y lle heb fod yn siŵr i ba gyfeiriad i fynd nac ychwaith pa gam i'w gymryd nesaf. Yn y man, daeth at sgwâr enfawr a phistyll ar ei ganol, a nifer o drigolion yn eistedd dan sgwrsio o'i gylch. Er mwyn cael cyfle i feddwl, eisteddodd yntau ar un o'r meinciau ac edrych o'i gwmpas. Yr hyn a'i trawodd yn fwy na dim oedd cyflwr dilewyrch llawer o'r adeiladau; roedd angen paent ar y rhan fwyaf ohonyn nhw, ac roedd goleuni llachar yr haul yn amlygu'r gwendidau.

'Wel,' meddai wrtho'i hun, 'os mai hyn yw comiwnyddiaeth, newidiwn i mono am yr hyn sy gynnon ni adre.'

Cododd cyn bo hir, a chrwydro o gylch y sgwâr nes iddo ddigwydd mynd heibio i'r hyn y tybiai ef oedd yn llyfrgell gyhoeddus. Tybed a allan nhw fy helpu i yn y fan hyn, meddyliodd wrth gamu i mewn i gyntedd a grisiau'n arwain oddi wrtho. Fe'u dringodd nes dod at ddrws gwydr ac arwydd 'Llyfrgell Gyhoeddus' mewn Almaeneg arno. Agorodd y drws a chamu i mewn i ystafell weddol eang lle'r oedd nifer o bobl mewn oed yn sefyll ac yn darllen y papurau dyddiol oedd wedi eu gosod ar fyrddau wrth un o'r muriau. Roedd yno nifer o fyrddau llai i bobl eistedd wrthynt, ac ym mhen draw'r ystafell gwelodd ferch ifanc yn dosbarthu llyfrau i wahanol bobl. Cerddodd tuag ati ac aros ei dro. Pan ddaeth, gwenodd y ferch arno a holi yn yr iaith Tsiec beth a fynnai.

Doedd o ddim yn hollol sicr am beth i ofyn, ond ar

drawiad, holodd a fedrai hi ei helpu i ganfod hanes damwain angheuol a ddigwyddodd i ferch ifanc ar un o'r mynyddoedd ryw ddwy flynedd ynghynt.

Oedodd y ferch cyn ateb, 'Fe allen i feddwl mai yn swyddfa'r heddlu y caech chi'r math yna o wybodaeth. Os croeswch chi'r sgwâr a throi heibio i'r eglwys, fe welwch y lle.'

Gwyddai Alwyn mai'r fan honno oedd y lle olaf y dymunai ymweld â hi ar y pryd, ac felly gofynnodd gwestiwn arall iddi. 'Tybed oes gynnoch chi gopïau o hen bapurau dyddiol y cyfnod yna? Fe allwn chwilota trwy'r rheiny am yr hanes.'

'Wel, oes,' atebodd y ferch braidd yn gyndyn. 'Mae twr ohonynt yn y stafell gefn. Ydach chi am imi geisio rhai i chi?'

'Os gwelwch yn dda,' atebodd. 'Mi faswn i'n tybio mai yn ystod yr haf ddwy flynedd yn ôl y byddai'r stori'n debygol o fod ynddyn nhw.'

'Steddwch wrth un o'r byrddau,' meddai'r ferch. 'Fe ofynna i i rywun gymryd fy lle tra bydda i'n chwilio amdanyn nhw.'

Bu'n aros wrth y bwrdd am gryn chwarter awr cyn iddo'i gweld yn anelu tuag ato gyda choflaid o bapurau. Fe'i gosododd ar y bwrdd. 'Mae gynnoch chi waith darllen mawr o'ch blaen!' meddai. 'Fe fyddwn yn cau am ginio am un o'r gloch.'

Wedi diolch iddi, troes at y dasg o ddechrau mynd drwy'r papurau fesul un gan obeithio cael yr hyn a geisiai. Er ei siom, canfu mai yn yr iaith Tsiec yr oedden nhw, ac na fedrai ddeall dim arnyn nhw. Turiodd drwyddynt er hynny nes dod at ryw hanner dwsin oedd mewn Almaeneg, ond er iddo fynd drwy'r rheini'n fanwl iawn, ofer fu'r cyfan. Cododd, mynd at y ddesg ac egluro felly wrth y ferch.

'Mae'n ddrwg gen i,' meddai, 'ond mae gynnon ni chwaneg o rai mewn Almaeneg.' Yna edrychodd ar y cloc ar y mur gerllaw cyn ychwanegu, 'Mae hi bron yn un o'r gloch, ac fe fyddwn yn cau am ddwy awr i ginio. Fe allwch ddod yn ôl wedyn.'

'Diolch yn fawr,' atebodd. 'Rhaid i minnau gael bwyd hefyd. Sgwn i a allwch ddweud wrtha i ble y ca i ginio?'

'Rwy'n arfer mynd i westy'r Casino,' atebodd. 'Mae bwyd da a rhesymol yno—fe allwch ddod efo mi os dymunwch.'

Derbyniodd yntau'r gwahoddiad yn syth, ac aeth gyda hi i'r gwesty. 'Peidiwch â phoeni,' meddai wrtho o weld bod y lle bron yn llawn, 'maen nhw bob amser yn cadw lle i mi.' Wedi tywys Alwyn at fwrdd gwag mewn cornel ger y ffenestr, gofynnodd beth a fynnai i'w fwyta, gan ddweud eu bod yn paratoi *goulash* gwych yno.

'I'r dim!' atebodd, '—os gwnewch chi'i archebu. A photel o win gwyn hefyd.'

Tra oeddent yn mwynhau'r pryd, gofynnodd y ferch iddo am faint yr oedd yn aros yn Budvais.

'Dim mwy na sy raid i mi,' meddai. 'Mae cryn frys arna i, a deud y gwir, ond mae'n ofynnol i mi gael gwybodaeth bendant am y ferch 'ma. Mae'n bwysig iawn.'

'Oedd yna ryw berthynas arbennig rhyngoch chi a hi? Mae hi wedi golygu cryn dipyn ichi ddod yr holl ffordd o Brydain i holi amdani.'

'Ydi, mae hi,' atebodd, gan deimlo y dylai esbonio mymryn mwy am y cefndir wrthi.

'Dwi'n gweld,' meddai hi, wedi gwrando arno am rai munudau. 'Mae syniad wedi dod imi a allai fod o help i chi yn eich ymchwil. Os mai dringo'r mynyddoedd roedd hi pan ddigwyddodd y ddamwain angheuol, fe allai hi fod wedi bod yn aelod o'r clwb dringo sy yma ym Mudvais. Os felly, fe fydden nhw'n siŵr o fod â gwybodaeth amdani.'

'Dyna syniad ardderchog,' cytunodd yntau'n awyddus. 'Wyddoch chi ble mae'r clwb dringo?'

'Gwn,' atebodd, gan edrych ar ei wats. 'Mae gen i ddigon o amser i fynd â chi draw yno.'

Wedi iddo fynnu talu am y pryd, gadawodd y ddau y gwesty ac fe'i tywyswyd drwy nifer o strydoedd cerrig coblog culion nes dod yn y man at leoliad y clwb.

'Dyma chi!' meddai wrtho. 'Fe ddylech gael gwybodaeth yn y fan hyn—ond os methwch chi, dowch yn ôl i'r llyfrgell, ac fe geisiwn ni'ch helpu rywfodd. A phwy a ŵyr,' ychwanegodd â gwên, 'falle y cawn ni bryd bach arall gyda'n gilydd!'

'Mi faswn wrth fy modd,' meddai yntau'n frwd. Wedi diolch iddi a ffarwelio, aeth i mewn i'r clwb.

Gŵr ifanc barfog a'i hwynebodd, a lliw ei groen yn tystio'i fod yn treulio llawer o'i amser ar y mynydd-oedd. Wedi iddo egluro iddo bwrpas ei ymweliad, rhoddodd enw'r eneth iddo.

'Elena Meryk?' meddai'r llanc barfog yn araf. 'Dyw'r enw ddim yn canu cloch.' Ac wynebwyd Alwyn â siom arall.

'Tybed ydi hi'n bosib i chi chwilio cofnodion haf 1965?' holodd Alwyn.

'Wrth gwrs,' cytunodd y gŵr ifanc ar unwaith, a chyn pen dim, roedd yn chwilio drwy lyfr cofnodion trwchus. 'Mae un peth yn siŵr,' meddai, 'fe fyddai damwain angheuol i un o'n haelodau wedi'i chofnodi.' Cododd ei ben o'r ymchwil yn y man. 'Na, does dim sôn am ddamwain y flwyddyn yna.'

'Beth am y flwyddyn ddilynol?' gofynnodd Alwyn. 'Fe all fod yna ryw gamddeallwriaeth ynglŷn â'r enw.'

'Mi edrycha i,' cytunodd y dringwr, ac arhosodd Alwyn yn dawel ac eithaf hyderus bellach.

'Mae yma rywbeth fan hyn,' meddai'r gŵr ifanc, 'ond dyw'r enw ddim yn gywir. Gorffennaf 12, 1966. Elenya Hodja.'

'Falle mai honna ydi hi,' meddai Alwyn yn obeithiol. 'Tua dwy ar hugain oed fase hi.'

'Na,' atebodd, 'roedd hon yn ferch o wlad Pwyl, ac yn saith ar hugain oed. Fe'i claddwyd ym mynwent y dre.'

Er i'w obeithion gael eu chwalu'n llwyr, doedd Alwyn ddim yn dawel ei feddwl. 'Mae yna rywbeth yn od yn y fan hyn,' meddai. 'Mae Elenya yn ddigon agos i'r enw Elena, ac mae co' gen i i'w thad sôn mai teulu o Ukrain oedd teulu ei wraig, ac mai Hodja oedd eu cyfenw. Ond dyw'r oed ddim yn gwneud synnwyr, na'r ffaith i'r ferch yna gael ei chladdu—yn ôl y wybodaeth a gefais i gan rai o'i theulu ym Mhrâg.'

'Mae'n ddrwg gen i, ond does dim mwy alla i ei wneud i'ch helpu,' meddai'r dringwr. 'Beth am i chi fynd i holi i swyddfa'r heddlu? Falle y gallen nhw eich helpu.'

Suddodd calon Alwyn, ond sylweddolodd nad oedd ganddo ddewis bellach. 'Dyna fydde ore, debyg,' cytunodd yn gyndyn. Wedi diolch i'r gŵr am ei gymorth, troes oddi yno am swyddfa'r heddlu.

Wedi cyrraedd y swyddfa, cafodd Alwyn ei groesawu gan heddwas ifanc. Ar ôl iddo ddweud ei stori a holi ynglŷn â'r ddamwain, awgrymodd y swyddog mai'r lle mwyaf tebygol am wybodaeth o'r fath fyddai swyddfa'r cofrestrydd marwolaethau.

O glywed cynnig mor amlwg resymol, teimlai

Alwyn yn flin ag ef ei hun am nad oedd wedi meddwl am hynny ar y cychwyn. Gofynnodd i'r swyddog a fyddai cystal â'i gyfarwyddo i'r lle hwnnw, ac wrth i'r heddwas nodi'r gwahanol strydoedd, camodd merch ifanc allan o ystafell gefn a cherdded i fyny'r coridor tuag atynt.

Am rai eiliadau, safodd fel petai wedi'i barlysu, a bu o fewn dim i weiddi 'Elena!' Diflannodd y ferch drwy ddrws arall.

'Oes rhywbeth yn bod, syr?' holodd yr heddwas.

'Na! na!' atebodd yn ffwndrus, gan sylweddoli na allai ddweud ei fod newydd weld y ferch y tybiodd ei bod wedi marw. Ceisiodd reoli'r cyffro o'i fewn a'i ddarbwyllo'i hunan na fyddai cyd-ddigwyddiad mor eithafol fyth yn bosibl. Yn ei ddryswch, fe'i cafodd ei hunan wedi troi ar ei sawdl ac yn camu allan yn frysiog.

Gwyliodd yr heddwas ef yn gadael. Un arall hanner pan! meddai wrtho'i hun.

Nid aeth Alwyn ddim pellach na bwrdd oedd ar y pafin y tu allan i westy, a'i feddwl yn ferw gwyllt. Archebodd botel o gwrw Pilsner a dechrau dadlau ag ef ei hun mai Elena oedd y ferch. Roedd hi'r un ffunud â'i mam. Tynnodd ei waled o'i boced, a chraffu ar y llun oedd ganddo o Olga Meryk ac Elena, ei merch. Cadarnhaodd y llun ei fod wedi canfod Elena Meryk. Ond sut oedd y peth yn bosibl? Yn bendant, ni allai fynd yn ôl i'w swyddfa a gofyn, 'Plîs ga i weld Elena Meryk?' Ond wedyn, gwyddai mai dyna'r unig ffordd oedd ganddo un ai i brofi neu ynteu i wrthbrofi'r ffaith.

Yn y diwedd penderfynodd mai trwy siarad â hi yn unig y gallai dorri'r ddadl. Doedd dim dewis ganddo ond aros nes y byddai hi'n gorffen ei gwaith am y dydd a cheisio cael cyfle i daro arni. Fe fyddai'n siŵr o adael y swyddfa tua phump o'r gloch. Golygai hynny y byddai'n rhaid iddo aros noson ym Mudvais. Ond unwaith eto, nid oedd ganddo ddewis arall.

Ar ben pump o'r gloch roedd Alwyn yno, o fewn tafliad carreg i swyddfa'r heddlu ac yn gwylio'n ddiamynedd gan ddyheu am weld y ferch yn dod allan i'r stryd. Bu'n cerdded yn ôl a blaen am tua hanner awr nes dechrau ofni y gallai fod yn tynnu sylw ato'i hunan. Yn y man dechreuodd nifer o bobl gamu allan o'r swyddfa, a chyn pen tri munud wedyn, fe'i gwelodd! Ond er ei siom, roedd yr heddwas ifanc gyda hi gan greu problem newydd iddo. Sut y medrai gael gafael arni ar ei phen ei hun? Doedd dim i'w wneud ond eu dilyn, a gobeithio y deuai cyfle yn y man. Dechreuodd ddyfalu eu bod wedi priodi efallai . . . ond gwrthododd feddwl mwy am hynny.

Dilynodd y ddau â phwyll mawr rhag ofn i'r heddwas ddigwydd troi a'i adnabod. O'r diwedd, wedi dod i ben un stryd a siop ar ei chornel, ymwahanodd y ddau; trodd yr heddwas i mewn i'r siop, ac aeth y ferch yn ei blaen i'r tro. Prysurodd yntau ar ei hôl rhag ofn iddo golli'r trywydd. Pan oedd hi ar fynd i mewn i adeilad o fflatiau, a chyn iddi ddiflannu, galwodd yn sydyn, 'Elena Meryk!'

Safodd y ferch yn stond ar ganol ei cham. Yna trodd tuag ato a'i hwyneb yn welw. Syllodd yntau arni, wedi ei lygad-dynnu gan yr hyn a welai—merch ifanc gymharol dal, ryfeddol o hardd, ei gwallt lliw ŷd aeddfed yn cyrraedd bron at ganol ei chefn, a chroen ei hwyneb o liw mêl. 'Dduw mawr!' meddai wrtho'i hun—'os nad hon yw Elena Meryk, yna mae ei mam wedi atgyfodi!'

Syllodd dau lygad glas tywyll yn llawn pryder

arno. 'Pwy ydach chi, a be ydach chi eisia?' gofynnodd yn betrus.

'Maddeuwch i mi,' ymddiheurodd, 'ond doeddwn i ddim yn bwriadu'ch dychryn chi. Ai chi yw Elena Meryk?'

'Be sy a wnelo hynny â chi?' meddai. 'A pha hawl sy gynnoch chi i'm holi?'

'Newch chi roi munud i mi egluro pam?' gofynnodd.

'Os na rowch chi lonydd imi, fe alwa i ar heddwas i'ch restio,' atebodd, gan droi i ffwrdd a chamu at yr adeilad.

'Plîs,' erfyniodd yntau'n daer, 'rydw i wedi dod yr holl ffordd o Brydain i chwilio amdanoch chi. Roeddwn i'n gyfaill i Jan Meryk, eich tad, ac—'

Trodd eilwaith i'w wynebu a gofid yn llond ei llygaid. 'Na!' meddai'n wyllt. 'Gadewch lonydd imi.'

Ar hynny gwelodd Alwyn yr heddwas yn troi i'r stryd dan gerdded i'w cyfeiriad. 'Rwy'n erfyn arnoch,' plediodd â'r ferch, 'mae'n ofnadwy o bwysig.'

Cyrhaeddodd yr heddwas atynt a llygadodd Alwyn yn amheus. 'Oes rhywbeth yn bod, Elenya? Ydi hwn yn dy boeni di?' gofynnodd, gan edrych yn fygythiol.

Pan glywodd Alwyn yr enw 'Elenya', gwyddai ei fod wedi taro deuddeg, ond roedd y cyfan yn y fantol nawr. Syllodd yn daer ar y ferch ac ymatebodd hithau i'w apêl. 'Na, Gustav,' meddai, 'ymwelydd o Brydain ydi o yn chwilio am berthynas. Fe wela i di fory. Hwyl!'

Roedd yn amlwg nad oedd hwnnw wedi ei lwyr fodloni. 'Wyt ti'n siŵr?' gofynnodd.

'Ydw, paid â phoeni.' Gadawodd yntau'n anfoddog, ar ôl rhoi un edrychiad milain arall ar Alwyn.

'Diolch i chi,' meddai wrth y ferch. 'Fydd hi ddim yn edifar gynnoch chi.'

Camodd y ferch i mewn i gyntedd yr adeilad, a dilynodd yntau hi. 'Fe gewch bum munud i egluro,' meddai hi. 'Ac os bydd unrhyw drafferth, fe alwa i Gustav yn ôl.'

Estynnodd yntau ei waled o'i boced, tynnu dau lun ohoni a'u rhoi iddi. 'Wnewch chi edrych ar y rheina?' gofynnodd.

Fe'u derbyniodd yn betrus ac edrych arnyn nhw. 'Maman!' sibrydodd yn drist.

'A chithau'n blentyn, Elena,' meddai.

Edrychodd arno a'i hwyneb yn llawn tristwch. 'Ble cawsoch chi nhw?' gofynnodd.

'Gan eich tad. Y fo ofynnodd imi geisio dod o hyd i chi, a'u rhoi nhw ichi.'

'Pwy ydach chi? A be ydach chi eisia gen i? Dydw i ddim am glywed am fy nhad. Dyw e'n golygu dim i mi, y bradwr. Fe gefnodd ar Maman a minna. Rwy'n ei gasáu.'

Gwyddai Alwyn ei bod wedi cael ysgol dda i ddysgu casáu. 'Elena,' meddai, 'does dim modd i mi egluro'n iawn mewn pum munud fan hyn. Rhowch gyfle imi adrodd yr hanes yn fanylach i chi. Rwy'n ofni bod eich modryb a Nelda, eich cyfnither, wedi dylanwadu arnoch chi.'

'Be wyddoch chi amdanyn nhw?' gofynnodd.

'Fe fûm yn eu cartref yn chwilio amdanoch chi, a doedden nhw'n gwybod dim ac eithrio'ch bod wedi marw, medden nhw. Pam deud hynny, dwn i ddim. Ga i ddod i fyny efo chi?'

Edrychodd yn ansicr arno cyn ateb yn gyndyn, 'O'r gorau. Fe gewch ddod i fyny i'm fflat a chael cyfle i egluro, ond rwy'n eich rhybuddio na fynna i ddim i'w wneud â 'nhad . . . Dyw'r lifft ddim yn gweithio,' meddai, a chychwynodd ddringo'r grisiau. Dilynodd ef hi i fyny tair rhes o risiau i mewn i fflat fechan dwy ystafell a chegin.

'Steddwch,' meddai, 'fe a' i i wneud coffi i ni.'

Diolchodd iddi, yn falch fod pethau'n gwella. Tra oedd hi'n paratoi'r coffi, edrychodd o gwmpas yr ystafell, a sylwi mai prin iawn oedd y darluniau. Doedd yno 'run o'i thad nac o'i modryb, ond ni ryfeddodd at hynny. Roedd yno un ohoni'i hun gyda Nelda, ac am yr unig lun arall oedd yno, nid oedd yn adnabod neb.

Wedi iddi ddod â'r coffi ac eistedd, meddai, 'Nawr, wnewch chi egluro i mi pam rydach chi wedi dod i chwilio amdana i, a pham na fydde 'nhad wedi dod? Nid 'mod i eisia'i weld o.'

Eisteddodd yn dawel gan syllu'n galed arno wrth iddo adrodd hanes ei gysylltiad â'i thad, a sut y bu iddo gytuno i ddod i chwilio amdani. Pan ddaeth at y rhan lle'r oedd Jan Meryk am iddi wybod y gwir am farwolaeth ei mam, dechreuodd dagrau lifo i lawr ei gruddiau, ac wedi iddo orffen, sibrydodd yn drist,

'A mae o wedi marw, a chitha wedi dod â'i lwch adre'n ôl. Rwyf wedi cael fy magu ar gelwydd gan fy modryb, a dydw i ddim yn deall yn iawn pam.'

'Oeddech chi ddim yn amau'r hyn a ddwedai hi wrthych chi am eich tad weithiau?' gofynnodd Alwyn.

'Rhaid ichi gofio mai deg oed oeddwn i pan gefais i fy ngadael, a bûm yn byw gyda 'modryb am flynyddoedd.'

'Ond yn ddeg oed, roeddech chi'n siŵr o fod yn cofio rhywbeth am eich rhieni. Pam llyncu'r celwydd i gyd?'

'Digon teg . . . roedd gen i f'atgofion amdanyn nhw, a'r hwyl a gawn efo 'nhad, a'r gofal gan Maman, ond ar ôl y pethau a ddwedodd 'modryb amdano fe surodd y cyfan. A fynnwn i mo'i gofio.'

'Ond mynnu cefnu arnyn nhw wnaethoch chi, a gadael iddyn nhw feddwl eich bod wedi marw. Pam?'

'Mae'n stori hir, ond rôn i'n dod yn ymwybodol fod yna ryw genfigen yn corddi 'modryb, ac roedd hynny'n difetha fy mywyd i. Yna, fe ailbriododd â'r mochyn Korsky. Fe wyddwn i 'i fod o'n ceisio ymhél â Nelda heb i'm modryb wybod, ond pan ddechreuodd o geisio rhoi 'i ddwylo budur arna i, fe gefais ddigon. A dyna pam y gadewais i nhw, a thorri fy hun i ffwrdd yn llwyr.'

'Ac eto, fe aethoch i weithio gyda'r heddlu. Sut na lwyddodd Korsky i gysylltu â chi, a gwybod eich bod yn fyw?'

'Mae yna reswm dros hynny,' eglurodd hithau. 'Mae'r heddlu yma mewn talaith gwbl annibynnol ar Brâg a'r cylch. Fe newidiais fy nghyfenw i un Maman—Hodja. Mae'n un digon cyffredin. A phan ddigwyddodd y ddamwain i'r ferch ar y mynydd, a'i henw'r un un â f'un i ac eithrio un llythyren, wnes i ddim byd i'w rwystro fo rhag credu'n wahanol pan yrrwyd holiadur yn gofyn am wybodaeth amdani.'

'Elenya Hodja,' meddai Alwyn.

'Ia, ond sut gwyddoch chi amdani?'

Eglurodd yntau'r rheswm dros ei ymweliad â Budvais, a'i ymchwil ofer nes iddo'i gweld hi yn swyddfa'r heddlu.

'Roeddwn i'n methu credu'r peth,' meddai Alwyn. 'Dyna sut y dilynais i chi at y fflat.'

'Ond pam dod i Budvais o gwbwl? Sut gwnaethoch chi 'nghysylltu i â'r lle?'

'Pan es i â llwch eich tad i'w roi ym medd eich mam, roedd yno dusw o flodau ar y bedd. A'r offeiriad a lwyddodd i'ch cysylltu â Budvais. Nawr mae gen i rai pethau i'w dangos i chi rhag ofn ichi amau 'mod i'n ceisio'ch twyllo.' Ac estynnodd nifer o ddogfennau o'r waled a roes Meryk iddo, gan gynnwys tystysgrif priodas ei rheini a'i thystysgrif bedydd hi.

Wedi iddi eu darllen trodd ato a'i llygad yn llenwi. 'Ond be'n hollol ydach chi eisia gen i?' gofynnodd.

'Dim, mewn gwirionedd,' atebodd Alwyn. 'Dod yma i *roi* rhywbeth i chi wnes i. Dymuniad olaf eich tad oedd i chi gael gwybod y gwirionedd amdano. A cheisio trosglwyddo i chi'r eiddo a gadwyd yma erbyn y câi ef ddod. Methu wnaeth o, ond mae'r eiddo ar gael i chi. A hefyd,' ychwanegodd, 'i roi'r llythyr i'r prif weinidog yn ei rybuddio rhag y Cyrnol Kadesh ac eraill.'

'Hwnnw!' meddai hithau. 'Mae ar bawb yn y wlad 'i ofn o. Fo yw un o ffrindiau pennaf Korsky. Maen nhw'n gneud pâr dieflig. Cadwch o'i ffordd o ar boen eich bywyd.'

'Wedi gwrando ar eich tad yn adrodd hanes marwolaeth eich mam, a'r hyn a wnaeth Kadesh iddo ef, fe alla i gredu hynny'n hawdd.'

'Fe ofala i y caiff llwch fy nhad orwedd ym medd Maman,' meddai hithau'n dawel. 'Ga i ofyn cwestiwn i chi?'

'Wrth gwrs.'

'Pam ydach chi wedi ymgymryd â'r holl waith yma, a chitha heb fod yn perthyn dim i 'nhad?'

Gwrandawodd hithau arno'n adrodd hanes ei gysylltiad â'i thad, ac oherwydd yr argraff a wnaeth arno, ni allai beidio ymateb i'w apêl am gymorth. 'At hynny,' ychwanegodd, 'fe roddodd gyfle i mi i gwrdd â merch rhyfeddol o dlws.'

Gwridodd Elena, ac meddai wrth ei hymwelydd,

'Dwn i ddim sut i ddechra diolch ichi, yn enwedig a minna wedi bod mor anghwrtais wrthych, Herr Harris.'

'Alwyn ydi f'enw i, Elena. A chan fy mod wedi bod mor ffodus â dod o hyd i chi, fe fydd yn rhaid i ni drefnu ynglŷn â'r gwaith o gladdu llwch eich tad, a cheisio cysylltu â hen offeiriad eich teulu, y Tad Robèk, os ydi o'n dal yn fyw. Os nad ydi o, yna dwn i ddim sut i ddatrys y gyfrinach o ganfod yr eiddo. Fe wyddoch, mae'n debyg, am yr eiconau gwerthfawr fu'n rhan o orffennol eich rhieni.'

'Gwn,' atebodd, 'a dwi'n credu eu bod wedi bod wrth wraidd cenfigen fy modryb. Mae'n haws deall bellach pam roedd hi'n casáu fy nhad cymaint. Roedd o, yn ei golwg hi, wedi eu dwyn nhw.'

'Fe gefais innau'r argraff yna pan oeddwn i'n siarad â hi, Elena. Er nad oeddwn i ddim yn deall hi a'i merch yn siarad, gwn eu bod wedi sôn am yr eiconau. Fe fydd gofyn i chi fod yn ofalus iawn os, a phan, ddown ni o hyd iddyn nhw. Ydach chi'n bwriadu rhoi gwybod iddyn nhw eich bod yn fyw?'

Oedodd cyn dweud, 'Na, ddim ar hyn o bryd, rhag ofn iddyn nhw ddechrau creu trafferthion cyn i ni gladdu llwch fy nhad a chanfod yr eiddo.'

'Wel, Elena,' meddai yntau, 'falle fod hynny'n beth doeth.' Sylwodd ei bod yn nosi, ac meddai, 'Rydw i'n credu hefyd mai doeth fydde i mi fynd i chwilio am lety cyn iddi fynd yn rhy hwyr.'

'Mae croeso ichi aros yma tan y bore,' atebodd yn swil. 'Wedi'r holl drafferth rydach chi wedi'i gymryd i'm helpu i, y peth lleiaf alla i 'i wneud yw cynnig gwely ichi. Er mai cysgu ar y setî fydd raid i chi, mae arna i ofn!' ychwanegodd â gwên.

Prin y bu raid iddi ofyn ddwywaith iddo, a dotiodd

at y ffordd y goleuodd ei hwyneb pan welodd ef hi'n gwenu am y tro cyntaf. Gwyddai yn ei galon ei fod eisoes wedi syrthio dros ei ben a'i glustiau mewn cariad â hi.

*   *   *

Deffrôdd yn y bore i sŵn symud yn y gegin ac arogl coffi yn llenwi'r lle. Daeth Elena â mygaid ohono iddo yn y man. 'Mae'r lle molchi yn rhydd i chi'i ddefnyddio, ac fe fydd brecwast yn barod erbyn i chi orffen yno,' meddai.

Pan ymunodd â hi wrth y bwrdd, ymddiheurodd Alwyn, 'Rhaid i chi faddau i mi am ddod at y bwrdd heb siafio, ond mae popeth yn y car.'

'Chofiais i ddim am hynny neithiwr,' meddai. 'Roedd fy meddwl mor llawn o'r holl newyddion a gefais fel na fedrwn i ddim meddwl am ddim arall. Ble mae o?'

'Mae o wedi 'i barcio yn un o'r strydoedd cefn,' atebodd. 'Gobeithio'r annwyl y bydd o yna'r bore 'ma, neu fe fydd rhaid i mi gerdded adre!'

'Beth wnawn ni ynghylch y trefniadau?' gofynnodd Elena.

'Prin fod gynnon ni amser i wneud rhai y funud yma, Elena,' meddai. 'Mae'n siŵr o fod bron yn adeg i chi gychwyn at eich gwaith.'

'Ydi,' cytunodd. 'Beth am ichi ddod i'r swyddfa i gwrdd â mi ganol dydd, yna fe allen ni fynd i ginio efo'n gilydd a chael cyfle i drefnu rhywbeth.'

Er nad oedd yn or-hoff o'r syniad o ymweld â swyddfa'r heddlu eto, roedd yn barod i gytuno, a threfnwyd ei fod ef yn gadael y fflat gyntaf i chwilio am ei gar, rhag ofn i rywun eu gweld yn mynd allan gyda'i gilydd.

7

Roedd Alwyn wrth ddrysau'r swyddfa erbyn canol dydd yn ysu am gael gweld Elena unwaith yn rhagor, ac er iddo gael ei siomi braidd pan welodd mai'r heddwas a gwrddodd y diwrnod cynt oedd wrth y dderbynfa, ni phoenodd lawer am hynny. Dywedodd wrtho'i enw, a'i fod i gyfarfod ag Elenya Hodja.

Doedd dim croeso yn wyneb yr heddwas wrth ymateb, 'Iawn, dowch drwodd i'r fan hyn—mae yna le i chi aros amdani.'

Fe'i dilynodd yn ufudd heibio i'r dderbynfa i mewn i ystafell fechan. 'Steddwch,' meddai'r heddwas wrtho, 'fydd hi ddim yn hir.' Ac fe'i gadawodd.

Eisteddodd yntau ar gadair wrth ddesg fechan; roedd cadair arall gyferbyn ag ef. Edrychodd o gwmpas—doedd yno fawr fwy o ddodrefn ynddi, ond bod drws arall ar gael. 'Synnen i damed nad ystafell i holi drwgweithredwyr ydi hon,' meddai wrtho'i hun. 'Diolch i'r drefn nad ydw i ddim yn un ohonyn nhw!'

Bu'n aros am rai munudau heb weld neb. Edrychodd ar ei wats—roedd hi'n chwarter wedi deuddeg. Od iawn, meddyliodd, gan deimlo'n siŵr fod rhywbeth yn rhwystro Elena.

Y funud nesaf agorodd y drws gyferbyn â'r un y daeth ef drwyddo a chamodd dau ddyn i mewn ac ymuno ag ef. Eisteddodd un ar y gadair arall ac edrychodd yntau arnynt mewn syndod. Dyfalodd fod rhyw gamgymeriad wedi digwydd.

'Herr Harris,' meddai'r un a eisteddodd.

'Ia,' atebodd Alwyn yn betrus. 'Mae'n rhaid bod camgymeriad—aros am rywun ydw i.'

'Elenya Hodja?' meddai'r gŵr.

'Ia,' atebodd. 'Ydi hi'n methu dod neu rywbeth?'

'Na, does dim camgymeriad. Ond yn anffodus, welwch chi mohoni.'

'Pam? Oes rhywbeth wedi digwydd iddi?'

'Dyw hynny'n ddim o'ch busnes chi,' atebwyd yn siarp. 'Beth oedd pwrpas eich ymweliad â hi neithiwr? Ydach chi'n un o'r rhai sy'n cynllwynio yn erbyn y llywodraeth?'

Edrychodd Alwyn arno mewn syndod. 'Cynllwynio yn erbyn y llywodraeth?' meddai, gan hanner gwenu. 'Siarad dwl yw peth fel'na. Prydeiniwr ydw i, a does gynnoch chi ddim hawl i'm holi. Fe hoffwn i gael gweld Elenya Hodja.'

'Na! Ac fe sylweddolwch cyn hir nad mater i wenu yn ei gylch yw hwn.' Amneidiodd ar y gŵr oedd yn sefyll wrth ei ochr a chamodd hwnnw at Alwyn. Cyn iddo gael cyfle i sylweddoli beth oedd yn digwydd, roedd ei ddwylo mewn cyffion, a'r gŵr yn ei lusgo ar ei draed gerfydd coler ei siaced. Ymunodd yr ail ŵr â'i bartner, a chyn pen dim roedd yn cael ei yrru o'r ystafell, allan o'r adeilad ac at gar yn y cefn. Er gwaetha'i holl brotestiadau, fe'i gwthiwyd i mewn i'r car, ac ymhen dim, roeddynt yn gwibio allan o Budvais.

Yn y cyfamser, roedd Elena wrth ei desg yn y swyddfa, wedi treulio bore yn cael trafferth i hoelio'i sylw ar ei gwaith yn dilyn y cyfarfyddiad ag Alwyn, a'r hanes a adroddodd wrthi. Pan gyrhaeddodd bysedd y cloc ar y mur gyferbyn â hi ganol dydd, rhoddodd ochenaid dawel o ryddhad a chasglu'r papurau oedd o'i blaen i'w cadw dros ginio. Arhosodd, yn disgwyl i rywun ddod i ddweud wrthi fod yna ŵr ifanc yn aros amdani. Dechreuodd deimlo'n anniddig pan na ddaeth galwad, ac ofnai y gallai rhywbeth fod wedi digwydd i Alwyn. Roedd ar godi i fynd i chwilio pan roes yr heddwas ifanc ei ben heibio i'r drws a dweud, 'Elenya, mae'r pennaeth am dy weld ar unwaith.'

Pan gamodd hi i mewn i'w swyddfa, roedd yn eistedd wrth ei ddesg, ac edrychai fel dydd y farn gan fod gŵr dieithr iddi'n sefyll wrth ei ochr. 'Steddwch,' meddai'r pennaeth yn gwta. Ufuddhaodd hithau, a phryder yn cydio ynddi wrth iddi ddyfalu beth oedd yn bod, a thybed a oedd rhywbeth wedi digwydd i Alwyn.

'Fe gawsoch ymwelydd dieithr neithiwr,' meddai'r pennaeth. 'Pwy oedd o, a beth oedd ei berthynas â chi?'

Gwasgodd ofn am ei chalon. Sut oedd o'n gwybod? Doedd neb ond Gustav wedi gweld Alwyn. Pam roedd o wedi dweud?

'Do, syr,' atebodd. 'Herr Alwyn Harris o Brydain, hen ffrind i 'nhad. Mater teuluol oedd o, dim byd arall.'

'Ni sydd i benderfynu hynny,' meddai'r gŵr dieithr. 'Soniodd o rywbeth am gyfeillion eich tad?'

'Naddo,' atebodd, 'dim ond fod ganddo lythyr i Herr Dubcèk.'

'Wyddoch chi beth oedd cynnwys y llythyr?'

'Na, dim mwy na'i fod yn cyfeirio at rywrai allai fod yn gweithio yn erbyn y prif weinidog.'

Trodd yr holwr at y pennaeth â gwên foddhaus. 'Dyna brofi bod yna gynllwyn,' meddai. A sylweddolodd Elena iddi wneud camgymeriad a allai effeithio ar Alwyn.

'Doedd dim sôn am gynllwyn o fath yn y byd, syr,' meddai wrth ei phennaeth. 'Roedd o am sicrhau 'mod i'n cael eiddo a berthynai i'm teulu, dyna'r cyfan.'

'Mae hon yn un ohonyn nhw, neu mae hi mor ddiniwed â ch'lomen,' meddai'r holwr, cyn troi ati a gofyn yn sarrug, 'Pwy arall sy'n perthyn i'r criw? Ydach chi'n credu fod Prydeiniwr wedi teithio'r holl ffordd yma i wneud dim ond rhannu rhyw lond dwrn o eiddo? Fe wyddom fod yna gynllwyn i danseilio grym comiwnyddiaeth yn ein gwlad, a bod Dubcèk ac eraill yn rhan ohono. Pwy oedd ffrindiau eich tad? Bradwr oedd o, yntê?'

Edrychodd Elena arno mewn syndod. Plannwyd had yn ei meddwl. Tybed ai dyna oedd gwir bwrpas ymweliad Alwyn Harris? Oedd o wedi llwyddo i'w thwyllo? Ni allai yn ei byw gredu hynny.

'Wel?' meddai'r holwr yn flin. 'Pwy oedden nhw? Pwy ydi ffrindiau'r sbei o Brydain? A chitha, fel eich tad o'ch blaen, yn rhan o'r cynllwyn.' Trodd at y pennaeth. 'Trefnwch iddi gael ei chludo i Brâg; fydd Kadesh ddim yn hir yn gwasgu'r wybodaeth ohoni —ac o'r Prydeiniwr hefyd.'

Ni allai Elena ond eistedd yn fud, a'r cyfeiriad at Kadesh yn peri i'w chalon grebachu gan ofn. Ble mae Alwyn? meddyliodd.

*   *   *

Eisteddai Alwyn mewn penbleth lwyr yng nghefn y car a'i cludai'n ôl i Brâg. Ni allai ddirnad sut oedd yr heddlu wedi llwyddo i ddod i wybod amdano. Pam ei restio o gwbl? Pwy a'i bradychodd? Ni allai feddwl am unrhyw un ac eithrio Elena ei hun, ond gwrthryfelai ei feddwl yn erbyn y fath syniad. Serch hynny roedd hedyn amheuaeth wedi ei blannu. Tybed a oedd hi wedi'r cyfan wedi dal ar y cyfle i ddial am yr hyn y tybiai a wnaeth ei thad? A oedd gwreiddiau'i chasineb tuag ato'n rhy ddwfn i'w codi? A'i gwên wedi celu ei gwir deimladau?

Pentyrrai'r cwestiynau a'r amheuon. Os hi a'i bradychodd, yna, er mor hardd oedd hi, ni fynnai ei gweld byth mwy. Roedd ei holl gynlluniau wedi eu chwalu'n chwilfriw, a theimlai'n ddigalon a siomedig. Yn sŵn y car, ac yng nghanol ei benbleth, cysgodd.

Roedd yn hwyr yn y dydd pan arafodd y car, a deffrowyd Alwyn gan sŵn lleisiau wrth iddynt droi i mewn i bencadlys yr heddlu cudd ym Mhrâg.

Fe'i gwthiwyd allan o'r car, i mewn i'r adeilad drwy'r cefn ac yna i lawr grisiau i seler lle'r oedd nifer o gelloedd. Tynnwyd y gefynnau oddi ar ei arddyrnau cyn ei gloi yn un o'r celloedd. Er iddo brotestio bob cam o'r ffordd i mewn i'r lle, ni chymerwyd unrhyw sylw ohono, ac roedd sŵn y drws haearn yn cau'n glep arno fel cnul yn ei glustiau.

Safodd ar ganol y gell am ysbaid, yn methu'n lân â chredu fod y fath beth wedi digwydd iddo. Yna troes i edrych o gwmpas y lle—fe'i goleuid gan lamp drydan egwan oedd wedi'i suddo i'r nenfwd. Doedd dim ffenestr yn agos i'r gell, na dim dodrefn ar wahân i fwrdd bychan mewn un gornel, matres wellt mewn cornel arall, cadair a phwced, a dyna'r cyfan. 'Duw a'm helpo,' meddai wrtho'i hun, 'dyma le i aros ynddo.'

Wedi gweld y bwced teimlodd awydd mynd i'r toiled. Curodd yn ofer ar ddrws y gell, ac yn y diwedd fe'i gorfodwyd i droi at y bwced a'i defnyddio. Yna eisteddodd ar y gadair a'i ben yn ei blu nes iddo glywed sŵn allwedd yn nhwll y clo; agorwyd y drws a chamodd gwyliwr i mewn ato gan gludo mygaid o goffi, a thafell o fara brown a chaws arni.

'Does gynnoch chi ddim hawl i'm cadw i mewn yn y fan hyn,' protestiodd. 'Prydeiniwr ydw i, ac mae gen i hawl i weld conswl Prydain sy ym Mhrâg.'

'Does gen ti ddim hawl i ddiawl o ddim yn y fan hyn ond anadlu,' atebodd y gwyliwr yn swta, cyn iddo droi ei gefn a chloi'r drws ar ei ôl.

Eisteddodd yn ôl wrth y bwrdd a syllu ar y bwyd diflas yr olwg a osodwyd arno. Nid edrychai'n faethlon iawn, ond yn y man fe'i trechwyd gan ei angen, a dechreuodd fwyta. Blasai'r bara fel llwch llif, ac roedd y caws yn galed a hen. Llyncodd hwy, a'u gyrru i lawr â chegeidiau o'r coffi llugoer.

Yn gwbl ddirybudd diffoddwyd y golau a'i adael mewn tywyllwch i ymbalfalu tua'r fatres. Llwyddodd i'w chanfod a gorweddodd arni. Deallodd yn syth mai matres wellt oedd hi, a honno'n galed fel haearn. Sawl carcharor truan sy wedi gorwedd ar hon? meddyliodd. Beth a ddywedai Gwyn pe bai'n gwybod ei fod yn gorwedd yn y fan hyn? Er y gwyddai'n dda i'w gyfaill ei annog i beidio â mynd, nid oedd fawr gysur i'w gael wrth feddwl am hynny. Ymhen hir a hwyr trechwyd ef gan flinder, a chysgodd yn anesmwyth.

* * *

Cloch y ffôn yn canu a ddeffrodd Capten Korsky o'i gwsg esmwyth yng nghesail ei wraig. Cododd ei ben yn gyndyn i edrych ar y cloc—hanner awr wedi hanner nos. 'Pwy gythral sy'n methu cysgu rŵan?' ebychodd yn flin, a chydiodd yn y derbynnydd. 'Korsky,' meddai'n swrth.

'Kadesh,' atebwyd, a sythodd yntau, gan ddyfalu tybed beth oedd yn ei boeni. 'Newydd da i ti,' meddai hwnnw. 'Mae'r Prydeiniwr bach yma ym Mhrâg, yn ddiogel mewn cell gysurus, ac mae Elena Meryk ar ei ffordd.'

'Elena Meryk?' ebychodd Korsky. 'Ond mae hi wedi marw . . . sut aflwydd—?'

'Mae'r heddlu cudd wedi'i hatgyfodi iti!' torrodd Kadesh ar ei draws. 'Fe fydd hi yn dy swyddfa di bore fory. Rhyngot ti a hi. Mae hi'n rhan o'r cawl yn rhywle—gwna'n siŵr dy fod ti'n cael gwybod. Cer yn ôl i gôl Greta rŵan.'

Rhoddodd Korsky'r derbynnydd yn ei le. Sut aflwydd y llwyddodd o i gael gafael ar honna, meddyliodd. 'Diddorol iawn,' meddai wrtho'i hun wedyn, a rhoi pwniad i'w wraig i'w deffro.

'Be sy'n bod?' cwynodd hithau. 'Wyt ti'n sâl?'

'Gwrando!' meddai. 'Rydw i newydd gael neges ffôn oddi wrth Kadesh. Y newydd rhyfedda.'

'Be wyt ti'n feddwl?'

'Mae o wedi llwyddo i gael gafael ar y Prydeiniwr yna, a mae o mewn cell ym Mhrâg. Ond newydd rhyfeddach na hynny yw ei fod o wedi canfod fod Elena, dy nith, yn fyw. Mae hithau ar 'i ffordd yma, ac mi fydd yn fy swyddfa i yn y bore.'

Erbyn hynny roedd ei wraig ar ei heistedd. 'Elena'n fyw!' meddai. 'Sut mae hynny'n bosib?'

'Dyna fwy na fedra i ei ateb iti, ond fe gaf wybod pan ddaw hi o'm blaen. Fe gaiff fraw ei bywyd, a mwy na hynny hefyd os ca i fy ffordd.'

'Cymer bwyll, Josèf, cofia mai ganddi hi mae'r hawl i'r eiddo. Tyrd â hi yma os medri di. Pwy ŵyr na fedrwn ni ennill drwy dindwyro dipyn arni.'

'Gad hi i mi,' atebodd, a'i roi ei hun i lawr i gysgu.

*   *   *

Sŵn drws ei gell a ddeffrodd Alwyn a chododd ar ei eistedd a phob cymal o'i gorff yn boenus wedi'r oriau o gysgu anesmwyth ar y fatres galed. Roedd y golau wedi'i gynnau, a gwelodd y gwyliwr yn dod i mewn ac yn gosod bwyd iddo ar y bwrdd. Llwyddodd i godi'n drwsgl cyn i'r gwyliwr ymadael. 'Rhaid imi gael mynd i'r toiled a molchi,' meddai, a chytunodd hwnnw'n gyndyn.

Yn y man fe'i hebryngwyd yn ôl i'w gell heb iddo lwyddo i sugno unrhyw fath o wybodaeth oddi wrth y gwyliwr, ac eisteddodd wrth y bwrdd gan edrych ar ei frecwast. Roedd yn union fel y pryd a gafodd y noson cynt. 'Gwesty pum seren, myn diawl!' meddai'n uchel. 'Faint fydd rhaid imi dalu am hwn, sgwn i?' Roedd y coffi sur wedi oeri, a'r bara a'r caws yn sych, ond doedd ganddo ddim dewis ond ei fwyta.

Tua chanol y bore fe'i hebryngwyd gan wyliwr arfog i fyny'r grisiau o'i gell. Aed ag ef i mewn i swyddfa, a'i osod i sefyll o flaen gŵr a eisteddai wrth y ddesg yno. Edrychodd arno, ac ni chafodd fawr o gysur o'r hyn a welodd. Un bychan oedd o, corff main ac wyneb llwyd, milain yr olwg a phwt o fwstás o dan ei drwyn. 'Hitler bach arall, myn brain i!' meddai wrtho'i hun.

'Wel,' meddai'r gŵr wrtho, 'gawsoch chi noson gysurus o gwsg?'

'Fe gefais well,' atebodd yn swta, 'a doedd y brecwast ddim yn boeth iawn!'

'Fe gewch ddigon o gyfle i fod yn ddoniol rywbryd eto,' meddai'r holwr. 'Gadewch i mi 'nghyflwyno fy hun ichi—Cyrnol Kadesh, pennaeth heddlu cudd Tsiecoslofacia.'

Er ceisio sefyll yn hyderus o'i flaen, pan glywodd Alwyn yr enw a chofio geiriau Elena, ni allodd atal yr ias o ofn a redodd i lawr ei feingefn. Ceisiodd ei gelu a gofyn, 'Pa hawl sy gynnoch chi i fy restio a'm cludo i'r fan hyn? Dydw i ddim wedi gwneud dim drwg, hyd y gwn i.'

Edrychodd Kadesh arno'n fygythiol. 'Herr Harris,' meddai, 'fel mae'r sefyllfa yn ein gwlad ar hyn o bryd, mae unrhyw berson a ddaw i'm dwylo i yn agored i gael ei holi, a does ganddo ddim hawl i ddim byd.'

'Mae gen i hawliau Prydeiniwr mewn gwlad estron,' atebodd yntau, 'ac rydw i'n mynnu cael gweld ein conswl ni. Dydw i ddim wedi gwneud dim o'i le.'

'Herr Harris, rydw i'n barod i fod yn rhesymol a rhoi cyfle ichi weld eich conswl—ar un amod. Fe wyddom bellach am eich cysylltiad â'r bradwr, Jan Meryk, ac fe wyddom fod ganddo gyd-gynllwynwyr yn erbyn y wladwriaeth yma. Yr hyn a fynna i yw eu henwau, ac unrhyw wybodaeth arall sy gynnoch chi.'

'Does gen i ddim syniad am be rydach chi'n sôn,' mynnodd Alwyn. 'Y cyfan rydw i wedi 'i neud ydi dod yma i gyflawni cais olaf Jan Meryk, ac i gysylltu â'i ferch, Elena Meryk. Dwn i ddim ar y ddaear faith am gynllwyn yn erbyn y wladwriaeth na neb arall.'

'Fe ro i un cynnig arall ichi, Herr Harris,' meddai Kadesh. 'Dydw i ddim yn credu eich bod yn sylweddoli'r sefyllfa'r ydych chi ynddi. Pan ddaw dieithryn i mewn i wlad, a dechrau ymyrryd yn ei bywyd, mae'n agored i gael ei gyhuddo. Fedrwch chi wadu eich bod wedi cyflwyno llythyr i Herr Dubcèk, ein prif weinidog?'

'Na fedraf,' gorfu i Alwyn gydnabod, 'ond—'

'Dim "ond" o gwbl,' torrodd Kadesh ar ei draws. 'Mae'r weithred ynddi'i hun yn ddigon o reswm dros eich rhoi ar brawf am ysbïo i wlad sy'n elyniaethus i'n comiwnyddiaeth ni. Ac yn ôl pob tebyg, fe wyneb-wch gael eich carcharu am o leiaf ugain mlynedd.'

Ni allai Alwyn ond edrych arno mewn syndod. Roedd yn ddigon call i sylweddoli ei fod yn sefyll o flaen un a allai gyflawni ei fygythiad. Duw a'm helpo, meddyliodd. Fe ddes i yma i gyflawni cymwynas syml, a dyma fi'n sefyll o flaen y diafol yma a'i fygythiadau. Ni allodd ond protestio, 'Dydw i ddim yn ysbïwr i Brydain nac i unrhyw wlad arall, a'r peth olaf dwi am ei wneud yw ymyrryd ym mywyd eich gwlad a'ch pobol.'

'A beth am yr eiddo adawodd Meryk, sy'n perthyn i'r wladwriaeth—am iddo'i gael yn euog o fradwr-iaeth?'

Nefoedd, meddyliodd Alwyn mewn dryswch, oes 'na unrhyw beth nad yw hwn yn ei wybod? 'Fedra i ddim ond ateb, a dweud na wn i am unrhyw enw na dim arall am fradwriaeth,' atebodd. 'Eiddo Elena Meryk yw'r eiddo a adawodd ei thad.'

'Mae gynnon ni ddulliau i sicrhau'r wybodaeth a fynnwn ni, Herr Harris, a choeliwch fi, nid chwarae plant fydd hynny.'

Wrth wrando arno'n bygwth, daeth i gof Alwyn y creithiau a welodd ar gorff Jan Meryk. 'Feiddiech chi ddim gneud pethau tebyg i'r hyn a wnaethoch i Jan Meryk. Ac eraill hefyd,' mentrodd ei herio. 'Fe fydde llywodraeth Prydain yn sicr o ymyrryd.'

'Pwy sy'n mynd i boeni am un Prydeiniwr bach a aeth ar goll yn ein gwlad ar adeg mor ansicr yn ei hanes, Herr Harris? Fe wnaen ni bopeth o fewn ein gallu i chwilio amdanoch, ond yn anffodus, fe wyddom cyn dechrau mai methiant fyddai'n hymdrechion!' Trodd at y gwyliwr. 'Ewch â fo'n ôl i'w gell,' gorchmynnodd. 'Fe gaiff gyfle i feddwl am enwau ac atebion neu . . .'

Cyn gynted ag i Alwyn gael ei hebrwng o'r ystafell cysylltodd Kadesh â Korsky. 'Mae o wedi'i dywys yn ôl i'w gell, Josèf,' meddai. 'Fe rois fraw mwya'i fywyd iddo fo. Dydw i ddim yn credu y bydd o'n hir cyn ildio.'

'Gwych,' meddai hwnnw. 'Ond cymer bwyll; cofia bod ei gonswl yn gwybod ei fod yma.'

'Paid â phoeni, Josèf, thynna i 'run blewyn o'i drwyn, ond mae 'na fwy nag un ffordd o sugno gwybodaeth allan o berson cyndyn. Be am yr eneth? Wyt ti wedi'i holi hi eto?'

'Na, mae hi ar ei ffordd i fyny, ac fe alla i dy sicrhau y caiff hithau lond côl o fraw.'

I lawr yn ei gell, roedd Alwyn yn eistedd ar ymyl ei fatres yn pendroni uwchben ei sefyllfa. Ni allai yn ei fyw ganfod unrhyw oleuni, nac ychwaith beidio â dal i amau mai Elena, a neb arall, oedd wedi'i fradychu.

*   *   *

Heb gael fawr o gwsg yn ystod y nos, na chyfle i ymolchi na'i thwtio'i hun yn iawn, teimlai Elena fel darn o glwtyn gwlyb pan y'i hebryngwyd i sefyll o flaen Korsky ym mhencadlys yr heddlu ym Mhrâg. Curai ei chalon fel calon aderyn bach wrth edrych arno, yn enwedig wrth iddi gofio am y ffordd y twyllwyd ef i gredu ei bod hi wedi marw. Beth a ddywedai am hynny tybed?

Syllodd arni am rai eiliadau cyn arthio, 'Wel, ac fe ddoist yn ôl o farw'n fyw, y bits fach iti! A faint o ofid wyt ti'n feddwl gafodd dy fodryb a Nelda, dy gyfnither, o'th blegid? Cefnu'n anniolchgar, a pheri

110

iddi feddwl dy fod wedi dy ladd ar y mynydd, a heb gael cyfle i sefyll ar lan dy fedd! Fe gei dalu am y cyfan, a hefyd am gynllwynio efo'r Prydeiniwr yna yn erbyn dy wlad dy hun. Mae o yng ngofal Kadesh, a Duw a'i helpo.'

Dychrynodd drwyddi pan glywodd hynny. 'Ond be wnaeth o i haeddu'r fath beth?' gofynnodd. 'Mae sôn am gynllwynio yn erbyn ein gwlad yn ffwlbri. Y cyfan a wnaeth oedd dod â llwch fy nhad i'w gladdu, a gadael i mi wybod y gwir o'r diwedd, wedi imi gael fy mwydo â chelwydd ar hyd y blynyddoedd, fel 'dach chi a'r Kadesh yna'n gwybod yn dda.'

'Paid ti â'm herio i, y bits fach iti!' bytheiriodd Korsky. 'Fe gefaist ofal da gan dy fodryb, a doedd dim rheswm yn y byd dros i ti redeg i ffwrdd.'

Edrychodd hithau i fyw ei lygaid. 'Fe wyddoch chi'n well na neb pam y mynnais i fynd i ffwrdd,' meddai. Ac efô a droes ei lygaid i ffwrdd gyntaf.

'Dŵr o dan y bont yw peth felly. Mae 'na bethau pwysicach i'w hystyried yn awr. Os cest ti wybod y gwir, chwedl titha, gan y Prydeiniwr yna, mae'n debyg dy fod wedi cael gwybod ganddo hefyd ble mae'r eiddo a guddiodd dy dad wedi iddo'i ddwyn oddi ar dy fam a'r wladwriaeth.'

'Dyna sy'n corddi 'modryb o hyd,' atebodd hithau. 'Mater i mi yw ble mae'r eiddo, a fuo'r eiconau 'rioed yn perthyn i'r wladwriaeth. Fy eiddo i, a neb arall ydyn nhw.'

'A dyna'r wyt ti'n ei feddwl? Wel, deall hyn, rwyt ti wedi marw, a does neb yn gwybod dy fod wedi atgyfodi, ac o'm rhan i fe gei aros wedi marw. Eiddo dy fodryb yw'r cyfan bellach. Cyn belled ag yr wyt ti a'th Brydeiniwr bach yn y cwestiwn, does gynnoch chi ddim troed i sefyll arni.'

111

Er ei hofn ohono, ceisiodd Elena ei herio. 'Ac mae modryb am gael yr eiconau o'r diwedd? Wel, fe fydd yn rhaid i chi eu canfod nhw gynta.'

'Paid â phryderu am hynny—fe gaiff Kadesh y wybodaeth gan dy bartner. Mae o wedi bod yn ei holi eisoes, ac fe alla i dy sicrhau na fydd o ddim yn hir cyn llwyddo. Fe fydd ar ei brawf am gynllwynio cyn hir—prin y gwelith o olau dydd am flynyddoedd.'

'Feiddiwch chi ddim gneud hynny,' meddai hithau, wedi ei brawychu gan y bygythiad.

'O gwnawn,' atebodd. 'Ond mae yna'r fath beth â tharo bargen. Bywyd dy ffrind a'th ryddid ditha, dim ond i ni gael gwybod ble mae'r eiddo. Ac enwau, os oes gan dy ffrind rai.'

Gwyddai Elena nad oedd dewis ganddi mewn gwirionedd, ond gofynnodd a oedd ei modryb yn gwybod am yr helynt.

'Nac ydi, a does dim rhaid iddi gael gwybod, os byddi di'n synhwyrol. Does yna neb ond fi bellach all arbed y ddau ohonoch chi rhag Kadesh. Cymer amser i benderfynu. Ewch â hi i lawr i'w chell iddi gael amser i feddwl,' meddai wrth ei gwyliwr.

Ymadawodd hithau'n ddigalon, a'i chasineb at Korsky'n gryfach nag erioed.

8

Llusgai pob awr fel diwrnod i Alwyn yn ei gell ac yntau heb unrhyw syniad beth oedd yn mynd i ddigwydd. Fe roisai unrhyw beth am gael cyfle i holi Elena am y gwir y tu ôl i'r cyfan. Da hefyd fyddai cael sgwrs â'i gyfaill, Gwyn Rees, i dderbyn gair o gysur—ac o gerydd, bid siŵr! Dau beth y gwyddai oedd yn amhosibl iddo'u cael.

Daeth y gwyliwr â phryd arall o fwyd iddo— dysglaid o gawl, tafell o fara a photelaid o ddŵr. 'Mwynha fo,' meddai, 'does wybod pryd y cei di un arall, os byth!' Ac ni leddfodd hynny ronyn ar ei ofid.

Cododd at y bwrdd ac eistedd i fwyta. Pan welodd y saim yn drwch ar wyneb y cawl, bu bron iddo gyfogi. Doedd dim awydd bwyta arno, ond gwyddai fod yn rhaid iddo wneud a chododd lwyaid o'r cawl i'w geg. Roedd yn oer, ac yn drwch o halen, a chododd beil chwerw i'w wddf. Er hynny, ymdrechodd i'w fwyta er mwyn ceisio cadw'i nerth i wynebu beth bynnag a ddôi. Fe'i gorffennodd a mynd yn ôl i orwedd ar y fatres anghysurus, yn dalp o ddigalondid.

Am iddyn nhw gymryd ei wats oddi arno, nid oedd ganddo syniad pa adeg o'r dydd oedd hi. Gwyn annwyl, meddyliodd, biti na faswn i wedi gwrando arnat ti; fydden i ddim yn y twll lle 'ma rŵan.

Gorweddodd rhwng cwsg ac effro a'i feddyliau'n crwydro hwnt ac yma nes i'r gwyliwr ddod â phryd arall iddo—y tro hwn, plataid o gig oer a'r bara brown caled, bondigrybwyll, gyda choffi i'w yfed. Unwaith eto fe'i gorfododd ei hun i'w fwyta. Yr hyn a'i flinai'n fwy na dim oedd gorfod defnyddio'r bwced yn y gornel i esmwytháu ei gorff. Anwybyddodd y gwyliwr bob cais ganddo am gael mynd i'r toiled, a gwrthodai wacáu'r bwced.

Diffoddwyd y golau yn y man a'i adael i bendroni yn y tywyllwch nes i gwsg gydio ynddo. Pan gafodd ei ddeffro gan sŵn y ffenest fechan oedd yn nrws ei gell yn cael ei hagor, neidiodd ar ei eistedd a galw, 'Pwy sydd yna?' Ond nid atebwyd mohono. Yna clywodd sŵn rhywbeth yn disgyn ar lawr y gell, a digwyddodd hynny ddwywaith cyn i'r ffenest gael ei chau drachefn. Be aflwydd oedd o? meddyliodd. Fe'i hatebwyd bron yn syth pan glywodd sgythru a gwichian. 'O, Dduw mawr! Na!' ebychodd. 'Be mae'r diawled yn drio'i neud i mi?' Gwyddai i sicrwydd eu bod wedi gollwng dwy lygoden ffrengig i mewn i'w gell, ac os bu rhywbeth yn atgas ganddo erioed, llygod ffrengig oedd y rheini. Ni allai hyd yn oed edrych arnyn nhw ar y teledu, heb sôn am gael ei gaethiwo yn eu cwmni yn y tywyllwch.

Pan deimlodd rywbeth yn rhwbio yn erbyn ei goes gan wichian, ciciodd ef i ffwrdd yn orffwyll a neidio oddi ar ei fatres gan weiddi, 'Agorwch y drws, y cythreuliaid! Agorwch o, plîs!' Ond apelio'n ofer a wnaeth a chiliodd i'r gornel bellaf oddi wrth ei wely. Swatiodd yno'n gorfod gwrando ar y llygod yn cnoi gwellt y fatres, gan wichian yn wyllt bob hyn a hyn, yn union fel petaent yn ymladd â'i gilydd.

Wrth deimlo un yn dechrau cnoi gwaelod ei drowsus, chwalodd chwys oer drosto a llamodd ar ei draed dan ymbalfalu i gyfeiriad y bwrdd i geisio dringo arno o'u cyrraedd. Wrth wneud, rhoddodd gic i'r bwced fudreddi a baglu yn erbyn y gadair cyn llwyddo i gael ei ddwylo ar y bwrdd a chrafangio'n drwsgl i'w ben.

Clywodd y llygod yn llymeitian y budreddi a

lifodd o'r bwced, a chwalodd ton enbyd o atgasedd drosto tuag at y rhai a'i gorfododd i wynebu'r fath brofiad. Ni wyddai am faint y bu'n swatio ar ben y bwrdd cyn i gramp gydio yn un o'i goesau gan ymledu i fyny'i glun. Ceisiodd ddal y boen hyd yr eithaf ond yn y diwedd aeth yn drech nag ef, ac wrth ymestyn ei goes i'w llacio, collodd ei afael, cribiniodd â'i ddwylo am y pared, ond yn ofer, a chwympodd oddi ar y bwrdd i ganol y budreddi gan daro'i dalcen yn erbyn y llawr caled.

Gorweddodd yno am amser hir yn methu gwybod beth i'w wneud, cyn hanner codi a gweiddi am gymorth. Pan neidiodd un o'r llygod ar ei frest rhoes floedd o fraw cyn galw â'i holl nerth, 'Helpwch fi'r diawled didrugaredd!' Yn ei wylltineb llwyddodd i gydio yn y llygoden ac fe'i taflodd fel pellen yn erbyn y pared. Llusgodd yn drwsgl at y fatres a hanner eistedd arni.

Ni theimlodd erioed yn ei fywyd mor unig ag y gwnaeth y munudau hynny, ac fe roesai unrhyw beth am gael bod adre'n ôl yn cerdded yn hamddenol o gylch y pentre ac awel y mynydd yn ysgafn ar ei ruddiau. 'Gwyn! Gwyn! ble rwyt ti?' meddai wrtho'i hun yn druenus. Ac ychwanegwyd at ei drueni pan sylweddolodd ei fod wedi'i faeddu ei hun hefyd.

*   *   *

Wedi noson hir, ddigalon yn ei chell, arhosai Elena'n bryderus am yr alwad i sefyll gerbron Korsky unwaith eto ac i roi iddo'r ateb a fynnai. O bryd i'w gilydd yn ystod oriau hir y nos, fe'i cafodd ei hun yn gofidio i'r Prydeiniwr erioed ddod o hyd iddi, a'i rhwygo mor ddirybudd oddi wrth ei bywyd cysurus. Y funud nesaf gofidiai drosto am iddo fentro cyflawni dymuniad ei thad a'i roi ei hun yn nwylo didostur Kadesh. Rhywfodd neu'i gilydd, fe fyddai'n rhaid iddi geisio perswadio Korsky i gael Kadesh i'w ryddhau a gadael iddo ddychwelyd adre'n ddiogel. Sut i wneud hynny oedd ei phroblem.

Daeth gwyliwr ati yn y man a'i gorchymyn i'w ddilyn a thywyswyd hi i swyddfa Korsky a'i gosod i sefyll o'i flaen. Pan edrychodd arni, a'i wyneb fel dydd y farn, suddodd ei gobeithion yn syth. Gwaethygodd pethau'n enbyd pan ddywedodd wrthi ei bod i fynd gydag ef i wynebu Kadesh.

'Wynebu Kadesh!' meddai, a braw yn cydio yn ei chalon. 'Ond pam? Be ydw i wedi 'i neud fel 'i fod o am fy ngweld i?'

'Rwyt ti'n gweithio i heddlu'r wlad, ac wedi bod yn cyfathrachu â gelyn. Mae'r Prydeiniwr wedi cyffesu.'

'Y fo'n elyn i'n gwlad?' meddai. 'Dydi hynny ddim yn gneud synnwyr.'

'Dwêd hynny wrth bennaeth yr heddlu cudd. Does a wnelo fo ddim â mi.' A gorfu iddi'i ddilyn i'r car oedd i'w gludo i bencadlys Kadesh.

'A dyma'r ferch sy wedi atgyfodi'n rhyfeddol?' meddai hwnnw pan safodd hi o'i flaen. 'Falle y byddai cystal iddi pe bai wedi aros yn farw erbyn i ni orffen efo hi—yntê Josèf?' meddai wrth Korsky.

Gwenodd hwnnw'n foddhaus, a gwyddai Elena na fyddai fawr o drugaredd i'w gael gan y naill na'r llall.

'Nawr,' meddai Kadesh yn sarrug, 'gwybodaeth ydan ni 'i eisiau. Neu . . . faint wyddost ti am gynlluniau'r Harris yma i gysylltu â'r bradwyr yr oedd dy dad yn cynllwynio â nhw?'

'Does gen i ddim syniad am beth felly,' atebodd

116

hithau'n ddigalon. 'Echdoe y gwelais i o am y tro cynta 'rioed. Wyddwn i ddim mai sbïwr oedd o.'

Trodd Kadesh at Korsky a gofyn, 'Gefaist ti rywbeth allan ohoni?'

'Chefais i ddim perlau, beth bynnag,' atebodd, 'ond falle y gwêl hi synnwyr pan sylweddolith hi y gall hi wynebu carchar am oes.'

Edrychodd hithau ar y naill a'r llall. Os oedd hi'n casáu Korsky â'i holl galon, roedd hi'n arswydo rhag Kadesh â phob gewyn o'i chorff. Gwyddai'r hanesion am ei gyfrwystra a'i greulondeb. Fe'i synnwyd pan ddywedodd wrthi, 'Wel, rwy'n deall fod yna gysyllt-iad teuluol rhyngoch a'r Capten Korsky—ac fe elli fod yn ddiolchgar am hynny. Os byddi di'n barod i'n cynorthwyo, falle y gelli di gael dy ollwng yn rhydd. Fe gaiff o a minna air â'n gilydd i ddechra. Ewch â hi allan,' gorchmynnodd.

'Be sy gen ti mewn golwg?' gofynnodd Korsky wedi iddi fynd.

'Dydi o ddiawl o bwys am yr enwau,' atebodd. 'Ond os yw'r hyn y soniaist ti wrtha i am yr eiddo'n gywir, yna fe all fod o werth mawr i ni'n dau os try pethau'n chwithig. Mae Dubcèk yn glynu fel gelain, ac os llwyddith o, fydd yna ddim lle i ni'n dau yn y wlad yma.'

'Rwy'n cytuno,' meddai Korsky. 'Os llwyddwn ni i gael ein dwylo ar yr eiddo—a'r eiconau'n arbennig—fydd dim angen inni bryderu sut y datblygith petha. Ei chael hi i gytuno i'n helpu yw'r broblem.'

'Gad inni roi cynnig arni,' meddai Kadesh.

'Mae'n bosib y gallwn ni dy helpu di a'r Prydeiniwr,' meddai Kadesh wrthi pan hebryngwyd hi'n ôl atynt.

'Sut?' gofynnodd yn amheus.

'Fe anghofiwn ni am yr enwau, dim ond i ti ein

helpu i ganfod yr eiddo a adawodd dy dad. Eiddo'r wladwriaeth ydi o mewn gwirionedd. Yna, fe elli di gael dy swydd yn ôl, ac fe gaiff yntau fynd adre'n ddiogel.'

Edrychodd arno heb wybod sut i'w ateb. Un peth a wyddai, ei bod yn wynebu cynllwyniwr celwyddog. Er hynny, roedd ei awgrym yn ddeniadol. A allai hi ei gredu oedd y cwestiwn. Edrychodd ar y ddau, a gwnaeth benderfyniad cyflym. 'Dydw i'n gwybod dim am yr enwau, a dwn i ddim sut i gael gafael ar eiddo fy nhad a adawyd i mi. Fe wn nad oedd fy nhad yn fradwr.'

'Mae hon mor benstiff â'i thad,' meddai Kadesh wrth Korsky'n flin. 'Be wnawn ni efo hi?'

'Os bu dau ddiafol erioed . . .' meddai Elena wrthi'i hun, gan eu gwylio'n ei thrafod, a ffrydiodd ei chasineb tuag atynt i'r wyneb. 'Fe wn i,' meddai, 'mai chi'ch dau fu'n gyfrifol am farwolaeth Maman, ac am yrru 'nhad allan o'r wlad. A rŵan, rydach chi'n ceisio 'mherswadio i i roi eiddo'n teulu i chi'ch dau.' Yna trodd at Korsky a gofyn, 'Ydi 'modryb yn gwybod am hyn? Faddeua i byth ichi, y corgi seimllyd! Fe gewch fod heb yr eiddo am byth, o'm rhan i.'

'Does gynnon ni ddim dewis ond rhoi'r ddau ar eu prawf, Josèf,' meddai'r pennaeth. 'Fe fydd yn edifar ganddi am bob blewyn sy ar ei phen, ac fe hawlia i'r gosb eitha i'r Prydeiniwr.'

Wedi gwrando arno, ac edrych ar wynebau caled y ddau, sylweddolodd Elena ei bod wedi gadael i'w chasineb ei threchu, a thrwy hynny beryglu bywyd Alwyn Harris. Oedd colli'r eiddo yn werth hynny?

'Maddeuwch i mi,' meddai'n frysiog, a'i chalon yn curo, 'ddylwn i ddim fod wedi ymateb fel'na. Rwy'n barod i'ch helpu os gwnewch chi roi'ch gair y caiff Alwyn Harris fynd yn rhydd.'

'Wrth gwrs,' atebodd Kadesh yn eiddgar, 'ond bydd yn rhaid i ti'n helpu i'w berswadio i gydweithio â ni. Fe luniwn ni gynllwyn bach syml i wneud hynny.'

*　　*　　*

Eistedd yng nghanol ei lanast a'i obeithion yn chwilfriw yr oedd Alwyn pan ddychwelodd y golau mor gyflym ag y diflannodd, a gwelodd y llygoden ffrengig yn snwffian wrth gorff ei chymar, a honno'n fawr fel cath. Neidiodd oddi ar ei fatres a camu ati, a chyn iddi gael cyfle i symud fe'i ciciodd yn ei fileindra a'i lladd yn gelain. Troes oddi wrthi gan ddyheu am gyfle i'w lanhau'i hun a chael drewdod y llygod o'i ffroenau. Gorfu iddo aros am amser cyn clywed sŵn yr allwedd yn y clo a'r drws yn cael ei agor.

Safodd y gwyliwr ar y trothwy. 'Ych a fi!' ebychodd, 'mae'r lle 'ma'n drewi!' Gwelodd y llygod marw. 'O! ac fe lwyddaist i'w lladd?' meddai.

Edrychodd Alwyn arno'n filain. 'Do,' meddai, 'ac os ydach chi'n meddwl fod gorfod diodde'r rheina'n mynd i ladd fy ysbryd, rydach chi'n gneud cythral o gamgymeriad. Rydw i eisia molchi, ac nid mewn pwced.'

'Fe elli fentro gwneud,' cytunodd y gwyliwr, 'mae'r bòs eisia dy weld. Tyrd!'

Dilynodd yntau ef â'r parodrwydd mwyaf, ac mewn ychydig amser roedd yn sefyll o dan gawod a'r dŵr mor boeth ag y gallai ei ddioddef, gan ei sgwrio'i hun yn lân â brws a sebon.

'Brysia!' gwaeddodd y gwyliwr. 'Fedri di ddim cadw Kadesh i aros, neu ti fydd yn diodde. Gwisga'r

119

rhain!' ychwanegodd, gan daflu pâr o drowsus a chrys iddo. Gwisgodd yntau hwy, ac wedi golchi'i esgidiau'i hun o dan y gawod, fe'u gwisgodd, a dilyn y gwyliwr i fyny'r grisiau o'r celloedd i wynebu'r pennaeth.

'Ble ddiawl y buost ti mor hir?' arthiodd hwnnw arno. Yna pwysodd fotwm ar ei ddesg, ac mewn ymateb ymunodd Korsky â hwy, gan yrru Elena o'i flaen a'i rhoi i sefyll ger desg Kadesh. Roedd golwg ddifrifol arni, ei gwallt trwsiadus yn· flêr, a'i blows wedi'i rhwygo nes bod un fron yn noeth, ac ôl dagrau ar ei gruddiau.

'Elena!' llefodd Alwyn cyn troi at Kadesh. 'Be wyt ti wedi 'i neud iddi'r diafol creulon?' Camodd tuag ati, ond cyn iddo gymryd dau gam, derbyniodd ergyd greulon yn ei asennau â charn reiffl y gwyliwr gan ei adael yn ymladd am ei anadl.

'Dyw'r hyn sy wedi digwydd iddi yn ddim i'r hyn a all ddigwydd eto,' rhuodd Kadesh yn sarrug. 'Gen ti mae'r gallu i'w harbed.'

'Ond dyw hi ddim wedi gneud dim!' protestiodd Alwyn drwy ei boen. 'Y fi alwodd arni hi a—'

'Mae'r ffaith iti neud hynny, a'i thynnu i mewn i dy gynllwynion yn ddigon,' meddai Kadesh. 'Bradwr oedd ei thad, ac y mae hithau'n ddigon parod i'w efelychu.' Camodd tuag at Elena a rhoi ei fraich am ei chanol. 'Mae hi cyn dlysed â'i mam, on'd ydi?' ychwanegodd yn goeglyd, gan godi'i law i anwylo'i bron, a hithau'n gwingo yn ei erbyn. 'Wyt ti am ei helpu cyn imi'i rhoi i'r gwylwyr?' gofynnodd.

Edrychodd Alwyn arno mewn braw. Nefoedd fawr! ebychodd wrtho'i hun. Fel yna'n union y gwnaeth o â'i mam. Edrychodd arni—roedd ei hwyneb yn welw a'i llygaid yn llawn dagrau'n syllu arno'n apelgar.

Teimlodd euogrwydd yn cydio ynddo am iddo'i

hamau, ac am mai ef fu'n gyfrifol iddi'i chael ei hun yng nghrafangau Kadesh a'i griw. Fe wnâi yn siŵr na ddigwyddai iddi hi yr hyn a ddigwyddodd i'w mam. 'Os oes gynnoch chi ryw ronyn o dosturi, fe adewch iddi fynd yn rhydd,' apeliodd. 'Rwy'n barod i wneud unrhyw beth a fynnwch, dim ond iddi hi gael ei rhyddhau.'

'Nid dy le di yw gosod amodau,' atebodd Kadesh. 'Rwy'n barod i ymateb i'th apêl, ond mae gen inna amod. Dy fod ti nid yn unig yn datgelu lleoliad yr eiddo a adawodd Meryk, ond dy fod yn barod i dystio gerbron llys fod Alexander Dubcèk wedi bod yn cynllwynio gyda llywodraeth Prydain i danseilio llywodraeth Tsiecoslofacia.'

Er gwaethaf ei pharodrwydd i gyd-fynd â chynllun Kadesh, doedd Elena ddim wedi deall fod yr amod olaf yn rhan o'r fargen, ac wrth edrych ar wyneb Alwyn, a straen a phenbleth yn amlwg arno, ni fedrodd ymatal rhag protestio. 'Na! Alwyn,' meddai, 'paid â gwrando arno. Dy dwyllo di y mae o, fe ga—'

Cyn iddi gael cyfle i ychwanegu dim mwy, taflodd Kadesh hi oddi wrtho i freichiau Korsky. 'Cau 'i cheg hi,' arthiodd yn flin, 'cyn i mi 'i chau hi am byth iddi.' Trodd at Alwyn. 'Dyna'r amodau,' meddai. 'Ti piau'r penderfyniad.'

'Os cytuna i, be ddigwyddith i mi wedyn?' gofynnodd yntau.

'Dydw i ddim yn bargeinio â chynllwynwyr,' atebodd y pennaeth, 'ond os gwnei, fe ro i 'ngair y cei di fynd adre i Brydain yn iach.'

Wynebwyd Alwyn gan ddewis anorfod. 'Fe gytuna i,' atebodd. 'Ond rydw i am gael gweld Elena'n mynd oddi yma'n rhydd yng ngofal ei modryb.'

Edrychodd Kadesh ar Korsky cyn ateb. Amneidiodd

hwnnw. 'Boed felly,' meddai, ac fe adawodd Korsky ac Elena.

Wedi i'r ddau fynd, galwodd Kadesh am deipydd i baratoi dogfen yn unol â'i gyfarwyddyd yn tystio bod Alwyn Harris wedi dod i'r wlad gyda chenadwri i Alexander Dubcèk oddi wrth lywodraeth Prydain yn addo cefnogaeth a chymorth iddo yn ei fwriad i sefydlu llywodraeth ddemocrataidd yn Tsiecoslofacia.

Doedd gan Alwyn ddim dewis ond ei harwyddo, ac wrth iddo wneud, tyngodd lw iddo'i hun, 'Os byth y do' i o flaen llys, a bod Elena'n dal yn rhydd, fe ddarnia i'r gyffes yma'n llwyr.'

Ni chyfeiriwyd at eiddo Meryk yng ngwydd y teipydd, ond wedi iddi ymadael, gorfodwyd Alwyn i egluro'n fanwl sut i gael gafael arno. Gwnaeth yntau hynny, ond heb ddatguddio un peth cwbl angen-rheidiol, sef bod yn rhaid i Elena Meryk ei *hun* gyflwyno'n ddogfen i'r Tad Robèk.

Wedi cwblhau'r cyfan, daeth Elena yn ôl, y tro hwn yng nghwmni ei modryb Greta. 'Fe'ch rhyddheir,' meddai Kadesh, 'ar yr amod eich bod yn aros yng ngofal eich modryb a'r Capten Korsky, a bod at ein galwad ni os bydd angen.'

'Diolch,' meddai Alwyn a throi at fodryb Elena. 'Frau Korsky,' meddai, 'mae Elena'n ferch i'ch chwaer, ac rwy'n ymddiried ynoch na chaiff hi ddim cam, na'i cham-drin fel y cafodd ei mam.'

Rhoes hithau ei gair, a gadawyd Alwyn yn sefyll wrth y ffenestr yn gwylio'r ddwy yn camu allan o'r adeilad i'r car oedd i'w gludo adre.

'Ewch ag o i'w gell,' gorchmynnodd Kadesh wedi iddyn nhw fynd, ond cyn iddo adael yr ystafell, protestiodd Alwyn, 'Rwy'n Brydeiniwr, ac mae gen i hawl i weld ein llysgennad ym Mhrâg.'

Fe'i hanwybyddwyd, ac wedi iddo fynd, 'Wel,' meddai Kadesh, 'fe aeth popeth yn iawn, on'd do?'

'Do,' cytunodd Korsky yn frwd, 'ond beth am y gyffes yna? Wyt ti am ei defnyddio?'

'Darn o bapur toiled ydi hi ar hyn o bryd, Josèf,' atebodd. 'Ond pwy a ŵyr, falle daw hi'n ddefnyddiol i dynnu plu Dubcèk. Yr hyn sy'n bwysig ydi bod y ffordd yn glir inni feddiannu'r eiddo.'

'Be am y Prydeiniwr?'

'Cwpwl arall o lygod ffrengig, a fydd o ddim yn gwybod pa ben i'w roi isa!' atebodd gan chwerthin. 'Roedd y ddau mor ddiniwed â phâr o g'lomennod!'

9

Er iddi gael ei rhyddhau, roedd Elena'n anhapus a digalon. Roedd hi wedi cytuno i gynnig Kadesh mewn gobaith y câi Alwyn a hithau fod yn rhydd, ond gwyddai bellach na ddylai fod wedi ymddiried ynddo, a hithau'n gwybod sut un oedd o. Yr hyn a'i poenai oedd a fyddai'n cadw'i air i Alwyn, a gwyddai yn ei chalon na allai gredu y gwnâi.

Dilynodd ei modryb i mewn i'r tŷ gan deimlo'i bod yn mynd i gael ei chaethiwo unwaith yn rhagor a'i hamgylchynu ag awyrgylch o gasineb a chenfigen. Dyfnhaodd y teimlad pan ddywedodd ei modryb wrthi, 'Paid â disgwyl i ni wneud ffŷs ohonot ti. Mi fuost yn ffodus fod gan dy ewythr ddylanwad efo'r Kadesh 'na. Yn enwedig wedi i ti fod mor ddwl â chymysgu efo'r Prydeiniwr. Mae dy hen lofft ar gael i ti.' Yna trodd hithau oddi wrthi.

Safai Elena ar waelod y grisiau, yn amharod i ddechrau eu dringo, a chlywodd ei modryb yn y gegin yn gofyn i'w gŵr, 'Be sy'n debyg o ddigwydd i hwnna rŵan?' A Korsky yn ateb, 'Fe ddiflannith heb i neb wybod i ble. Paid â phoeni, fe ofala i y daw'r eiddo i ti.'

'Wyddost ti sut y gellir cael gafael arno?'

'Na, ddim ar hyn o bryd, ond fe fydd Kadesh wedi mynnu cael y wybodaeth gan y Sais yna.'

'A dim ond fo fydd yn gwybod!' meddai'i wraig a'i llais yn codi. 'Fe ddylet ti, o bawb, ddeall na fedri di ddim ymddiried yn y cadno slei yna. Myn ditha gael y wybodaeth cyn gynted ag y gelli.'

'Fe ofala i am hynny iti,' atebodd Korsky. 'Be am damaid o fwyd?'

Pan glywodd Elena sŵn symud, rhedodd i fyny'r

grisiau i'w llofft a'i thaflu'u hun ar y gwely wedi torri'i chalon yn lân.

Dal yno roedd hi pan ddaeth Nelda, ei chyfnither, adre o'i gwaith ac ymuno â hi. Cofleidiodd y ddwy ei gilydd. 'O Elena!' meddai'i chyfnither. 'Rydw i'n falch ofnadwy dy fod ti'n fyw. Be ar y ddaear ddigwyddodd, a pham y gwnest ti adael i ni feddwl dy fod ti wedi marw?'

Eisteddodd y ddwy ar y gwely, a gwrandawodd Nelda'n astud ar Elena'n adrodd yr holl hanes wrthi, a sut y cwrddodd ag Alwyn am y tro cyntaf.

'Wyt ti'n credu 'i fod o'n sbïwr?' gofynnodd Nelda pan orffennodd Elena.

'Nac ydw,' atebodd hithau'n bendant. 'Mi'i gwelaist ti o, on'do? Be oeddet ti'n 'i feddwl?'

'Na, dydw inna ddim yn credu chwaith. Roedd yna rywbeth annwyl ynddo fo, a chwarae teg iddo fo am ddod yr holl ffordd i chwilio amdanat ti.'

Ailddechreuodd dagrau Elena lifo, ac meddai'n drist, 'A maen nhw'n mynd i'w ladd o.'

'Sut gwyddost ti hynny?' gofynnodd Nelda, ac adroddodd Elena'r hyn y clywodd Korsky yn ei ddweud wrth ei modryb.

'Yr hen gythral iddo fo!' ebychodd hithau. 'Fo, a'r llall yna—dau ddiafol! Rhaid inni drio'u rhwystro rywfodd, Elena.'

'Ond sut medrwn ni?'

'Fe siarada i â Maman i ddechra. Wedyn, fe gawn ni weld.'

Wedi iddynt gael swper yn ddiweddarach, ac i'r merched droi am eu gwelyau tra oedd Korsky yn eistedd yn y parlwr yn anwesu potel o Vodka, llithrodd Elena o'i llofft yn dawel a mynd at ei chyfnither. Caeodd y drws o'i hôl ac eistedd ar y gwely. 'Nelda,' meddai, 'rydw i wedi cael syniad sut y gallwn ni helpu Alwyn Harris,' ac aeth ati i egluro'i chynllun. Gwrandawodd Nelda a'i llygaid yn ymagor cyn iddi adweithio mewn braw,

'Na, Elena! Wnei di byth fentro hynna. Chei di ddim. Wyddost ti ddim be wnaiff o!'

'Nelda,' meddai, 'o feddwl be mae Alwyn wedi 'i fentro er fy mwyn i, a'r lle mae o rŵan o achos hynny, y peth lleia y medra i 'i neud ydi trio'i helpu o. Faset tithau'n fy helpu i? Tybed a fedri di ddylanwadu ar 'modryb—fe fydde hynny'n rhywbeth.'

Cytunodd ei chyfnither i'w chynorthwyo, a'i rhybuddio i fod yn ofnadwy o ofalus.

'Fe fydda i,' atebodd Elena, a dychwelodd i'w llofft.

*   *   *

Yn dilyn noson o gwsg anesmwyth ar ôl pendroni uwchben ei chynllun, roedd Elena'n hwyr yn codi yn y bore. Roedd Korsky a'i chyfnither eisoes wedi mynd i'w gwaith. Disgwyliai hithau gael pryd o dafod am fod yn hwyr i frecwast, ond er ei syndod ddigwyddodd hynny ddim. Fel yr âi'r dydd yn ei flaen, daeth yn amlwg fod ymddygiad ei modryb wedi newid peth tuag ati, er na ddywedodd ddim a fyddai'n esbonio hynny. Diolch i'r drefn, meddyliodd, mae'n rhaid bod Nelda wedi dal ar 'i chyfle i ddylanwadu arni, ac ymroddodd hithau i geisio gwella'r berthynas rhyngddynt hefyd.

Er iddi chwilio am fân orchwylion i'w cyflawni yn ystod y dydd, llusgai'r oriau'n boenus o araf gan ei chadw ar bigau'r drain. Pan ddaethant i gyd at eu swper fin nos, roedd yn amlwg yn ôl ei ymddygiad blin ac anfoesgar fod Korsky wedi bod wrth geg y botel, a phan holodd ei wraig ef, 'Welaist ti o?' yr unig ateb a gafodd oedd 'Na!' swta cyn iddo godi a'u gadael.

Wedi helpu i glirio'r bwrdd a golchi'r llestri, manteisiodd Elena ar y cyfle i sibrwd wrth ei chyfnither, 'Rydw i'n mynd i' weld o rŵan.'

'Na,' erfyniodd hithau, 'mae o'n rhy flin, gad o am heno.'

Mynnu a wnaeth hi, fodd bynnag, a cherdded i mewn i'r parlwr lle'r oedd Korsky'n eistedd a gwydraid o win yn ei law. Camodd tuag ato a'i chalon yn curo.

'Wel,' meddai wrthi'n swta, 'be wyt ti'i eisia? Creu chwaneg o drafferth i ni?'

'Meddwl oeddwn i y gallwn i'ch helpu i gael gafael ar yr eiconau—er mwyn i 'modryb fedru eu cael.'

'O! A be fedri di 'i neud?'

'Pe cawn i gyfle i siarad ag Alwyn Harris, fe allwn drio gneud yn siŵr na chaiff y diafol Kadesh yna mohonyn nhw—neu welith neb ond fo nhw.'

'Does gen ti ddim gobaith. Mae o yn nwylo Kadesh. A phaid â phoeni—fe ofala i am siâr dy fodryb.'

'Mae yna un ffordd y gallwch chi wneud yn siŵr,' meddai Elena'n fentrus. 'Petaech chi'n mynnu bod Alwyn yn cael ei ryddhau, yna fe allech chi gael yr wybodaeth.'

Sythodd Korsky yn ei gadair a rhythu arni. 'Rhyddhau'r diawl sy wedi achosi cymaint o drafferth i ni!' meddai'n gynhyrfus. 'Wyt ti'n dechrau drysu? Diolcha dy fod ti'n rhydd, a fyddet ti ddim oni bai amdana i.'

'Chi, ac nid Kadesh, fydde ar eich colled.' Tywalltodd wydraid arall o win iddo cyn ychwanegu, 'Nwncwl, os cytunwch chi i geisio rhyddhau Alwyn, fe fydda i'n barod i wneud rhywbeth roeddech chi am imi'i neud cyn imi fynd odd'ma.'

Llyncodd y gwydraid gwin ar ei dalcen cyn holi'n floesg, 'Be wyt ti'n feddwl?' Roedd yn amlwg ei bod wedi deffro'i ddychymyg.

'Os gwnewch chi gytuno i geisio rhyddhau Alwyn, fe fydda i'n barod i neud yr hyn a wrthodais ei neud o'r blaen. Pan fydd 'modryb wedi cysgu heno, dewch i'm llofft i, ac yna fe berswadia i Alwyn i ddatgelu'r gyfrinach ichi.'

Syllodd Korsky arni mewn syndod. 'Mae'n rhaid gen i dy fod ti mewn cariad ag o i wneud y fath gynnig.' Bron na allai hi deimlo'i lygaid yn ei dinoethi'n barod, a theimlodd ias o atgasedd tuag ato'n rhedeg i lawr ei meingefn.

'Be 'dach chi'n ddeud?' gofynnodd iddo'n ddengar.

'Iawn. Os ca i ddod atat ti heno, rwy'n addo y gwna i be fedra i i'w ryddhau.'

Roedd o wedi llyncu'r abwyd. 'Diolch, Nwncwl,' meddai, er mai ar ei thafod yn unig yr oedd ei diolch. 'Fe'ch gwela i chi'n nes ymlaen.'

Cododd yntau a cherdded tuag ati. 'Gad inni selio'r fargen,' meddai, gan gau ei freichiau trymion amdani a'i chusanu nes bod ei weflau mawr, gwlyb yn serio'i gwefusau. 'Heno!' sibrydodd.

Tynnodd ei hun o'i afael a'i chalon yn curo'n drwm cyn rhedeg i fyny'r grisiau i sgrwbio'i hwyneb yn lân.

Daliodd ar y cyfle'n ddiweddarach i ddweud wrth Nelda fod ei llystad wedi cytuno. 'O, Elena!' llefodd, 'dwyt ti 'rioed yn mynd i adael i'r mochyn yna hel ei ddwylo budron hyd dy gorff di?'

'Does gen i ddim dewis, Nelda,' atebodd yn dawel. 'Ond rwy'n dibynnu arnat ti, cofia. Mae'r amser yn brin.'

Daeth y teulu at ei gilydd am ychydig cyn i Elena ddweud ei bod am noswylio'n gynnar gan ei bod wedi blino, ond y gwir oedd na allai eistedd yno eiliad yn hwy a llygaid Korsky'n syllu arni'n barhaus fel petai'n blaenflasu'r hyn oedd i ddod.

Gorweddodd ar ei gwely a'i meddyliau'n ferw gwyllt. Un funud, fe'i beiai ei hun am fod mor ddwl â tharo'r fath fargen â Korsky, a hynny heb sicrwydd y cadwai ei air. A oedd Alwyn yn werth yr aberth? Beth oedd hi iddo fo? Clywodd eiriau Korsky eilwaith, 'Mae'n rhaid gen i dy fod ti mewn cariad . . .' Ac yn ei chalon gwyddai ei fod wedi llefaru'r gwir.

Gwrandawai am bob smic, a'r munudau fel oriau. Clywodd ei modryb yn mynd i'w gwely, ac yn y man rhoes Nelda'i phen heibio'r drws a sibrwd, 'Mae o'n dal i lawr—wyt ti'n siŵr dy fod ti am fentro?'

'Ydw,' atebodd yn dawel, a'i chalon yn curo fel gordd.

Wedi ysbaid hir arall, clywodd sŵn traed Korsky'n drwm ar y grisiau, yn mynd heibio i'w llofft i'r stafell ymolchi, ac yna i'w lofft ei hun. 'Dydi o ddim am ddod,' meddai wrthi'i hun. Ar un llaw, roedd ei thyndra'n llacio beth, ar y llaw arall teimlai ias o siom yn ei cherddded.

Roedd wedi dechrau hepian pan glywodd sŵn dwrn y drws yn cael ei droi, ac yna'n llechwraidd, camodd Korsky i mewn i'w llofft. Aeth at y ffenestr ac agor y llenni. Er ei fod yn drwm o gorff, symudai mor dawel â llygoden. Yn erbyn y golau a hidlai i'r ystafell o'r lamp oedd yn y stryd, ymddangosai fel rhyw gawr du. Fe'i clywodd yn sisial, 'Rwy'n barod, os wyt ti.'

O Maman! sibrydodd wrthi'i hun gan godi oddi ar y gwely a chamu tuag ato. Roedd o wedi eistedd ar gadair isel ger y ffenestr, a llewyrchai'r golau arni wrth iddi sefyll o'i flaen yn crynu fel deilen yn y gwynt.

Yna'n araf, araf, dechreuodd ddiosg ei dillad, bilyn ar ôl pilyn, gan deimlo'n union fel petai'n tynnu haen ar ôl haen o groen ei chorff. Gwyliai yntau hi, wedi'i lygad-dynnu nes ei bod yn sefyll o'i flaen yn hollol noeth.

'Nefoedd! Mi rwyt ti'n hardd!' meddai'n gyffrous. 'Cyn hardded bob gronyn â'th fam.' Pan estynnodd ei law a'i rhoi ar ei bron noeth, roedd ei gyffyrddiad fel tân ar ei chroen. Bu o fewn dim i droi a rhedeg oddi wrtho. Meddwl am Alwyn yn ei gell a'i cadwodd i sefyll yno nes iddo ddweud, 'Cer ar y gwely.'

Wrth iddi ufuddhai'n gyndyn iddo a gorwedd, fe'i clywai'n diosg ei ddillad nos cyn sefyll uwch ei phen dan anadlu'n drwm. 'O'r diwedd!' meddai, gan blygu drosti a gosod ei ddwylo arni.

Yr eiliad honno rhoes hithau sgrech huawdl gan weiddi, 'Na! peidiwch, plîs, Nwncwl!'

Gwaeddodd yntau uwch ei phen, 'Cau dy geg, y bits ddwl!' Yn sydyn, dyna sŵn curo trwm ar y drws a Nelda'n galw,

'Elena! Elena! Be sy'n bod! Agor y drws!'

Safai Korsky yn ei unfan fel petai wedi'i barlysu, a daliodd hithau ar ei chyfle i neidio oddi ar y gwely, rhedeg i ddatgloi'r drws, ei agor, a'i thaflu'i hunan i freichiau Nelda gan feichio crio.

Erbyn hynny, roedd ei modryb wedi cyrraedd yno yn ei gŵn nos dan holi beth oedd yr holl gyffro.

Llefodd Elena drwy'i dagrau, 'Nwncwl Josèf a ddaeth i'r llofft a thrio 'nhreisio i!'

Pasiodd ei modryb heibio iddi i mewn i'r ystafell a throi'r golau ymlaen, a dyna lle'r oedd Korsky yn ymbalfalu am ei drowsus nos ac yn ceisio cuddio'i noethni.

'Dos ag Elena i dy lofft,' meddai hi wrth Nelda, cyn

troi at ei gŵr. 'Cer ditha i dy gwt, y mochyn iti! Fe ddo i ar d'ôl di wedyn,' ychwanegodd a bygythiad yn ei llais.

Eisteddodd Elena ym mreichiau'i chyfnither am sbel nes i'r cryndod a gydiodd ynddi gilio, gan wrando ar y fam yn rhoi ei gŵr drwy'r drin. Ymlaciodd y ddwy yn y man. 'Nefoedd!' meddai Nelda, 'fe gefais i fraw pan glywais i'r sgrech yna gen ti. Ar ôl trio agor y drws, a ffeindio'i fod o wedi'i gloi, wyddwn i ddim ar y ddaear be i'w wneud nesa . . . Sut wyt ti rŵan?'

'Rydw i'n dechra dod drosto. Ond O! Nelda, dwi byth eisia profiad fel'na eto. Roedd 'i weld o'n sefyll uwch fy mhen i ac ar roi 'i ddwylo arna i . . . roedd y peth yn erchyll.'

'Ddylet ti ddim fod wedi mentro'r fath beth, Elena. Dwn i ddim sut y cefaist di'r fath blwc i wneud.'

'Dwn inna ddim chwaith. Ond diolch byth, mae'r fenter wedi llwyddo. Feiddith o ddim peidio â cheisio rhyddhau Alwyn rŵan.'

'Na wnaiff,' cytunodd Nelda, 'ac fe ofala i y bydd Maman yn bygwth digon arno fo! Synnen i damed na fydd hi'n falch o'r cyfle, wedi diodde cymaint dros y blynyddoedd. Be wnei di rŵan?'

'Cymryd bàth poeth a sgrwbio fy hun yn lân, er y bydd yn hir iawn cyn yr anghofia i'r teimlad pan gydiodd o yn fy mronnau i.'

Cusanodd ei chyfnither gan deimlo'n hapusach nag a wnaethai ers amser.

*   *   *

Wedi aros yn bryderus am dridiau heb glywed gair oddi wrth Alwyn, penderfynodd Gwyn Rees weithredu. Gwyddai fod y sefyllfa boliticaidd yn Tsiecoslofacia'n gwaethygu, a bod dyfodol Dubcèk yn ansicr iawn. Roedd yn rhaid gwneud rhywbeth rhag ofn bod Alwyn mewn trafferth. Gofynnodd i'w ysgrifenyddes gysylltu â'r Swyddfa Dramor yn Llundain, a threfnu iddo siarad â rhywun mewn awdurdod.

Gorfu iddo aros yn ddiamynedd am beth amser cyn iddo lwyddo a galw arno i siarad â rhyw glerc neu'i gilydd. Braidd yn llugoer oedd yr ymateb i'w gais am gymorth, a'r clerc yn egluro bod nifer helaeth o rai ar eu gwyliau yng ngwledydd Dwyrain Ewrop yn mynd i drafferth bob hyn a hyn. Esboniodd ymhellach mai yn y consiwlét Prydeinig yn y wlad lle'r oeddent y dylai'r ymwelwyr chwilio am gymorth. Ond doedd Gwyn Rees, y twrne, ddim yn un oedd yn barod i ildio ar chwarae bach, a mynnodd gael gair â rhywun a mwy o awdurdod ganddo. Ar ôl dyfalbarhau felly, llwyddodd i gael siarad ag un oedd yn uwch ei swydd a'i safle. Eglurodd yn fanylach i hwnnw gefndir taith Alwyn, a'r peryg y gallai fod yn ei wynebu.

'Rwy'n deall eich pryder am eich cyfaill,' meddai'r swyddog, 'ond mae'n anodd gwybod beth allwn ni 'i wneud ar hyn o bryd. Mae'r sefyllfa yn y wlad mor ansicr, ac mae cysylltiad ffôn bron yn amhosibl. Dod atom ni'n gyntaf cyn mentro i'r wlad ddylai eich ffrind fod wedi'i wneud. Dyw hi ddim yn ddoeth inni roi ein bys ym mhotes y wlad fel mae hi ar hyn o bryd.'

'Dydw i ddim yn gofyn i chi gysylltu â Brezhnev ym Moscow!' meddai Gwyn, a'i grib yn codi braidd. 'Mae gynnon ni gonswl ym Mhrâg—mae'n siŵr y gall hwnnw drio gwneud rhywbeth cyn iddi fynd yn rhy hwyr.'

'Mr Rees,' meddai'r swyddog, 'mae dros bedair awr ar hugain er pan lwyddon ni i gysylltu ag ef ddiwetha, ond fe wnawn ni bopeth a allwn i drosglwyddo'r

132

neges iddyn nhw.' A gorfu i Gwyn Rees fodloni ar hynny cyn troi i ailafael yn ei waith beunyddiol, er nad oedd ganddo fawr o awydd gwneud. Fe'i beiai ei hun am na fuasai wedi gwneud mwy o ymdrech i atal Alwyn rhag mentro.

Yn gwbl annisgwyl, ac yntau ar anobeithio ac yn hwylio i droi am adre, derbyniodd alwad gan y Swyddfa Dramor, a deall bod y swyddog a fu mewn cysylltiad ag ef wedi cael neges iddo.

'Mr Rees,' meddai, 'mae gen i rywfaint o newyddion da ichi. O'r diwedd, fe lwyddwyd i gysylltu â'n conswl ym Mhrâg. Mae'n debyg bod eich ffrind wedi galw efo nhw yno, a chyda'u cymorth mae o wedi llwyddo i drosglwyddo'r neges i Alexander Dubcèk. Fe gynghorwyd Mr Harris i droi am adre, ac roedden nhw'n deall iddo gydsynio. Ond yn anffodus, dydyn nhw ddim wedi clywed oddi wrtho ar ôl hynny. Mae'n debyg, felly, mai ar ei ffordd adre y mae. Rhag ofn ei fod wedi anwybyddu eu cyngor, rwyf wedi gorchymyn i'n conswl ni gysylltu â phennaeth yr heddlu ym Mhrâg.'

'Diolch i chi am eich cymorth,' atebodd yntau. 'Maddeuwch i mi os oeddwn i braidd yn ddiamynedd y bore 'ma, ond poeni ynghylch fy nghyfaill oeddwn i.'

'Popeth yn iawn, Mr Rees,' meddai'r swyddog. 'Os clywn ni unrhyw beth ymhellach, fe gysylltwn ni â chi. Dydd da.'

Rhoes y twrne'r derbynnydd yn ôl yn ei le. 'Alwyn,' meddai wrtho'i hun, 'os oes rhywbeth yn dy ben di, fe ddylet fod ar y ffordd adre felly.' Ond amheuai hynny'n fawr.

* * *

Ym Mhrâg, yn dilyn yr hyn a ddigwyddodd yn swyddfa Kadesh, a'r wybodaeth angenrheidiol i sicrhau'r eiddo ganddo, penderfynodd y pennaeth mai'r peth callaf fyddai sicrhau ei ddyfodol ariannol heb wastraffu mwy o amser. Gydag un o'i ffyddloniaid yn gwmni, cychwynnodd yn gynnar drannoeth i Abaty Strahòv, ger castell Karlsteyn yng nghoedwig Bratislava, er mwyn gweld y Tad Robèk.

Wedi taith hir, cawsant eu siomi pan eglurodd yr abad, y Tad Portibicè, fod Robèk yn wael iawn ac na allai adael iddyn nhw siarad ag ef. 'Fe all unrhyw fath o gyffro fod yn ddigon iddo,' meddai.

Nid oedd hynny'n mennu'r mymryn lleiaf ar fwriadau Kadesh, a buan iawn yr hysbysodd yr abad nad oedd gwaeledd yn mynd i atal pennaeth heddlu cudd y wlad rhag sicrhau'r hyn a fynnai. 'Mae a wnelo â diogelwch y wlad, a dyw'r CSS ddim yn gadael i unpeth ymyrryd â hynny. Ewch â fi ato. Cofiwch fod yna fwy nag un ffordd o ddelio â chyfeillion yr abatai.'

Gwyddai'r Tad Portibicè nad bygythiad dros ysgwydd oedd hynny; roedd digon o dystiolaeth i fygythion o'r fath dros y blynyddoedd diwethaf. 'Fe ddof i fy hun i'ch hebrwng ato,' cytunodd yn gyndyn. 'Ond rwy'n eich rhybuddio i fod yn ofalus.' Fe'u tywysodd i mewn i gell fechan, syml lle roedd y Tad Robèk yn gorwedd, a golwg dila iawn arno. 'Sylfanws,' meddai'r abad, 'mae yma ymwelwyr sydd am siarad â thi. Paid â phryderu, fe fydda i'n aros i ofalu amdanat.'

Cododd yr offeiriad ei ben yn egwan ac meddai'n llesg, 'Dydw i ddim am weld neb heddiw.'

'Fe ofala i na fyddan nhw ddim yn hir, Sylfanws,'

meddai'r abad, gan amneidio ar y ddau i nesáu at y gwely.

'Fe'i gwelwn ar ein pen ein hunain,' meddai Kadesh yn swta. 'Mater cyfrinachol ynglŷn ag eiddo'r wladwriaeth sydd i'w drafod.' Amneidiodd ar ei bartner, a chyn i'r abad gael cyfle i wrthod, roedd wedi'i yrru allan o'r gell a chaewyd drws ar ei ôl.

'Y Tad Robèk,' meddai Kadesh, gan sefyll yn fygythiol uwchben yr hen offeiriaid, 'mae gynnoch chi wybodaeth y mae'n angenrheidiol i mi 'i chael, a hynny ar fyrder. Mater o bwys i'r llywodraeth.'

Edrychodd Robèk arno a dryswch yn ei wyneb. 'Pa wybodaeth allai fod gen i sydd o bwys i'r llywodraeth?' gofynnodd yn eiddil.

'Roeddech chi'n ffrind ac yn offeiriad i'r bradwr, Jan Meryk. Ac fe ymddiriedodd rywbeth gwerthfawr i'ch gofal. Rwyf am gael gwybod ble mae o wedi'i gadw.'

'Jan Meryk!' meddai yntau, yn amlwg wedi'i gynhyrfu. 'Dyw Jan 'rioed yn fyw? Nid bradwr oedd o ond—'

'Does gynnon ni ddim amser i ddadlau ynghylch hynny,' torrodd Kadesh ar ei draws. 'Ble mae'r eiddo adawodd o yn eich gofal? Fe gewch ei roi i ni drwy deg, neu fe'i mynnwn y ffordd arall. Fe ellir eich cyhuddo o gydweithio â bradwr, a'ch carcharu.'

'Mae marwolaeth yn nes i mi'n awr na charchar,' meddai Robèk yn dawel. 'Does gen i ddim hawl i ddatgelu'r gyfrinach i neb ond i Elena, merch Jan. Hi piau'r hawl.'

'Gwrandewch, yr hen ŵr,' meddai'r pennaeth yn filain, 'peidiwch â chwarae â geiriau efo mi—does gen i ddim amser i'w wastraffu. Ble mae'r eiddo?'

'Cyfrinach a ymddiriedwyd i mi yw hynny,'

mynnodd Robèk. 'Dewch ag Elena yma, ac fe'i rhoddaf iddi hi.'

'Damio chdi'r hen greadur stwbwrn!' rhuodd Kadesh wedi gwylltio. 'Fe gest dy gyfle,' ac amneidiodd ar ei bartner.

Camodd hwnnw at y gwely a chydio yn Robèk gerfydd ei ysgwyddau gan ei godi i fyny a'i ysgwyd yn greulon. 'Ateb y pennaeth!' meddai wrtho, a rhoi celpan galed iddo ar draws ei wyneb.

'Ddim byth,' sibrydodd Robèk yn floesg, a gwaed yn rhedeg o'i drwyn. Cydiodd yr holwr yn un o'i freichiau a rhoi tro sydyn iddi. Clywyd clec asgwrn yn torri a rhoes Robèk sgrech o boen a chwympodd ei ben at yn ôl.

Ar hynny gwthiwyd y drws ar agor a chamodd y Tad Portibicè i mewn yn frysiog. 'Pa ddiefligrwydd sy'n mynd ymlaen yn y fan hyn?' gofynnodd yn flin. 'Ydach chi'n ceisio lladd y truan?' Camodd heibio i'r ddau at y gwely, rhoi'i fraich yn dyner o dan ei ben a cheisio'i godi. 'Sylfanws,' meddai. Ond ni chafodd ateb. Fe'i rhoes yn ôl i orwedd a rhoi'i fysedd ar ymyl ei wddf. Nid oedd dim ymateb. Caeodd amrannau'r llygaid agored cyn ymsythu a throi at y ddau. 'Duw faddeuo'ch camwedd,' meddai'n dawel. 'Does dim mwy o niwed y gallwch chi'i wneud iddo. Fe groesodd ffin na all hyd yn oed eich awdurdod chi a'ch holl rym ddim ymestyn drosti. Gadewch ni'n awr.'

'Damio'r hen ddiawl dwl!' ebychodd Kadesh yn flin, wedi'i amddifadu o'r wybodaeth a fynnai. 'Roddodd o rywfaint o fanylion am eiddo Jan Meryk i chi?' gofynnodd yr abad. 'Os do, mae gen i hawl iddo, neu—'

'Naddo. A phe bai wedi gwneud, fydde fo ddim i'w rannu â chi,' heriodd yntau. 'Gwnaethoch eich gwaethaf, gadewch ni'n awr. Mae gwasanaeth i'w gyflawni i'n brawd annwyl, Sylfanws, a does a wnelo chi ddim ar y ddaear â hynny.'

Doedd gan y pennaeth a'i bartner ddim dewis ond gadael, eithr nid heb fygwth. 'Peidiwch â meddwl ein bod ni wedi'n trechu,' meddai, 'ac os clywa i eich bod wedi'n twyllo, fydd yna neb ond eich Duw all eich arbed chitha.'

* * *

Yn gynnar drannoeth i'r digwyddiad brawychus a fu yn llofft Elena, roedd Korsky ar ei ffordd i'r swyddfa, ond nid cyn i'r merched ei fygwth, a'i wraig ar y blaen yn dweud, 'Gofala di dy fod yn rhyddhau'r Prydeiniwr heddiw. Os doi di adre heno, ac yntau'n dal yn garcharor, fe fyddwn ni'n cysylltu â'r prif weinidog i adrodd dy hanes yn cynnig treisio'r ferch a roddwyd i'th ofal. Fyddi di ddim yn dy swydd awr wedi hynny!'

Ymadawodd a'i gwt rhwng ei goesau gan fflamio pob merch yn y wlad. Prin ei fod wedi cau'r drws nad oedd Elena'n ffonio consiwlét Prydain yn y ddinas, ac yn cyflwyno neges i'w throsglwyddo i'r conswl— fod Alwyn Harris yn garcharor yng ngofal yr heddlu cudd.

Roedd tymer y fall ar Korsky pan gyrhaeddodd ei swyddfa, a phawb yn mynd yn fân ac yn fuan o'i flaen. I ychwanegu at ei drafferthion, eglurodd ei ysgrifenyddes fod Gordon Harley, conswl Prydain, ar y ffôn yn dymuno siarad ag ef. Cydiodd yn y derbynnydd ac arthio iddo, 'Korsky, pennaeth heddlu Prâg. Be sy'n eich poeni?'

Gorfu iddo wrando am rai munudau ar y conswl

yn adrodd ei gŵyn, gan ychwanegu oni fyddai Alwyn Harris wedi'i ryddhau o afael yr heddlu cudd cyn nos, yna byddai storm boliticaidd yn chwyrlïo uwch ei ben yntau erbyn y bore.

Gosododd y derbynnydd yn ei le â'r fath glec nes bod y lle'n diasbedain, a fflamiodd y dydd y daeth y Prydeiniwr felltith hwnnw i'r wlad. Syllodd ar ei ysgrifenyddes a'i gorchymyn yn chwyrn i drefnu bod car yn ei gludo i swyddfa Kadesh. Doedd ganddo ddim dewis ond herio hwnnw ar ei domen ei hun.

Siom a gafodd ar y dechrau wedi cyrraedd yno, a deall bod y pennaeth ac aelod o'i staff wedi cychwyn i rywle ben bore, ac na wyddai neb i ble yr aethant, na phryd y byddent yn ôl. Yna sylweddolodd y gallai hynny fod o fantais iddo yn ei fwriad. 'Rydw i wedi dod yma i ryddhau'r carcharor o Brydain,' meddai'n awdurdodol wrth ysgrifenyddes y pennaeth. 'Mae'r conswl Prydeinig wedi fy ffonio'n bygwth y bydd yna stŵr enbyd cyn nos os na fydd o wedi'i ryddhau.'

'Feiddia i ddim gwneud hynny heb ganiatâd y pennaeth, Capten Korsky,' meddai'r ferch. 'Fydde 'mywyd i ddim gwerth i'w fyw.'

'Dy broblem di yw hynny,' meddai yntau'n swta. 'Tyrd â thamaid o bapur imi.'

Cipiodd y ddalen, ysgrifennu neges arni a'i harwyddo. 'Dyna ti,' meddai, 'rydw i wedi cymryd y cyfrifoldeb ar fy ysgwydda i fy hun. Dangos hwnna i dy bennaeth. Nawr ffonia'r celloedd, a dwêd wrthyn-nhw am ddod â Harris i fyny yma.'

Cydiodd hithau'n nerfus ac ansicr yn y ffôn a gwneud yn ôl ei orchymyn.

I lawr yn ei gell, gorweddai Alwyn yn flin ei gyflwr ar y fatres lle'i cludwyd ar ôl ei holi ef ac

Elena. Roedd yn fymryn o gysur iddo ei fod yn cael ei gadw mewn cell wahanol i'r un y'i bwriwyd iddi y tro cyntaf. Ni allai ddeall pam yr oedden nhw'n mynnu'i gadw yno, a Kadesh wedi addo'i ryddhau. Bellach, roedd yn dechrau anobeithio ac yn amau a gadwai hwnnw 'i air o gwbl.

Torrwyd ar draws ei feddyliau pan agorodd y gwyliwr y drws a'i orchymyn i symud am fod galwad wedi dod iddo fynd i fyny i swyddfa'r pennaeth. Cododd yn syth a gobaith yn ail-ennyn yn ei galon, ond pan gerddodd i mewn i'r swyddfa a gweld mai Korsky oedd yno, fe'i siomwyd unwaith yn rhagor. Ychwanegwyd at ei ddryswch pan gamodd hwnnw ato gan wenu. 'Herr Harris,' meddai, 'rwyf wedi dod yma i'ch rhyddhau. Mae'ch conswl wedi pledio'ch achos, ac rŷm ninnau wedi cytuno. Dowch efo mi.'

Dilynodd Alwyn ef yn llawen allan o'r adeilad i'r car oedd yn aros amdanynt. 'I ble'r ydan ni'n mynd rŵan?' gofynnodd.

'I'm swyddfa i,' atebodd Korsky. 'Mae un neu ddau o faterion i'w trafod, yna fe fyddwch yn rhydd i weld eich conswl, a threfnu i fynd adre'n ddiogel.'

Wedi cyrraedd yno, bu'r pennaeth wrthi'n brysur yn sgrifennu am beth amser cyn gosod nifer o ddogfennau o flaen Alwyn. 'Dyna ni!' meddai, 'arwyddwch y rheina, ac fe fyddwch yn rhydd i fynd.'

Darllenodd yntau'r nodyn cyntaf yn ofalus, a gweld mai dogfen ydoedd a ryddhâi Gapten Korsky o bob cyfrifoldeb am ei garcharu ef, Alwyn Harris, gan yr heddlu cudd. Mae hwn am ei wyngalchu'i hun, meddyliodd, a rhoi'r bai i gyd ar Kadesh. Does yna fawr o bwynt i mi ddechra dadlau efo fo am hynny. Pob lwc iddo fo! Ac fe'i harwyddodd.

Wedi darllen yr ail ddogfen yn awgrymu iddo

drosglwyddo'r cyfrifoldeb o sicrhau bod Elena'n meddiannu eiddo'i thad, nid oedd Alwyn mor siŵr.

'Does gen i ddim hawl i wneud hyn,' meddai. 'Elena ei hun ddylai benderfynu. Ble mae hi?'

'Dyw hi ddim yn dda iawn, Herr Harris,' oedd yr ateb. 'Fe effeithiodd y profiad yna gyda'r Cyrnol Kadesh yn arw arni, ac mae ei modryb yn gofalu amdani. Chaiff hi ddim cam, fe ro i 'ngair ichi.'

'Gwnei, dwi'n siŵr,' meddai Alwyn wrtho'i hun. 'Fe ofali na chei dithau ddim cam chwaith.' Oedodd arwyddo gan geisio meddwl beth fyddai orau.

'Be sy'n bod?' holodd Korsky yn ddiamynedd. 'Fe allwch fentro arwyddo, a chefnu ar y wlad 'ma cyn i'r Cyrnol Kadesh ddychwelyd a chanfod eich bod yn rhydd. Neu ro'wn i ddim ffeuen am eich bywyd!'

Sylweddolodd Alwyn oni arwyddai'r ddogfen na châi mo'i ryddhau, a phenderfynodd yntau chwarae ffon ddwybig. Gwyddai fod yna ddogfen a arwyddwyd gan Meryk wedi'i chuddio yn ei gar yn Budvais —os oedd yn dal yno—yn mynnu na châi neb roi'i law ar yr eiddo heb fod Elena'n ei chyflwyno i Robèk ei hun. Felly cyn arwyddo, gofynnodd, 'Wyddoch chi ble mae 'nghar i?'

'Yn y man y gadawsoch chi o yn Budè Jovicè, am wn i,' atebodd Korsky. 'Ond mi wnes i'n siŵr bod y pecyn a ddaliai hynny o eiddo oedd gennych pan gawsoch chi'ch restio yn ddiogel—mae'r cwbl gen i.' Yna estynnodd gwdyn cotwm i Alwyn. Chwilotodd yntau drwy'r cynnwys a gweld bod ei waled a'i arian, ynghyd ag allweddi'r car, ynddo. 'Diolch byth,' meddai wrtho'i hun, 'mae siawns rŵan.' Ac arwyddodd y ddogfen.

'Mae yna un ddogfen arall,' meddai Korsky, a'i throsglwyddo iddo. 'Mae'n rhoi caniatâd i chi, gyda fy awdurdod i, i adael y wlad yn ddidrafferth. A'm cyngor i ydi'ch bod chi'n manteisio arno cyn gynted ac y dowch chi o hyd i'ch car.'

Mae hwn yn torri 'i fol yn trio bod o help i mi, meddyliodd Alwyn. Pwy sy'n pwyso ar ei gynffon tybed?

Ar ôl cwblhau popeth, roedd Korsky fel ci wedi llwyddo i ddwyn llaeth y gath. 'Dyna chi!' meddai dan wenu'n llednais. 'Fe allwch gamu allan yn gwbwl rydd yn awr !'

Meinhâi ei lygaid wrth wylio Alwyn yn cerdded allan i'r stryd a'r dogfennau yn ei feddiant i wynebu'r dyfodol.

'Cer di!' meddai Korsky wrtho'i hun. 'Fe ofala i na ei di ddim un cam dros unrhyw ffin!'

10

Safodd Alwyn ar y palmant y tu allan i'r pencadlys am ysbaid yn blasu'r rhyddid a'r awyr iach. Roedd fel petai wedi cael ei godi o ryw dywyllwch erchyll i oleuni llachar yr haul, a'r gwres yn anwesu'i wyneb.

Nid oedd yn gwbl sicr pa gam i'w gymryd nesaf, ond yna sylweddolodd fod yna dri pheth roedd yn rhaid iddo'u gwneud: canfod Elena eto, ffonio Gwyn Rees i dawelu'i feddwl, a dod o hyd i'w gar. Penderfynodd mai ffonio Gwyn Rees yn gyntaf fyddai orau, ac yna mynd i chwilio am drên i'w gludo i Budvais.

Roedd ei gyfaill yn methu credu ei fod yn dal ym Mhrâg pan lwyddodd i gysylltu ag ef ychydig yn ddiweddarach. 'Be aflwydd wyt ti'n neud yn dal yn fan'na?' gofynnodd. 'Rydw i wedi bod yn merwino clustia pobl y Swyddfa Dramor yn Llundain, yn trio'u cael nhw i chwilio amdanat ti, ac roedden nhw'n meddwl fel minna dy fod ti ar y ffordd adre.'

'Mae'n stori hir, Gwyn,' atebodd, 'a diolch i ti am drio fy helpu. Drwyddot ti, felly, y llwyddodd y conswl yma i gael yr heddlu cudd i'm rhyddhau bore 'ma.'

'Heddlu cudd!' meddai ei gyfaill mewn syndod. 'Be wyt ti'n feddwl? Sut est ti i'w dwylo nhw, o bawb?'

'Rydw i wedi bod mewn carchar am dridia—am wn i! Doedd amser fel petai'n golygu dim. Ond fel rôn i'n deud, mae'n stori hir, ac fe'i cei i gyd pan ddo i adre.'

'Fe fyddi ar dy ffordd adre heddiw, felly?'

'Na, nid yn hollol, Gwyn. Mae un neu ddau o bethau sy raid i mi eu gwneud gynta.'

'Y Nefoedd a'm gwaredo!' ebychodd ei gyfaill. 'Welais i ddim creadur tebyg iti. Be aflwydd sy gen ti i'w neud eto?'

'Ffeindio fy nghar gynta, Gwyn. Wedyn mynd i chwilio am Elena, a cheisio cael rhyw drefn—'

Torrwyd y cysylltiad rhyngddynt a rhoes y derbynnydd yn ei le. Gwyn druan! meddyliodd. Ysgwn i be ddwedai o pe bai o'n gwybod sut mae pethau wedi bod arna i?

Gadawodd y bwth ffôn a mynd i chwilio am orsaf drenau. Gwelodd fod yna drên yn cychwyn am Budvais ymhen hanner awr, felly i ladd amser, aeth i'r bwffe i brynu coffi a brechdanau selsig. Yn ystod y daith yn y trên ceisiodd roi trefn ar ei feddyliau, gyda'r naill ddigwyddiad yn dilyn y llall fel hunllef ddiderfyn, ac Elena'n ymwáu'n ddi-baid drwy'r cyfan i gyd. Dyheai am gael ei gweld eto a chael cyfle i wybod y gwirionedd, ynghyd â thawelu'i feddwl na bu ganddi ran yn ei garcharu. Daliodd i anwesu'r gobaith ei bod hi'n gwbl ddiniwed. 'Fe fynna i gael gwybod,' meddai wrtho'i hun, 'a gorffen yr hyn y gofynnodd ei thad imi'i wneud.'

Wedi cyrraedd Budvais, gadawodd yr orsaf ar unwaith ac anelu am y maes parcio ar gyrion y dre i chwilio am ei gar. Pan gyrhaeddodd yno, a'i weld yn yr union fan y'i gadawodd, rhoes ochenaid ddiolchgar o ryddhad. Agorodd y drws a bwrw llygad brysiog dros bopeth; roedd y cyfan i'w weld yn iawn. Yna, wedi estyn sbaner o'r gist ôl, aeth i godi'r bonet a syllu ar y batri. Roedd yn union fel y'i gadawodd— yn seimlyd, a haen o lwch drosto. Wedi datod y sgriwiau a'i daliai yn ei le, fe'i cododd allan a rhoi ochenaid arall o ddiolch pan welodd fod waled fawr Meryk yn dal yn y man lle y'i cuddiodd. Wedi 'i chodi'n ofalus, a gosod y batri'n ôl yn ei le, eisteddodd yn y car a mynd drwy gynnwys y waled. Roedd popeth yno fel y dylai fod, ac fe'u cadwodd i gyd yn drefnus gan roi'r waled yn y gist fechan, a'i chloi.

Taniodd y peiriant a chychwyn yn ôl am ddinas Prâg lle byddai'n mynnu cael y gwir gan Elena. Roedd y dydd yn hir, y ffordd yn gymharol dawel a gyrru'n rhwyddach gan fod y gwres yn cilio wrth i'r haul dynnu tua'i fachlud. Arhosodd am betrol a thamaid o fwyd ar y ffordd, ond fe'i cynhyrfwyd braidd pan glywodd neges frys ar radio'r car yn dweud bod Alexander Dubcèk wedi cael ei alw am ymgynghoriad â Brezhnev, pennaeth y Sofiet. Doedd ganddo ddim dewis ond dal ati, a gobeithio'r gorau pan gyrhaeddai Brâg. Roedd yn hwyr arno'n cyrraedd cyrion y ddinas, ac nid oedd yn gwbl siŵr beth i'w wneud, prun ai chwilio am lety dros nos, ynteu mentro mynd i gartref Frau Korsky gan obeithio na fyddai'i gŵr yno.

Wedi penderfynu y byddai hynny'n arbed amser, gyrrodd yn araf a phwyllog i mewn i'r ddinas gan lygadu'n fanwl y strydoedd y teithiodd hyd-ddynt gyda gŵr y tacsi. Yn ffodus, llwyddodd i ganfod pen y stryd roedd yn chwilio amdani. Aeth heibio i'r tŷ, gadael y car mewn arhosfan heb fod ymhell, a'i gloi yn ddiogel cyn cychwyn cerdded yn ôl. Doedd dim golwg o gar Korsky, a mentrodd ddringo'r grisiau a chanu'r gloch.

Nelda agorodd iddo'r tro hwn. 'Herr Harris!' meddai mewn syndod. 'Rydych yn rhydd!'

'Ddwedodd eich llystad ddim wrthych chi ei fod wedi fy rhyddhau?'

'Dydyn ni ddim wedi 'i weld o oddi ar y bore pan . . . Na hidiwch am hynny,' meddai yn ei chyffro. 'Dowch i mewn—fe fydd Maman ac Elena'n falch o'ch gweld.'

'Diolch i'r nefoedd! Mae hi yma felly,' meddai yntau'n llawen.

Dilynodd hi i'r gegin, a phan welodd Elena ef rhedodd ato dan gau ei breichiau amdano, a'i llawenydd yn amlwg. 'Diolch i Dduw dy fod ti'n rhydd o'r diwedd!' llefodd. Yna tynnodd yn ôl yn swil, gan wrido. Ac er rhyfeddod i Alwyn, camodd Frau Korsky tuag ato a'i groesawu â gwên. Roedd hynny mor annisgwyl fel na wyddai'n iawn sut i ymateb.

'O ble daethoch chi?' gofynnodd, a phan eglurodd yntau wrthi, mynnodd ei fod yn aros gyda nhw dros nos, a brysiodd i'r cefn i baratoi pryd o fwyd.

Mwynhaodd y pryd bwyd a'r croeso oedd mor wahanol i'r hyn y bu'n rhaid iddo ddygymod ag ef yng nghwrs y dyddiau diwethaf. Wedi iddo orffen, gadawodd Frau Korsky a Nelda i Elena ac yntau siarad, ar ôl eu siarsio i beidio â bod yn hir rhag ofn i Korsky ddychwelyd.

Ei gwestiwn cyntaf i Elena oedd, 'Be sy wedi peri'r fath newid yn dy fodryb? Roedd hi'n fy nghasáu'r tro dwetha i mi fod yma.'

Eglurodd hithau beth oedd wedi digwydd, a bod ei modryb bellach yn gwybod popeth am hanes ei thad a'i mam.

'I ti mae'r diolch 'mod i'n rhydd felly,' meddai wrthi gan ei thynnu ato a'i chusanu, ac ymatebodd hithau iddo. 'Ond Elena annwyl, ddylet ti ddim bod wedi mentro'r fath beth,' ychwanegodd yn hanner ceryddgar. 'Beth pe bai o wedi llwyddo? Os rhoith o ei fys arnat ti eto, fe'i lladda i o.'

'Doeddwn i ddim mewn gwir beryg, Alwyn,' meddai, 'roedd Nelda wrth law yn barod i'm helpu. A phrun bynnag, meddylia beth wyt ti wedi 'i fentro drosta i. Ond pam y doist ti'n ôl yma, a gŵr 'modryb wedi dy rybuddio i fynd? Rwyt titha'n peryglu dy fywyd.'

'Roedd yn rhaid i mi gael dy weld,' meddai, ac ychwanegodd, 'am fy mod i'n d'amau di.' Er iddo deimlo'n lled flin wrtho'i hun am gyfaddef hynny, roedd yna bethau eraill roedd yn rhaid iddynt eu trafod.

'Dyw'r hyn a addewais i'th dad ddim wedi'i gyflawni i gyd eto, Elena. Mae eisia claddu ei lwch ym medd dy fam, a mae'n rhaid dod o hyd i'r Tad Robèk. Prin y bydd gan dy fodryb wrthwynebiad.'

'Na, mae hi'n barod i'n helpu unrhyw ffordd y gall, ac mae hi'n hanner gobeithio na ddaw ei gŵr yn ôl yma. Ond does wybod beth wnaiff o, yr hen fochyn iddo fo. Fe gawn ni drefnu pethau yn y bore. Tyrd, fe ddangosa i i ti ble byddi di'n cysgu. Fe ddylet fod yn ddiogel yno petai o'n digwydd dod yn ôl heno.' Ac fe'i harweiniodd i fyny i lofft yn yr atig.

Wedi oriau o'r cwsg esmwythaf iddo'i gael ers nosweithiau, ar ben yr wybodaeth fod y merched i gyd o'i blaid bellach, roedd yn barod i fentro ymlaen er gwaethaf unrhyw beryg.

Frau Korsky ei hun a gydiodd yn yr awenau, gan ffonio'r offeiriad ym mhentre Tabòr Kolnè a threfnu iddyn nhw gyfarfod ag ef ym mynwent yr eglwys am ddau o'r gloch y pnawn hwnnw.

Roedd yr offeiriad yn aros amdanynt ar lan bedd Olga Meryk pan gyrhaeddodd y pedwar erbyn yr amser a drefnwyd. Croesawodd y Tad Valèk hwy'n dawel, a chynhaliwyd gwasanaeth syml gydag Alwyn yn rhoi'r gasged lwch fechan yn y bedd. Yna safodd Nelda a'i mam a'r offeiriad o'r neilltu gan adael Elena ac Alwyn ar lan y bedd.

'Diolch iti am ddod â llwch fy nhad adre,' meddai wrtho a'i dagrau'n llifo. Cymerodd yntau hi yn ei freichiau i'w chysuro. Daliodd hi nes i'w dagrau arafu cyn dweud, 'Rhaid i ni fynd, Elena, mae gynnon ni daith hir o'n blaen.' Ac ymunodd y ddau â'r gweddill wrth glwyd y fynwent.

Roedd Nelda a'i mam wedi teithio yn eu car hwy i Tabòr Kolnè er mwyn i Elena ac Alwyn fynd yn eu blaen am Abaty Strahòv yn ei gar ei hun.

'Byddwch yn ofalus,' cynghorodd Frau Korsky hwy fel yr oeddent yn gwahanu. 'Dyw fy ngŵr ddim yn un i ildio'n rhwydd, llai fyth y Cyrnol Kadesh. Dowch yn ôl atom ni cyn i chi droi am adre—fe fyddwn yn falch o'ch gweld.'

Diolchodd Alwyn i'r Tad Valèk am ei gymorth cyn troi trwyn y car i gyfeiriad Fforest Karlstein ym Mratsilava. 'Bendith arnoch, a llwyddiant gyda'ch bwriad,' meddai yntau, gan sefyll i'w gwylio'n mynd.

Tawel iawn oedd Elena am y rhan gyntaf o'r daith a gadawodd Alwyn lonydd iddi. Gwyddai ei bod yn ddwfn mewn atgofion am ei rhieni, a'r holl newid fu er pan gwrddodd hi ac yntau am y tro cyntaf, lai nag wythnos ynghynt. Hi a dorrodd ar y tawelwch.

'Dwn i ddim sut i ddechra meddwl yn iawn am yr holl betha sy wedi digwydd er pan elwaist ti arna i y tu allan i'm fflat yn Budvais, Alwyn,' meddai. 'A'r ffordd yr ymatebais i mor flin.'

'Paid â phoeni am hynny, Elena,' meddai. 'Yr hyn sy'n bwysig ydi'n bod ni wedi cyfarfod, a bod pethau wedi troi o'n plaid yn y diwedd.'

'Ydi, diolch i ti, yn enwedig am gael gweld y newid yn fy modryb. Gweld yr hen gasineb a'r genfigen wedi cilio o'r diwedd. Dyw hi ddim yr un person.'

'Nac ydi. Mae'r gwir yn helpu i glirio llawer o bethau.' Yna, wedi ysbaid, ychwanegodd, 'Elena, ydi'r ffaith ein bod ni'n dau wedi cyfarfod wedi gneud gwahaniaeth i ti?'

'Holi'r wyt ti rŵan, yntê!' atebodd yn swil. 'Fe gei di wybod rywbryd eto!'

* * *

Yn swyddfa Korsky, wynebai ef a'r Cyrnol Kadesh ei gilydd fel dau geiliog yn hawlio pen tomen. Pan ddychwelodd Kadesh yn waglaw o abaty Strahòv, a deall bod Alwyn wedi'i ollwng yn rhydd, aeth yn benwan o'i go am i Korsky weithredu fel y gwnaeth. Ar y llaw arall, roedd hwnnw yr un mor wyllt wedi iddo ddeall fod pennaeth yr heddlu cudd wedi mynd i chwilio am y Tad Robèk heb ddweud wrtho yntau.

'Oes gen ti syniad ble mae'r diawl Prydeiniwr yna ar hyn o bryd?' holodd Kadesh yn flin. 'Os na chawn ni afael arno, fe elli di a minna ffarwelio ag unrhyw obaith am arian wrth gefn.'

Syweddolodd Korsky ei fod wedi cymryd cam gwag drwy adael i Alwyn fynd mor rhwydd. 'Fe rois i rybudd iddo ddiflannu o'r wlad,' meddai, 'ond rydw i wedi rhybuddio'r gwylwyr ar y ffiniau nad yw i gael mynd dro olwyn dros y ffin. A dydw i ddim wedi clywed oddi wrthyn nhw hyd yma. Mae'n rhaid 'i fod o'n dal yma, felly.'

'Be am y ferch Meryk? Ydi o'n debyg o fynd ati hi? Os aiff o, mae siawns i ladd dau dderyn ag un ergyd.'

'Fe ddaw i'r fei iti, Kadesh,' atebodd yntau. 'Gad di hi i mi—fe'i setla i hi.' Eto, prin ei fod yn barod i gyffesu mai'r peth olaf a fynnai ar y pryd oedd mynd adre ac wynebu'i wraig.

'Gorau po gynta i ti gael gafael arni felly, Josèf. A

phan gei di hi, rho gyfle i mi'i holi. Fe alla i dy sicrhau na fydd ganddi 'run gyfrinach ar ôl i'w chuddio.'

Dyna'r peth ola gei di, meddai Korsky wrtho'i hun. Os cafodd Kadesh ei gyfle, ei dro ef, Korsky, fyddai'r nesaf.

'Iawn,' atebodd, 'fe gei wybod yn syth,' ac ymwahanodd y ddau yn gyfeillion mawr—ar yr wyneb.

O fewn chwarter awr, roedd pennaeth heddlu Prâg yn camu allan o'i gar y tu allan i'w gartref ac yn brysio i fyny'r grisiau wedi penderfynu mai dull ymosodol oedd ei unig obaith. Gwthiodd y drws ar agor a chamu i mewn gan weiddi, 'Elena! Ble rwyt ti'r bits fach?'

Ei wraig a'i hwynebodd, wedi cynhyrfu gan ei ddychweliad annisgwyl. Syllodd ar ei wyneb oedd yn goch gan dymer, a thybiodd mai pwyll fyddai orau. 'I be wyt ti'i heisia hi?' gofynnodd yn dawel.

'Does a wnelo fo ddim â thi!' rhuodd arni. 'Ble mae hi?'

Ymunodd Nelda â'i mam, a gofyn, 'I be ydach chi'i heisia hi eto fyth? Ydach chi ddim yn meddwl eich bod chi wedi dychryn digon arni'n barod?'

'Cau di dy geg!' arthiodd arni. 'Ydi hi yma?'

Ei wraig atebodd, yn gwybod na ellid celu'r gwirionedd bellach. 'Dyw hi ddim yma,' meddai. 'Mae hi a'r Herr Harris wedi mynd i abaty Strahòv i chwilio am y Tad Robèk, ac fe fydda—'

'Ydi'r cythral hwnnw wedi bod yma?' torrodd yntau ar ei thraws. 'Pryd?'

'Fe ddaeth o yma neithiwr, ac fe fuom ni'n claddu llwch Jan Meryk yn Tabòr Kolnè y pnawn 'ma. Fe aethon nhw ymlaen o fan'no.'

Methai Korsky â choelio'i glustiau, a rhedai

gwylltineb yn donnau dros ei wyneb. Safai o flaen y merched yn siglo fel coeden gref mewn corwynt.

Fe gaiff strôc farwol, meddyliodd ei wraig, gan hanner gobeithio mai dyna a ddigwyddai. Ond nid felly y bu.

'Fe gân nhw siwrnai ofer, felly,' meddai. 'Fe fu'r Cyrnol Kadesh efo'r offeiriad ddoe, yn ei holi. Mae o wedi marw bellach, ac wedi mynd â'i gyfrinach efo fo. Dim ond y Prydeiniwr yna all ein helpu bellach, a'r tro yma fe wna i'n siŵr na fydd yn celu dim.' Trodd oddi wrthynt gan weiddi dros ei ysgwydd, 'Fe fydda i'n ôl!'

'Be allwn ni' neud, Maman?' gofynnodd Nelda'n bryderus. 'Fedrwn ni ddim gadael iddo restio Alwyn eto.'

'A deud y gwir, Nelda fach, does gen i ddim syniad,' atebodd ei mam yn ddigalon. 'Sut gallwn ni gysylltu â nhw, a minna wedi gofyn iddyn nhw ddod yn ôl yma?'

* * *

Wedi gyrru'n galed am bron bedair awr, arhosodd Alwyn mewn pentref i gael petrol, a phryd o fwyd mewn gwesty bychan. Yno cafodd Elena gyfle i astudio'r mapiau, a gwneud yn siŵr eu bod ar y ffordd gywir.

'Fe ddylem ddod i fforest Bratislava ymhen rhyw hanner awr,' meddai. 'Mae castell Karlsteyn oddeutu ugain cilomedr i ffwrdd, a'r ffordd sy'n troi i'r abaty ryw bum cilomedr heibio i'r castell.'

Yn union fel y dywedodd, roeddent yn gyrru i mewn i'r fforest, wrth i'r haul fachlud, a gorfu i Alwyn gynnau goleuadau'r car. Daethant i olwg y castell, ac wedi canfod y ffordd tua'r abaty, dilynwyd honno am bum cilomedr nes i'r adeilad ddod i'r golwg. Arhosodd Alwyn o flaen dorau pren enfawr. Aeth Elena allan o'r car a mynd i dynnu ar raff i ganu'r gloch.

Camodd mynach tuag atynt drwy ddôr fechan gan holi am ddiben yr ymweliad, ac eglurodd hithau iddo beth oedd eu bwriad.

'Fe agora i'r ddôr i chi gael gyrru'ch car i mewn i'r cwrt,' meddai. 'Yna, y peth gorau i chi ei wneud fydd cael gair â'r abad, y Tad Pontificè.'

Wedi i'r ddôr gael ei hagor, gyrrodd Alwyn i mewn i gwrt eang, a chamodd allan o'r car yn ddiolchgar o gael ymuno ag Elena. Roedd yr abaty'n adeilad o gerrig nadd a nifer helaeth o ffenestri bychain culion yn ei furiau. Yn ei amgylchynu, sylwodd Alwyn ar nifer o adeiladau coed, a thybiodd mai stordai a stablau oeddent.

Tywysodd y mynach hwy i mewn i'r abaty gan egluro ei bod bron yn adeg y cwmplin hwyrol. Er hwyred yr ymweliad, fe'u derbyniwyd yn gwrtais gan yr abad, a gwrandawodd yn dawel ar Elena'n adrodd cyfran o'u hanes, a'u dymuniad am gael gweld y Tad Robèk.

Edrychodd arnynt yn dosturiol cyn dweud, 'Mae'n wir ddrwg gen i, ond rwy'n ofni eich bod wedi cael siwrnai ofer—fe fu'r Tad Robèk farw ddeuddydd yn ôl.'

Lledai siom amlwg dros wynebau'r ddau, a throdd Elena i edrych ar Alwyn a dagrau'n llenwi'i llygaid. Meddai'n dawel, 'Be wnawn ni'n awr, Alwyn?'

Yn ymwybodol o'u siom, gofynnodd yr abad, 'Oedd cysylltiad teuluol rhyngoch chi ag ef?'

'Nac oedd, y Tad Pontificè,' atebodd Alwyn. 'Oes gynnoch chi amser i wrando ar ein stori?'

'Arhoswch am funud neu ddau tra bydda i'n mynd

i wneud ychydig o drefniadau ynglŷn â'r cwmplin, ac yna fe ddychwelaf atoch.'

'Wyt ti'n meddwl bod diben aros i egluro pam y daethom yma?' gofynnodd Elena wedi i'r abad eu gadael.

'Pwy a ŵyr, Elena?' atebodd. 'Does gynnon ni ddim i'w golli. Mae'n bosib bod Robèk wedi dweud rhywbeth wrth yr abad cyn iddo farw.'

Pan ddychwelodd yr abad, gofynnodd i'r ddau eistedd a'u hannog i esbonio pwrpas eu hymweliad. Gwrandawodd yn astud ar Alwyn yn siarad, gydag Elena'n ychwanegu gair ambell waith.

'Rydw i'n gweld,' meddai, wedi iddynt orffen, ac yna gofynnodd, 'Oes gynnoch chi rywbeth i brofi'ch dilysrwydd?'

'Prin fod hynny'n angenrheidiol bellach,' meddai Alwyn. 'Gan fod y Tad Robèk wedi marw, does gynnon ni ddim dewis ond mynd yn ôl i Brâg.'

'Nid o reidrwydd,' meddai'r abad. 'Mae gen i reswm dros ofyn ichi brofi'ch dilysrwydd. Fe gafodd y brawd Robèk ymwelwyr eraill ddeuddydd yn ôl. Cyrnol Kadesh a'i gydymaith . . .'

'Kadesh!' meddai Alwyn yn chwyrn. 'Beth oedd hwnnw eisia efo fo? Maddeuwch i mi am dorri ar eich traws,' ymddiheurodd wedyn.

'Popeth yn iawn,' meddai'r abad, 'ond y rheswm pam yr ydw i'n gofyn i chi brofi'ch dilysrwydd yw y gallai o fod wedi'ch gyrru chi yma i chwilio am fwy o wybodaeth ar fater arbennig. Mae o'n ŵr digon cyfrwys i wneud hynny.'

Cytunodd y ddau yn rhwydd y gallai hynny fod yn wir, ac estynnodd Alwyn y dogfennau oedd yn ei feddiant i'r abad. Wedi iddo'u hastudio'n fanwl, fe'u trosglwyddodd yn ôl i Alwyn.

'Diolch am eu dangos,' meddai. 'Rwy'n derbyn nad oes a wneloch ddim â'r heddlu cudd,' ac aeth ati i adrodd hanes ymweliad Kadesh, a'r erchylltra a achosodd y swyddog.

'Diafol o ddyn ydi o,' meddai Elena. 'Rwy'n gobeithio y caiff yntau ei haeddiant ryw ddydd. Ond oedd yna ryw reswm pendant pam roeddech chi am i ni brofi'n dilysrwydd?'

'Oedd,' atebodd yr abad. 'Methodd Kadesh â chael y wybodaeth a fynnai, am iddo gredu mai drwy drais y gallai ei sicrhau. Doedd hynny ddim yn golygu nad oedd gwybodaeth ar gael. Pan sylweddolodd y brawd Robèk fod ei ddyddiau ar y ddaear yn byrhau, fe rannodd â mi gyfrinach a ymddiriedwyd iddo gan eich teulu chi,' meddai wrth Elena. 'Roedd o'n ffyddiog y deuai rhywun ryw ddydd i geisio'r hyn a ymddiriedwyd i'w ofal. A gwireddwyd ei ffydd—fe ddaethoch chi.'

'Ac fe wyddoch chi, felly, ble mae'r hyn a adawodd fy nhad,' awgrymodd Elena. 'Ai yma y mae?'

'Nage, rwy'n ofni. Pan orfu i'r brawd Robèk ymddeol ar bwys ei iechyd, fe'i rhoddodd yng ngofal y Tad Stephanos, eglwys Sant Vitus, Prâg, a chanddo ef y mae hyd heddiw.'

'Rhaid i ni ddychwelyd i Brâg, felly,' meddai Alwyn, braidd yn siomedig. 'Dyw fan'no ddim yn un o'r lleoedd mwyaf diogel i ni'n dau ar hyn o bryd.'

'Rwy'n ofni nad oes dewis gynnoch chi os ydach chi am feddiannu'r hyn a fynnwch,' meddai'r abad. 'Ond mae'n hwyr iawn i chi gychwyn yn ôl yno heno. Fe allwch aros yma dros nos. Fe baratôf ddogfen i chi'i chyflwyno i'r Tad Stephanos a fydd yn hwyluso'ch ymgais i sicrhau'r eiddo.'

'Diolch am eich cymorth,' meddai Elena, 'ond dwi'n

meddwl mai anelu am Budè Jovicè fydd orau inni heno. Mae gryn dipyn yn nes na Phrâg, ac mae gen i eiddo yno yr hoffwn ei gasglu. Fe garwn weld y Tad Robèk cyn inni ymadael, os yw hynny'n bosibl,' ychwanegodd.

'Wrth gwrs,' cytunodd yr abad, ac fe'i hebryngodd i'r gell lle roedd Robèk wedi'i roi i orwedd. Camodd y tri i mewn, a thywysodd yr abad hwy at y man lle gorweddai Robèk a lliain gwyn wedi ei daenu drosto hyd at ei ên.

Safodd Elena'n dawel gan edrych i lawr ar yr wyneb gwelw, a phob arwydd o boen wedi cilio. Plygodd ato a rhoi cusan ar ei dalcen oer cyn ymunioni a dweud yn floesg, 'Diolch ichi, y Tad Robèk, am ofalu am ein teulu ni.' Yna gadawsant y gell yng nghwmni'r hen offeiriad ffyddlon.

Wedi iddo baratoi'r ddogfen a addawodd, aeth yr abad allan gyda hwy i'r cwrt at y car. Syllodd yn graff ar y cerbyd cyn gofyn i Alwyn, 'Ydach chi am fentro'n ôl i Brâg yn hwn?'

'Does gynnon ni ddim dewis,' atebodd. 'Rwy'n sylweddoli bod gyrru car sy wedi'i gofrestru ym Mhrydain yn hawdd i'w adnabod, fel y gwn o brofiad bellach—ond be arall wnawn ni?'

Elena, yn annisgwyl, a atebodd ei gwestiwn. 'Mae 'nghar i, Skoda, yn y garej y tu cefn i'm fflat yn Budvais. Fe allwn eu cyfnewid.'

'Syniad gwych,' cytunodd yr abad cyn iddo'u bendithio a'u gwylio'n gyrru allan drwy'r ddôr ar eu ffordd i Budvais.

'Fe drodd pethau allan yn well na'r disgwyl, Elena,' meddai Alwyn wrth iddyn nhw yrru i gyfeiriad Budvais.

'Do,' cytunodd hithau. 'Diolch i'r hen Robèk annwyl. Trueni na faswn i wedi cael cyfle i'w weld yn fyw, a diolch iddo. Mae gan Kadesh lawer i'w wynebu ryw ddydd. Gobeithio'r annwyl y llwyddith Dubcèk i gadw'i le fel prif weinidog. Fe all ei alw i gyfrif wedyn am yr holl ddrwg y mae o wedi'i neud ar hyd y blynyddoedd.'

'Fe allwn obeithio hynny, Elena,' atebodd yntau, 'ond yn ôl pob tystiolaeth ar hyn o bryd, mae'n mynd i fod yn ymgyrch ddyrys. Pan soniaist ti am newid dy gar, a hefyd am gasglu rhai o'th bethau, beth oedd gen ti mewn golwg? Wyt ti am gefnu ar dy wlad?'

Bu hi'n dawel iawn am amser cyn ateb a dweud, 'Ar hyn o bryd, Alwyn, does gen i ddim dewis. Ga i ddod efo ti i Brydain?' gofynnodd yn drist.

Arafodd yntau'r car ac aros. Yna cymerodd hi yn ei freichiau, 'Does dim rhaid i ti gofyn, Elena annwyl. Dyna hoffwn i'n fwy na dim. Wedi'r cyfan, dychwelyd adre fyddet titha fel minna. Ym Mhrydain y cest ti dy eni.' A chusanodd hi, a'i gruddiau'n llaith gan ddagrau. Aildaniodd yr injan. 'Nawr,' meddai mewn ymgais i'w llonni, 'ymlaen â ni.'

11

Pan oeddent ar gyrion Budè Jovicè, awgrymodd Elena y byddai'n ddiogelach iddi hi yrru i mewn i'r dref gan ei bod yn fwy cyfarwydd â'r strydoedd cefn a fyddai'n arwain i'w fflat, a chytunodd Alwyn ar unwaith. Roedd wedi troi un o'r gloch y bore pan arafodd hi ac aros yng nghefn y fflatiau.

'Aros di yn y fan hyn,' awgrymodd wrth Alwyn, 'fe a' inna i fyny i'r fflat i weld os yw popeth yn iawn, ac i gael yr allweddi i'r garej a'r car.'

Dychwelodd mewn rhyw bum munud. 'Dim problem,' meddai, 'does dim golwg fod neb wedi bod i mewn er pan adewais i. Fe newidiwn ni'r ceir rŵan, yna fe awn i fyny'n ôl.'

Wedi cyfnewid y ceir a throsglwyddo eiddo Alwyn i gerbyd Elena, dringodd y ddau'n dawel i fyny i'r fflat. 'Gorffwysa di rŵan tra bydda i'n casglu hynny fydd 'i eisiau arna i,' meddai Elena, ac ychwanegodd a thinc o dristwch yn ei llais, 'Dydw i ddim yn fy ngweld fy hun yn dod yn ôl yma byth eto.'

Cydiodd yntau ynddi a'i hanwylo am ychydig. 'Paid â deud hynny, Elena,' meddai. 'Pwy ŵyr na thry pethau allan yn well nag yr ydan ni'n 'i ofni.'

Tynnodd oddi wrtho yn y man. 'Diolch iti, Alwyn,' meddai. 'Gorffwysa rŵan.'

Lledorweddodd yntau ar y setî fechan, ac o fewn ychydig, roedd yn cysgu'n dawel.

Wedi bod wrthi'n brysur am beth amser, rhoddodd Elena'r cyfan mewn dau gwdyn cyn troi'n ôl at Alwyn. O'i weld yn cysgu mor dawel, doedd ganddi mo'r galon i'w ddeffro, a phenderfynodd fynd â'r ddau gwdyn i lawr i'r car a chwilio am orsaf betrol fel y gallent gychwyn ar danc llawn. Gadawodd nodyn iddo'n egluro i ble roedd hi wedi mynd.

Sŵn curo trwm a ddeffrodd Alwyn o'i gwsg, ac am eiliadau nid oedd yn sicr ymhle'r oedd. Yna clywodd fwy o sŵn curo, a llais dyn yn galw. Neidiodd ar ei draed yn ffwndrus.

'Elena!' meddai. 'Mae rhywun yn curo wrth y drws.' Am nad oedd ateb oddi wrthi hi, roedd yn ansicr beth i'w wneud, a chyn iddo gael cyfle i benderfynu dim, clywodd ergyd galed yn erbyn y drws yn malu'r clo yn yfflon, a rhuthrodd dau heddwas arfog i mewn, ac un yn gweiddi, 'Ble mae Elena Hodja?'

Er i'r sŵn a'r ymweliad annisgwyl ei frawychu am rai eiliadau, bu'n ddigon hirben i'w hateb yn bwyllog a diniwed, 'Pwy ydi honno?'

'Paid â chwarae mig efo ni,' meddai un o'r ddau'n wyllt. 'Elena Hodja, neu Meryk, neu beth bynnag y mae hi'n 'i galw'i hun. Ble mae hi?'

'Does gen i ddim syniad am bwy rydach chi'n sôn,' atebodd.

Trodd un at y llall. 'Hwn ydi'r Prydeiniwr,' meddai. 'Fe gawn y ddau efo'i gilydd. Fe fydd Kadesh wrth ei fodd. Reit!' meddai wrth Alwyn, 'fe wnawn ni'n siŵr ohonot ti!' Ac ar drawiad roedd ei ddwylo mewn cyffion unwaith yn rhagor, ac un o'r ddau yn ei yrru allan o'i flaen, a'r llall wedi penderfynu aros rhag ofn i Elena ddychwelyd.

Newydd droi i mewn i gefn y fflatiau yr oedd Elena pan welodd hi gar heddlu a'i oleuadau'n fflachio, yn rhuo heibio i'r agoriad am y cefn, ac fe'i brawychwyd yn enbyd. Tybed oedden nhw wedi bod yn cadw gwyliadwriaeth ar y fflat, ac wedi aros am eu cyfle i ddal Alwyn? Gwyddai nad oedd ond un ffordd i ganfod hynny. Gadawodd y car a mynd i mewn i'r adeilad gan ddringo'r grisiau yn araf nes cyrraedd pen y trydydd llawr. Syllodd yn ofalus heibio i bostyn pen y grisiau, a phen welodd fod drws ei fflat yn gilagored, gwyddai fod y gwaethaf wedi digwydd ac fe'i llanwyd â gofid dros Alwyn druan. Trodd yn ddistaw, aeth i lawr y grisiau ac yn ôl i'w char. Gyrrodd oddi yno mor bwyllog ag y gallai a mynd i aros yn un o'r meysydd parcio cyhoeddus.

Bu yno am amser a'i meddwl yn ferw yn ceisio penderfynu pa gam i'w gymryd nesaf. Gwyddai na allai adael i Alwyn gael ei gipio'n ôl i Brâg ac i ddwylo Kadesh unwaith yn rhagor. Gwyddai, pe digwyddai hynny, na fyddai gobaith iddo gael ei ryddhau. Cydiodd yn dynn yn yr olwyn. 'Na!' meddai'n benderfynol wrthi'i hun. 'Chân nhw ddim gneud hynny os galla i eu rhwystro!' Taniodd yr injan a gyrru allan o'r maes parcio gan anelu am bencadlys yr heddlu. Sylweddolodd y byddai'n rhaid iddi weithredu ar frys os oedd am ei arbed, er na wyddai ar y pryd sut i wneud hynny.

Gadawodd y car mewn stryd gefn o fewn rhyw ganllath i'r pencadlys, cerdded i olwg y lle a sefyll i wylio yng nghysgod drws un o'r siopau.

* * *

Mewn cell yn seler y pencadlys, eisteddai Alwyn a'i ben yn ei blu unwaith yn rhagor. Teimlai'n flin ag ef ei hun am fod mor ddiofal â chysgu mewn lle mor beryglus. Onid oedd y ddau wedi bod o fewn trwch blewyn i lwyddo cyn i'r cyfan gael ei chwalu'n chwilfriw eto fyth? Methai'n deg â dirnad bod Elena wedi'i adael ar ei ben ei hun, a hithau'n ganol nos. Ond yn bwysicach na hynny—i ble'r oedd hi wedi mynd?

I fyny yn y dderbynfa roedd y ddau swyddog a fu yn y fflat wrthi'n dadlau â'r heddwas oedd yn gwarchod y lle dros nos. Roedd yr un a adawyd i aros am Elena wedi dychwelyd, gan awgrymu nad oedd peryg iddi ddod yn ôl yno, a chaniatáu ei bod hi yn Budè Jovicè o gwbl. 'Be ydan ni'n mynd i' 'neud yn 'i chylch hi?' gofynnodd i'r ddau arall.

Gustav, yr un a welodd Elena ac Alwyn gyntaf, oedd yng ngofal pethau wrth y ddesg. 'Be amdani?' meddai. 'Dydw i ddim yn mynd i ladd fy hun yn chwilio am Elena i'w rhoi yn nwylo'r giwed yna ym Mhrâg. Y neges a gawsom ni oedd trio dal y Prydeiniwr yna. Ac mae hwnnw gynnon ni. Mi ffoniwn ni i ddeud hynny, a gadael iddyn nhw ddod i'w nôl fory—neu heddiw bellach . . . Be dach chi'n ddeud?'

Cytunodd y ddau arall, gydag un yn ychwanegu, 'Rydw i wedi gweithio'n ddigon hir efo Elena, heb sôn am feddwl rhoi un o'n rhai *ni* mewn cell yn fa'ma, o bobman. Pob lwc iddi, ddeuda i!' Ar ôl bwrw'i fol felly, mynnodd ei fod yn cael mynd adre am damaid o fwyd. 'Cadw di lygad ar y Prydeiniwr yna, Gustav!' meddai cyn troi allan gyda'i gyd-swyddog, a gadael Gustav ar ei ben ei hun.

Yng nghysgod drws y siop, gwyliodd Elena'r ddau yn dod allan cyn mynd i'w car a gyrru i ffwrdd, a gwyddai mai hwn oedd ei chyfle mawr os oedd hi am wneud rhywbeth. Symudodd allan o'r cysgod ac anelu am y pencadlys. Gwthiodd y drws ar agor a chamu i mewn. Pan welodd mai Gustav oedd wrth y ddesg fe'i siomwyd braidd.

'Elena!' ebychodd pan welodd hi'n dod drwy'r drws tuag ato. 'Be ar y ddaear wyt ti'n 'i neud yn y fan hyn o bobman—a phawb allan yn chwilio amdanat ti? Wyt ti wedi drysu?'

'Mae'n stori hir, Gustav,' atebodd, 'ond fe ro i 'ngair i ti nad ydw i wedi gwneud drwg na niwed i neb. Chwant Kadesh a'r Korsky yna sy wedi peri'r holl drafferth. Ond does gen i ddim amser i egluro rŵan. Ydi Alwyn Harris yn eich dwylo chi?'

'Ydi. Mae o i lawr yn y celloedd. Pam?'

'Diolch i Dduw,' meddai Elena wrthi'i hun o weld llygedyn o obaith. 'Dydi ynta ddim wedi gneud dim byd chwaith i haeddu cael ei gymryd yn ôl i Brâg, a'i roi yn nwylo Kadesh, Gustav.'

Doedd y swyddog ddim yn bleidiol iawn i'r Prydeiniwr. Bu ei lygaid ar Elena ers tro nes i hwnnw ddod yno i chwalu'i obeithion. 'Dwn i ddim am hynny,' atebodd, 'a dyw hi ddim o 'musnes i. Ei ddal a'i yrru'n ôl oedd y gorchymyn a gawsom ni.'

'Gustav! Wnei di adael iddo fynd er fy mwyn i?' plediodd Elena arno.

Edrychodd arni am rai eiliadau cyn ateb, 'Elena fach! Mae yna ddau heblaw fi'n gwybod 'i fod o yn y gell yma. On'd ydw i wedi ffonio Prâg i ddeud hynny, ac mi wyt ti'n gofyn i mi 'i ryddhau? Pe cytunwn i, fi fydde yn y gell, ac nid y Prydeiniwr. Rydw i'n synnu atat ti'n gofyn y fath beth.'

Mentrodd hithau ar un apêl arall: 'Wnei di adael i mi siarad ag o am funud? Plîs, Gustav! Y cyfan a wnaeth o oedd dod â llwch fy nhad yn ôl i'w gladdu, a gofalu 'mod i'n cael yr hyn a adawodd fy nhad imi. Nid llofrudd nac ysbïwr ydi o.'

'Nid mater i mi ydi penderfynu hynny, Elena,' atebodd. 'Ond er dy fwyn di, fe gei gwpwl o funudau efo fo. A dim mwy, cofia. Tro'r clo yn y drws allan yna am funud.'

Gwnaeth hithau hynny tra oedd yntau'n estyn yr allweddi i'r celloedd. 'Tyrd, reit sydyn!' meddai, a dilynodd hi ef at y drws a agorai i'r grisiau cerrig oedd yn arwain i lawr i'r celloedd.

Wedi iddo agor y drws a chynnau'r golau, camodd i'r ris gyntaf, a gwyddai hithau mai hwn oedd ei hunig gyfle.

'Maddau imi, Gustav, ond does gen i ddim dewis,' meddai, wrth gamu'n sydyn o'r tu ôl iddo a rhoi hergwd nerthol iddo yn ei gefn gan ei fwrw bendramwnwgl i lawr y grisiau a pheri iddo lanio'n galed ar eu gwaelod.

Fe'i dilynodd mewn fflach, a'i weld ar ei orwedd yn griddfan mewn poen. Cipiodd y rifolfer o boced ledr ar ei glun cyn cydio yn yr allweddau a ddaliai yn ei law o hyd a galw, 'Alwyn! Ble rwyt ti?'

Wrth glywed y cyffro, roedd Alwyn wedi llamu oddi ar ei wely at ddrws ei gell. 'Elena!' gwaeddodd pan glywodd ei llais. 'Fan hyn ydw i!'

Rhuthrodd hithau draw ato, a chyn pen dim roedd wedi agor y drws a chydio ym mraich Alwyn a'i thynnu. 'Tyrd!' meddai, 'does dim amser i egluro. Brysia!'

Ar waelod y grisiau roedd Gustav yn ymdrechu i godi. 'Helpa fi i'w gario i'r gell, Alwyn,' meddai, a chydiodd y ddau ynddo a'i lusgo'n ôl i'r gell lle bu Alwyn, a'i roi i orwedd ar y gwely.

Roedd yr heddwas yn dadebru peth erbyn hynny, ac edrychodd ar Elena a chasineb yn ei wyneb. 'Y bits fach slei!' meddai rhwng ei ddannedd. 'Gobeithio y caiff Kadesh ei ddwylo arnat ti a'r diawl Prydeiniwr yna!'

'Mae'n wir ddrwg gen i, Gustav,' ymddiheurodd, 'ond o ddifri, doedd gen i ddim dewis. Gad imi weld sut wyt ti.'

Ciliodd yntau'n ôl oddi wrthi. 'Paid â rhoi dy ddwylo twyllodrus arna i,' meddai'n filain. 'Cer o 'ngolwg i!'

Gadawodd y ddau Gustav, a chloi drws y gell arno. 'Tyrd,' meddai Elena wrth Alwyn, 'fe awn ni allan drwy ddrws y cefn!' Ac wedi cloi hwnnw ar eu holau, taflodd yr allweddi i ffwrdd. 'Dyw'r car ddim ymhell o'r fan hyn,' meddai. 'Rhaid i ni frysio!'

Hi aeth at y llyw, a gyrrodd allan o'r dre gan bwyll heb ddweud yr un gair. Bu'n gyrru felly am rai milltiroedd cyn arafu a thynnu at ochr clwyd a agorai i gae. Yna, rhoes ei phen ar yr olwyn a beichio crio.

Gadawodd Alwyn lonydd iddi nes i'w hocheneidiau arafu cyn rhoi'i freichiau amdani a'i dal yn ei gôl i'w thawelu. Cododd ei phen ac edrych arno'n ddrylliog. 'O, Alwyn, mi wnes beth ofnadwy,' meddai, a'i dagrau'n llifo. 'Roedd Gustav yn ffrind ac yn gydweithiwr imi, a wnaeth e mo f'arestio i pan gerddais i i mewn i'r swyddfa. Ac mi gafodd ei fradychu gen i.'

'Elena annwyl,' meddai yntau wrth geisio'i chysuro. 'Doedd gen ti ddim dewis. Nid ti a fynnodd fy rhoi i yn y gell. Be arall allet ti fod wedi'i neud?'

'Ond be ddigwyddith i Gustav?' gofynnodd. 'Fe fyddan nhw'n siŵr o'i gosbi'n ofnadwy. Ac arna i fydd y bai,' a llefodd yn chwerw.

'Gwrando, Elena,' meddai. 'Mae yna adegau pan nad oes gynnon ni ddim dewis ond gneud rhywbeth na fynnwn. Dyna sut oedd hi arnat ti, ac mi fuost yn ddigon gwrol i weithredu. Mae'n wir ddrwg gen i dros Gustav, ond fedra i ddim ond diolch iti am fy rhyddhau. A rŵan, fedrwn ni ddim aros yn y fan hyn. Mae'n rhaid i ni ddal ar y cyfle i fynd ymlaen i Brâg. Mae gwaith i'w wneud.'

'O, Alwyn, ydi o'n werth y drafferth a'r peryg? Oes rhaid i ni boeni am yr eiddo yna?'

'Er dy fwyn di, oes, Elena, ne' fe aiff holl aberth dy rieni'n ofer. Tyrd, newidia le efo mi, ac fe yrra i ymlaen i Brâg.'

Ildio'n gyndyn a wnaeth hi a dweud, 'Fe fydde'n well gen i pe baem ni'n mynd i chwilio am ffordd allan o'r wlad yma'n syth. Ond rwyt ti wedi gneud cymaint drosta i, fydde hi ddim yn deg â thi.'

'Diolch, Elena,' meddai yntau. 'Fydde hi ddim yn deg â'th dad chwaith. Fe aberthodd ef, nid yn unig dros ei wlad, ond er mwyn sicrhau dy ddyfodol di hefyd. Mi ro i 'ngair iti, fe ddown ni'n ôl yma ryw ddydd.'

12

Ar ôl taith hir, galed, ac Elena'n cysgu'r rhan fwyaf o'r amser, arafodd Alwyn y car mewn pentref ryw chwe chilomedr y tu allan i Brâg, ac aros ar bwys tafarn gyda'r bwriad o ymolchi a bwyta cyn mynd ymlaen i'r ddinas.

Roedd nifer o bobl eisoes yn y dafarn, a phawb wrthi'n siarad yn dawel, a golwg bur ddifrifol arnyn nhw. Bu ysbaid o dawelwch pan gerddodd y ddau i mewn a chwilio am fwrdd i eistedd wrtho. Yna'n sydyn, ailddechreuodd y siarad unwaith eto.

'Mae golwg ddifrifol iawn ar bawb yma,' meddai Alwyn. 'Be sy'n bod tybed?'

'Dwn i ddim,' atebodd Elena, 'ond rydw i'n siŵr fod rhywbeth mawr ar gerdded. Falle y clywa i yn y munud. Fe a' i i molchi tra byddi di'n archebu'r bwyd.'

Wedi iddi fynd, aeth yntau at y bar a gofyn am frecwast a choffi i ddau, ac erbyn i Elena ddychwelyd roedd y bwyd ar y bwrdd.

'Glywaist ti rywbeth?' holodd Alwyn.

'Dim byd,' atebodd hithau.

Pan oedden nhw ar ganol bwyta, distawodd sŵn y miwsig ysgafn o'r radio y tu cefn i'r bar, a chlywyd y darlledwr yn rhagrybuddio ynghylch newydd oedd ar ddod. Lledodd tawelwch rhyfedd dros yr ystafell. 'Mae yna ryw neges bwysig i'w chyhoeddi mewn munud, Alwyn,' meddai Elena'n dawel. A gwrandawodd pawb yn astud.

Fel y trosglwyddid y neges, roedd yn amlwg fod y sawl a'i cyflwynodd o dan gryn deimlad. Yna'n syth ar ei derfyn, ymfwriodd pawb ar draws ei gilydd i drin a thrafod y sefyllfa.

'Be sy'n bod, Elena?' gofynnodd Alwyn. 'Be sy wedi digwydd?'

'O, Alwyn!' atebodd a'i llygaid yn llenwi. 'Mae'r milwyr wedi mynd i mewn i bencadlys y llywodraeth ym Mhrâg, ac maen nhw wedi restio Alexander Dubcèk a mynd â fo i ffwrdd i rywle. Maen nhw'n deud y bydd milwyr a thanciau o Rwsia, Pwyl a Hwngari'n symud i mewn i'n gwlad. Be wnawn ni?'

'Mae'r diawled wedi cario'r dydd eto,' meddai yntau'n flin. 'Dyna'r union beth yr oedd dy dad yn 'i ofni. Fe aeth ei lythyr yn ofer, druan, ac mae Kadesh a Korsky a'u cynffonwyr wedi'i drechu. Duw a'ch helpo i gyd!' Cododd oddi wrth y bwrdd. 'Tyrd, Elena,' meddai. 'Mae gynnon ni waith i'w gwblhau,' a cherddodd allan a hithau'n ei ddilyn. Wedi eistedd yn y car, gofynnodd Elena i ble'r oedden nhw am fynd.

'I Brâg,' atebodd Alwyn heb betruso. 'Os yw'r rheina wedi chwalu un o obeithion dy dad, fe wna i'n siŵr na lwyddan nhw ddim gyda'r gweddill.'

'Dydw i ddim yn dy ddeall di. Be wyt ti'n 'i feddwl?' holodd Elena.

'Mae'r hyn oedd dy dad am i ti 'i gael ym Mhrâg, ac fe awn ni i'w nôl o. Ti piau o, ac myn brain i, fe wna i'n siŵr mai ti fydd yn ei gael o, a neb arall.'

Er iddi brotestio mai ffolineb oedd gyrru ymlaen, a'r milwyr yn bygwth meddiannu'r lle, gwrthod ildio a wnaeth Alwyn. Taniodd y car a buan iawn y canfu ei fod yn gyrru yn erbyn y llif. Roedd cannoedd o geir a lorïau'n dylifo allan o'r ddinas, a'r bobl yn amlwg wedi'u brawychu o glywed am ddyfodiad y milwyr estron.

'Maen nhw'n ffoi am eu bywyda, Alwyn,' llefodd Elena. 'Does dim synnwyr ein bod ni'n mynd ymlaen.'

'Mae'r ffaith y bydd yna lai o draffig yna o'n plaid ni,' atebodd, 'a falle y llwyddwn ni i gyrraedd cyn i danciau a milwyr y Sofiet gyrraedd.'

'Alwyn,' meddai Elena, wrth iddyn nhw ddod at gyrion y ddinas, 'gad i mi yrru'r car rŵan; fe alla i ffeindio'r ffordd i eglwys Sant Vitus yn well na thi.'

Cytunodd yntau fod hynny'n hollol resymol, ac ildiodd ei le iddi. Wedi cryn drafferth, llwyddodd hithau i gyrraedd stryd gul garegog, gryn ddau can llath o'r rhiw a arweiniai at yr eglwys ger y castell.

'Aros yn y fan hyn fydd orau i ni, a cherdded gweddill y ffordd i'r eglwys. Mi fydd yn haws o lawer i ni ddod yn ôl yma a gyrru allan o'r fan hyn,' eglurodd Elena.

Cychwynnodd y ddau gerdded i fyny stryd arall yr un mor gul a charegog, i gyfeiriad yr eglwys heibio i res o dyddynnod bychan. 'Yn y rhain roedd y crefftwyr aur a gemau'n byw ers talwm,' meddai hi wrtho. 'Maen nhw wrthi'n eu troi nhw'n amgueddfeydd dinesig bellach.' Ac yn sydyn, dechreuodd chwerthin.

'Pam wyt ti'n chwerthin?' gofynnodd Alwyn mewn syndod.

'Dwn i ddim be ddaeth drosta i,' atebodd, rhwng chwerthin a chrio. 'Cael fy hun yn sôn am aur a gemau a phetha felly, a phawb yn ffoi am eu bywyd rhag gelynion ein gwlad.'

'Elena annwyl,' meddai gan gydio yn ei braich, 'dydw i ddim yn rhyfeddu, wir. Mae'n syndod gen i dy fod ti cystal ac ystyried y fath straen sy wedi bod arnat ti. Tyrd, fe gawn ni aros am ychydig yn nhawelwch yr eglwys.'

Pan gerddodd y ddau i mewn i'r cysegr hynafol, roedd y lle yn llawn o bobl yn sefyll ac yn canu emyn yn ddwys a thawel. Yna, ar derfyn yr emyn, penliniodd y gynulleidfa a'r offeiriad ger yr allor. Wedi ysbaid o dawelwch, cododd pawb a throdd yr offeiriad i gerdded i lawr drwy'r dorf a chôr o blant ifanc yn ei ddilyn hyd at y porth. Safodd yno a chyhoeddi'r fendith, ac yna cyflwynodd air o gysur i'r bobl wrth iddynt fynd allan.

Arhosodd Alwyn i wylio. 'Mae'n rhyfedd gweld eglwys heb seddi i'r gynulleidfa, Elena,' meddai.

'Dyna yw'n harferiad ni mewn llawer o'n heglwysi,' atebodd, cyn gofyn, 'Be wnawn ni rŵan, Alwyn?'

'Wedi i bawb fynd, ei di at yr offeiriad a holi ai fo ydi'r Tad Stephanos? Ac os felly, wnei di ofyn a gawn ni gyfle i siarad ag o ar ei ben ei hun?'

Arhosodd y ddau'n amyneddgar nes bod pawb wedi cilio cyn i Elena fynd at yr offeiriad.

'Ie,' atebodd, 'be fynnwch chi?'

Pan eglurodd Elena yr hoffent siarad ag ef ar ei ben ei hun, fe'u tywysodd i festri fechan yng ngwaelod yr eglwys. 'Nawr,' meddai, 'be sy'n eich poeni?'

Cyflwynodd Elena Alwyn iddo, ac egluro mai Prydeiniwr oedd o ac mai mewn Almaeneg y gallai gyfathrebu orau.

'Croeso ichi,' meddai wrth Alwyn. 'Fe ddaethoch yma o bell, a hynny ar adeg dyngedfennol yn ein hanes, yn anffodus. Ddaethoch chi yma ar ryw berwyl arbennig?'

Aeth Alwyn ati i egluro, a rhoi braslun iddo o'r hyn a ddigwyddodd iddyn nhw yn ystod eu hymgais i gyflawni'r cyfan oedd i'w wneud. 'A dyma ni, o'r diwedd, wedi cyrraedd atoch chi,' ychwanegodd.

'Roeddwn i'n gybyddus â hanes eich tad drwy'r Tad Robèk,' meddai'r offeiriad wrth Elena. 'A'r hyn a aberthodd dros ei wlad. Fe rannodd y Tad Robèk ei gyfrinach â mi, ac mae'n wir ofidus gen i glywed am ddull ei farwolaeth. Roedd yn haeddu gwell, ond yn anffodus, dyna'r cyfnod rydym yn byw ynddo. Dyna pam rwy'n ofni hefyd fod yn rhaid i mi ofyn a oes gennych chi rywbeth i brofi'ch dilysrwydd?'

Unwaith yn rhagor trosglwyddodd Alwyn y dogfennau y bu'n eu gwarchod mor ddyfal, ac wedi i'r Tad Stephanos eu darllen a'u rhoi'n ôl iddo, trodd at Elena. 'Rwy'n falch o allu dweud fod eich ymchwil ar ben,' meddai, 'a bod yr hyn a fynnwch yma'n ddiogel yn ein gofal ni. Dowch efo mi.'

Dilynodd y ddau ef i lofft y clychau, yna drwy ddrws oedd yn arwain i lawr grisiau cerrig at seler hir o dan yr eglwys. Cyneuodd y golau a'u gwahodd i'w ddilyn. Wrth fynd, gwelsant fod rhywrai wedi'u claddu mewn ambell gilfach yn y muriau trwchus, a chodai arogl hen a thamp i'w ffroenau.

Wedi mynd at gwpwrdd a safai mewn cilfach, estynnodd yr offeiriad flwch bychan ohono, a'i agor ag allwedd a feddai. Yna, tynnodd ohono allwedd arall dan blygu i ddatgloi caead hen gist dderw oedd wrth ochr y cwpwrdd. Gwyliodd y ddau ef yn turio o dan fwndeli o hen femrynau a dogfennau, ac yn tynnu allan o'r gist gês lledr a llwydni'n amlwg arno. Trodd at Elena a'i gyflwyno iddi. 'Dyma eich etifeddiaeth yn ddiogel,' meddai wrthi. 'Ein braint ni fu ei gwarchod ar eich rhan.'

Er mai rhyw fath o siom a deimlodd hi o weld am y tro cyntaf gês lledr mor ddilewyrch, roedd dagrau ar ei gruddiau pan ddywedodd wrtho, 'Diolch i chi am ei warchod mor ddiogel. Fe fyddai 'nhad, pe byddai'n fyw, yr un mor ddiolchgar â minnau.'

Rhoddodd y cês yng ngofal Alwyn, a cherddodd y

tri allan o'r seler ac i fyny'r grisiau yn ôl i'r eglwys drwy lofft y clychau.

'Beth yw eich bwriad yn awr?' gofynnodd y Tad Stephanos.

'Cefnu ar y wlad ar hyn o bryd,' atebodd Alwyn, 'gan obeithio y gallwn ddychwelyd ryw ddydd pan fydd yr hinsawdd boliticaidd yn fwy sefydlog.'

'Penderfyniad doeth,' cytunodd yr offeiriad. 'Ond fe allech gael peth trafferth. Yn ôl y newyddion diweddaraf, mae pob croesfan a ffin ar gau, a milwyr Sofietaidd yn eu gwarchod. Os mynnwch, fe allwch aros gyda ni yn ein presbyteri nes y bydd yn ddiogelach i chi deithio.'

Edrychodd y ddau ar ei gilydd a'u siom yn amlwg. Elena atebodd. 'Diolch ichi am eich cynnig a'ch cymorth,' meddai, 'ond mae gen i fodryb yma. Falle mai mynd ati hi fyddai orau ar hyn o bryd.'

Ar y ffordd yn ôl i'r car, gofynnodd Alwyn iddi, 'Wyt ti'n meddwl ei bod hi'n beth doeth i fynd at dy fodryb? Beth petai Korsky yno?'

'Go brin y bydd o yno wedi'r hyn a ddigwyddodd,' awgrymodd. 'Mi fydd yn rhy brysur o lawer hefyd efo'r cyfan sy'n digwydd yma. Fe fentra i yrru'r car, a gobeithio'r gorau.'

Prin yr oedd hi wedi gyrru i lawr dwy stryd o'r fan na chafodd fraw enbyd. Ar ben draw'r heol gwelsant danc enfawr ar draws y ffordd a milwyr yn troi o'i gylch. Ymatebodd Elena'n gyflym a throi'r car bach o chwith a gyrru'n ôl i gyfeiriad yr eglwys. Stopiodd bron yn yr un man ag yr oeddynt cynt. 'Be wnawn ni, Alwyn?' gofynnodd.

'Oes gen ti ryw syniad ble mae consiwlét Prydain o'r fan hyn?' holodd yntau. 'Pe baem ni'n gallu cyrraedd yno, fe fyddem ni'n ddiogel.'

'Dydw i ddim yn siŵr o'r strydoedd hyn,' addefodd Elena. 'Ond pe gallem ni gyrraedd sgwâr Wenceslas, fe allen ni ffeindio'r ffordd o fan'no.'

'Does dim amdani ond gadael y car yn y fan hyn felly, a cherdded i lawr yno,' meddai Alwyn. 'Tyrd, fe gasglwn ni gymaint o bethau ag y medrwn ni'u cario ar ein cefnau. Does wybod be ddigwyddith i'r cerbyd.'

Wedi gwneud pecyn o'u bethau, ac i Alwyn wthio'r cês lledr i mewn i'w gwdyn-cefn, gadawsant y car gan obeithio dychwelyd ato rywbryd, a chychwyn cerdded i lawr y rhiw tua'r sgwâr. Fel yr oeddent yn nesáu, roedd sŵn gweiddi i'w glywed, a'r strydoedd yn dechrau llenwi gan dyrfa'n brysio i'r un cyfeiriad. Pan ddaethant i'r sgwâr ei hun, roedd yn llawn o bobl yn troi a throsi ymysg ei gilydd, a'r dorf yn galw am Dubcèk.

'Fel hyn y gwelais i o am y tro cyntaf ar y teledu yn nhŷ dy dad, Elena,' meddai Alwyn. 'Dwn i ddim sut y gallwn ni ffeindio'n ffordd i unman drwy'r rhain.'

Ar hynny, clywsant sŵn gwahanol, a llais y dorf yn tawelu. Yna, i mewn drwy un pen i'r sgwâr gwthiodd trwyn tanc yn araf a milwyr ar ei ben gydag eraill yn eu dilyn. Cododd sŵn y dorf yn fygythiol, a rhuthrodd criw o rai ifainc yn feiddgar i gyfeiriad y tanciau. Dechreuodd y rheini saethu i fyny i'r awyr gan wthio'n araf ond yn sicr i mewn i ganol y dyrfa.

'Elena!' gwaeddodd Alwyn dan gydio'n dynn yn ei braich. 'Rhaid i ni ddiflannu o'r fan hyn. Fe aiff yn ymladd gwyllt mewn dim!' Fe'i tynnodd ar ei ôl ac anelu am heol oedd yn arwain allan o'r sgwâr. Llwyddodd y ddau i gyrraedd stryd dawelach, ac roeddynt ar yrru ymlaen pan wthiwyd mintai o fechgyn a merched ifainc i'w cyfeiriad gan nifer o filwyr.

'Ein milwyr ni ydi'r rheina,' meddai Elena. 'Be maen nhw'n 'i neud?'

'Gad iddyn nhw fynd,' meddai Alwyn, gan gydio yn ei braich a'i thynnu i gysgod siop. 'Y peth ola'r ydan ni 'i eisia ydi gorfod eu hwynebu nhw.'

Fel yr oeddent yn prysuro ymlaen, roedd yn amlwg fod y milwyr yn cyrchu'r criw i rywle. Roedden nhw ar fynd heibio pan alwodd Elena'n sydyn mewn braw, 'Alwyn! Mae Nelda wedi 'i restio ganddyn nhw!' A chyn iddo gael cyfle i'w hatal, rhuthrodd Elena at y milwr oedd yn cydio yn ei chyfnither gan weiddi, 'Nelda! Be maen nhw'n 'i neud i ti?' Cydiodd ynddi a cheisio'i rhyddhau o afael y milwr. 'Does gynnoch chi ddim hawl i'w restio hi!' gwaeddodd.

Rhuthrodd Alwyn ar ei hôl, a bu'n ffodus i'w dal cyn iddi gwympo ar ei hyd pan roes y milwr bwniad milain iddi, a'i rhegi.

'Dwêd wrtho pwy yw 'i thad!' gwaeddodd Elena.

'Capten Korsky, pennaeth yr heddlu, ydi tad hon!' bloeddiodd Alwyn ar y milwr. Bu tipyn o ddadlau ffyrnig rhyngddynt cyn i'r milwr yn y diwedd wthio Nelda atynt. 'Ewch â hi'n ôl at 'i thad, a dwedwch wrtho am bwnio tipyn o synnwyr i'w phen hi!' meddai'n gas cyn troi'i gefn arnyn nhw i ddilyn y gweddill.

'Be ddigwyddodd, Nelda?' gofynnodd Elena.

'Sefyll i weiddi ar filwyr y Sofiet oedden ni,' eglurodd Nelda. 'Fe ddechreuodd rhai daflu cerrig atyn nhw, ac fe gawsom ein restio.'

'Diolch i'r drefn ein bod ni wedi digwydd dy weld di,' meddai Elena. 'Dod efo ni fyddai orau iti.'

'I ble?' gofynnodd.

'I gonsiwlét Alwyn, os medrwn ni gyrraedd yno.'

'Does gynnoch chi ddim gobaith, Elena. Mae milwyr

yn gwarchod y rheini i gyd. Dod adre efo mi fyddai'r peth calla i chi.'

Safai Frau Korsky wrth y ffenestr ar bigau'r drain yn methu gwybod ble roedd Nelda, a phan welodd hwy'n cerdded i fyny'r stryd at y tŷ, rhedodd i agor y drws. 'Ble ar y ddaear y buost ti? Rydw i di bod y fan hyn bron â gwirioni'n poeni amdanat ti—yn enwedig wedi i mi glywed sŵn y saethu.'

'Fe eglura i yn y munud, Maman,' meddai Nelda. 'Gadewch i Elena ac Alwyn ddod i'r tŷ cyn i rywun eu gweld nhw.'

Tra oedden nhw'n yfed coffi, eglurwyd iddi beth oedd wedi digwydd a sut y cwrddodd Nelda â'r ddau arall yng nghanol y mwstwr.

'Diolch i chi,' meddai wrthynt. 'Duw a ŵyr be fydde wedi digwydd iddi oni bai amdanoch chi.'

'Mae gynnon ni broblem, modryb,' meddai Elena. 'Mae Alwyn am fynd i'w gonsiwlét i aros, ond does dim modd cyrraedd yno ar hyn o bryd. Fe lwyddon ni i gael yr eiddo a adawodd fy nhad i mi—fe'i rhoddwyd yng ngofal y Tad Stephanos yn eglwys Sant Vitus.'

'Wel, mae gynnon ni le i ddiolch am hynny,' meddai hithau. 'Fe gewch aros yma heno â chroeso. Prin y gwelwn ni'r gŵr—fe fydd ganddo lond 'i gôl o waith.'

Wedi cytuno ar hynny, gofynnodd Elena a gaent hwy fynd i fyny i lofft Alwyn yn yr atig. A chytunodd ei modryb yn llawen.

'Dyna ti, Elena,' meddai Alwyn wedi iddo dynnu'r cês lledr o'i gwdyn-cefn a'i osod ar y gwely yn y llofft. 'Ti piau'r hawl i'w agor.'

Syllodd hithau arno mewn lled arswyd. 'Mae arna i ofn be wela i ynddo fo, Alwyn,' meddai.

'Wel, does dim nadroedd ynddo, i ti!' meddai yntau gan wenu. Am nad oedd ganddyn nhw allwedd, estynnodd Alwyn gyllell wersylla o'i gwdyn, ac mewn dim amser roedd wedi torri'r clo a chodi'r caead. 'Dyna ti!' meddai.

Pecynnau wedi'u rhwymo mewn lliain oedd ar yr wyneb, a chydiodd Elena yn un ohonynt yn ofalus gan ddatod y lliain nes o'r diwedd ei bod yn ei dal yn ei dwylo ffrâm aur, oddeutu ugain centimetr wrth ddeg. Edrychodd y ddau arno mewn rhyfeddod. Crefftwaith olew oedd yn y ffrâm, o ben ac ysgwyddau un o'r seintiau, a'r lliwiau'n cyfleu'n fyw yr wyneb garw a'r llygaid treiddgar.

'Wyddost ti darlun o bwy ydi o?' gofynnodd Alwyn.

'Dydw i ddim yn siŵr, ond mae gen i gof i 'nhad sôn rhywbeth am Sant Paul a Sant Pedr. Fe fydd 'modryb yn siŵr o fod yn gwybod.'

Wedi dadlapio'r lliain oddi ar yr ail becyn, gwelwyd mai darlun yn yr un un traddodiad oedd hwnnw hefyd, a phortread o berson arall y tro hwn.

'Dydi o ryfedd yn y byd fod dy dad am i ti eu meddiannu,' meddai Alwyn, 'yn enwedig am iddyn nhw fod yn y teulu gydol yr holl flynyddoedd.'

Wrth agor pecyn ar ôl pecyn, roedd y ddau wedi'u cyfareddu'n llwyr gan ryfeddod y trysorau—modrwyau, tlysau o bob math, a chlymau heirdd o berlau.

'Mae'n rhaid gen i fod dy rieni wedi bod y tu hwnt o ddarbodus i gasglu'r fath gyfoeth â hyn,' meddai Alwyn.

'Yn ôl fel roedd 'modryb yn adrodd yr hanes, fe werthon nhw bopeth oedd ganddyn nhw, gan gynnwys y tŷ a'r dodrefn. Roedden nhw'n gwybod eu bod mewn peryg beunyddiol. A dyna pam yr oedd 'modryb mor filain wrth fy nhad—roedd hi'n meddwl 'i fod o wedi cipio'r cyfan, a 'ngadael i heb ddim. Ac ar ben popeth—fod yr eiconau wedi diflannu hefyd. A meddwl na chafodd yr un o'r ddau unrhyw ddefnydd ohonyn nhw yn y diwedd,' ychwanegodd yn drist.

'Ond fe fydden nhw'n hapus o wybod dy fod ti wedi'u cael nhw erbyn hyn, Elena,' meddai Alwyn mewn ymgais i'w chysuro. 'Wyt ti am eu dangos i dy fodryb a Nelda?'

'Fe ddylwn wneud,' atebodd, 'a dwi'n meddwl yn ogystal y dylwn i roi un o'r eiconau i 'modryb, a rhodd hefyd i Nelda. Fe fyddai'n help i selio'n cyfeillgarwch a chyfannu'r hen rwyg o'r diwedd.'

'Syniad gwych,' cytunodd yntau ar unwaith. 'Dewis di.'

Dewisodd hithau nifer o dlysau, ynghyd â dwy gadwyn o berlau, ac aethant i lawr i'r gegin at ei modryb a Nelda.

'Modryb,' meddai, 'mae gynnon ni rywbeth i'w ddangos i chi. Mae'r eiconau yn ôl ym meddiant y teulu unwaith yn rhagor.' Yna fe'u rhoes ar y bwrdd o'i blaen.

Rhythodd ei modryb arnynt am hydoedd heb ddweud gair, fel petai mewn perlewyg. Toc, fe'u cymerodd yn ei dwylo fesul un, ac meddai'n floesg, 'Feddyliais i 'rioed y cawn i weld y rhain eto. Roeddwn i'n siŵr eu bod wedi 'u colli am byth.'

'Modryb,' meddai Elena, 'rydw i am i chi ddewis un ohonyn nhw i chi'ch hunan. Fe gadwa innau'r llall.'

Cododd ei modryb ei phen a syllu i fyw llygaid Elena a dagrau'n rhedeg i lawr ei gruddiau. 'O, diolch iti, Elena annwyl! Fe'i trysora i ef tra bydda i byw. Ac fe ofala i y bydd Nelda'n ei gael ar ôl fy nyddiau i.'

O deimlo bod y rhwyg wedi'i gyfannu ar ôl yr holl flynyddoedd, trodd Elena at ei chyfnither. 'Rydw i am i ti gael y rhain, Nelda,' meddai, gan gyflwyno'r tlysau a'r perlau iddi.

Wrth edrych ar y tair a'u hwynebau mor hapus, teimlodd Alwyn fod y cyfan y gofynnwyd iddo'i gyflawni a'i wynebu wedi ei gyfiawnhau'n llwyr. Roedd yn gas ganddo dorri ar eu hapusrwydd, ond gwyddai nad oedd dewis ganddo. 'Frau Korsky,' meddai, 'rhaid i ni feddwl beth i'w wneud heno. Fe all eich gŵr ddychwelyd a'm canfod i yma, ac fe wyddom beth fyddai'n digwydd wedyn—nid i mi yn unig, ond i chitha hefyd.'

'Dydw i ddim yn credu am funud y daw o,' atebodd hithau. 'A phrun bynnag, pe digwyddai ddod, fydd o ddim yn gwybod eich bod chi yn yr atig, a wnaiff o ddim meddwl mynd i fyny yno.'

Cytunodd Alwyn yn gyndyn i hynny, er y gwyddai nad oedd ganddo fawr o ddewis mewn gwirionedd. Gallai un ai gerdded y strydoedd, neu swatio yn yr atig, ac o'r ddau ddewis, roedd yn well ganddo'r atig.

Ni wyddai am ba hyd y bu'n cysgu pan gafodd ei ddeffro gan sŵn rhywun yn ceisio agor drws y llofft. Neidiodd ar ei eistedd a galw, 'Pwy sy 'na?'

'Popeth yn iawn, Alwyn—fi sy 'ma,' atebodd Elena'n dawel.

Cododd i agor y drws, a chamodd hithau i mewn.

'Does dim byd o'i le,' meddai Elena. 'Roeddwn i'n methu cysgu, ac yn meddwl amdanat ti yn y fan hyn. Mae arna i ofn iddo fo ddod adre, a minna'n fy llofft. Fe fydde'n well gen i fod efo ti yn fa'ma.'

'Wrth gwrs,' atebodd yntau'n ddigon parod. 'Mae digon o le i ddau yn y gwely yma!'

'Diolch, Alwyn,' meddai.

Bu ysbaid o dawelwch cyn iddo glywed llithriad ei choban yn cael ei thynnu. 'Elena,' meddai, 'be wyt ti'n neud?'

'Os gallwn i sefyll yn noeth o'i flaen o, yr hen fochyn iddo fo, a gadael iddo gyffwrdd â mi â'i ddwylo budur,' atebodd, 'mae'n siŵr gen i y galla i wneud hynny o'th flaen di, a thitha wedi gneud cymaint drosta i.'

Ymunodd ag ef yn y gwely a chaeodd yntau ei freichiau amdani a'i chorff noeth yn gynnes i'w gyffyrddiad, a chusanodd hi. Ymhen amser, a hwythau'n sgwrsio'n dawel, hapus, torrwyd ar eu mwynhad pan glywsant sŵn traed trwm ar y grisiau. Neidiodd Elena ar ei heistedd mewn braw. 'Mae o wedi dod adre, Alwyn!' meddai. 'Be wnawn ni?'

'Swatio fan hyn fydd orau,' sibrydodd. 'Fydd o fawr callach.'

Yna fe'i clywsant yn gweiddi, 'Ble mae hi?' A llais ei wraig yn ateb, 'Dyw hi ddim yma. Welson ni mohoni.'

'Paid â thrio 'nhwyllo i!' rhuodd yntau. 'Fe gafwyd hyd i'w char ger yr eglwys. Mae hi yma yn rhywle. Fe ffeindia i'r bits fach 'dase raid imi dynnu'r tŷ 'ma'n ddarne! A phan ga i afael arni . . .'

Clywodd y ddau sŵn ymrafael, ac yna Nelda'n gweiddi, 'Na! Peidiwch!'

Neidiodd Elena o'r gwely. 'Fedra i ddim aros fan hyn,' meddai. 'Does wybod be wnaiff o yn 'i wylltineb.' Gwisgodd ei choban yn frysiog. 'Aros di yma, Alwyn,' meddai, 'mae o'n wallgo,' cyn agor y drws a rhedeg i lawr atynt.

'Dyma fi. Be 'dach chi eisia gen i?' gofynnodd i Korsky.

'Fe wyddwn i·dy fod ti yma'r gnawes,' meddai yntau. 'Tyrd yma, ac fe ddangosa i be ydw i eisia gen ti.'

I fyny yn yr atig, roedd Alwyn yn eistedd ar erchwyn y gwely'n gwisgo'i esgidiau pan glywodd Elena'n rhoi sgrech o boen. Heb oedi eiliad, neidiodd oddi ar y gwely a rhedeg am y grisiau dan weiddi, 'Y diawl iti! Gad i Elena fod!'

Pan gyrhaeddodd atynt, roedd y pedwar yn sefyll ar ganol y landin a Korsky'n cydio'n dynn ym mraich Elena. Cododd ei ben ac edrych i gyfeiriad Alwyn, a lledodd gwên faleisus dros ei wyneb. 'Dyma fo!' meddai, gan daflu Elena oddi wrtho'n ffrwnt. 'Tyrd yma'r corgi bach, a gad inni weld os wyt ti'n gallu brathu.' A symudodd tuag ato'n araf.

Syllodd Alwyn arno am rai eiliadau; edrychai fel arth enfawr a'i wyneb yn goch gan dymer. Sylweddolodd Alwyn pe caeai'r breichiau cryfion amdano y byddai ar ben arno. Un siawns oedd ganddo ac fe weithredodd hynny'n gyflym.

Fe'i hyrddiodd ei hun ymlaen a'i ddyrnau ynghlwm, gan anelu am ei gorn gwddf a llwyddodd yn ei fwriad wrth ei fwrw'n galed, ond roedd fel taro craig. Sefyll yn ddisymud a wnaeth Korsky. Yna rhoes ebychiad sydyn, a chyn i Alwyn gael cyfle i wneud dim camodd ato a chau'r breichiau trymion am ei ganol. Roedd fel petai wedi ei ddal mewn feis gref a honno'n gwasgu'n ddidrugaredd amdano. Teimlodd ei asennau'n cloi ar ei gilydd a phoen enbyd yn cydio 'nddo. Gwyddai na allai ddioddef hynny'n hir iawn yn cael ei drechu.

Gydag un ymdrech derfynol, cododd ei ben-glin a

tharo Korsky ym môn ei goesau cyn ei bwnio'n galed
â'i ben yn erbyn ei drwyn. Clywodd glec yr asgwrn
yn torri, a phistylliodd y gwaed ohono. Am eiliadau
ysgydwyd Korsky, a chyn iddo fedru'i adfer ei hun,
llwyddodd Alwyn i lacio gafael y breichiau a thorri'n
rhydd. Ar hynny, roedd y ddau mewn ymrafael
milain, ond er gwaethaf ergydion Alwyn, roedd ei
elyn yn rhy gryf iddo, a chydag un ergyd egr o dan ei
ên, cwympodd yn anymwybodol ar wastad ei gefn.
Taflodd Korsky ei hun arno a dechrau ei lindagu.

Safai'r merched yn gwylio mewn braw cyn i Elena
weiddi, 'Modryb! Mae o'n 'i ladd o!'

Gweithredodd hynny fel rhyw symbyliad i honno
a rhedodd i lofft ei gŵr. Dychwelodd mewn eiliadau
gan ddal yn ei llaw rifolfer trwm gerfydd ei faril.
Wedi gwthio heibio i'r ddwy a phlygu uwchben y
ddau oedd ar eu hyd ar y llawr, dechreuodd daro'i
gŵr ar ei ben a'i war â charn y rifolfer nes iddo
orwedd yn anymwybodol ar ben Alwyn. Daliodd ati
i'w daro nes i Nelda weiddi, 'Na, Maman!' a chydio
ynddi i'w gorfodi i beidio. Cododd yn sigledig a'i
hwyneb yn welw, a cherddodd yn ôl i'w llofft a
Nelda'n ei dilyn.

Camodd Elena at y ddau ymladdwr a chydio yn
ysgwyddau Korsky gan geisio'i symud er mwyn
rhyddhau Alwyn, ond roedd yn rhy drwm, a gorfu
iddi alw ar ei chyfnither i'w helpu. Rhyngddynt, fe
lwyddwyd i wthio Korsky oddi ar Alwyn a'i adael yn
gorwedd ar ei fol.

Edrychodd y ddwy ar wyneb Alwyn yn goch gan
waed. 'Mae o wedi'i ladd o,' meddai Nelda yn sydyn.
Rhuthrodd Elena i'r llofft ymolchi a chydio mewn
lliain a'i wlychu cyn brysio'n ôl i olchi'i wyneb.
Rhoes ei braich o dan ei ben, ac wrth iddi wneud

hynny, rhoddodd yntau ochenaid ddofn ac anadlu'n hyglyw. 'O, diolch i Dduw,' llefodd Elena, 'mae o'n fyw, Nelda.' Cododd y ddwy ef ar ei eistedd a dechrau'i ymgeleddu, ac yn y man dechreuodd ymateb i'w hymdrechion. Agorodd Alwyn ei lygaid ac edrych arnynt. 'Be ddigwyddodd?' holodd yn floesg.

'Paid â phoeni, mae popeth yn iawn,' meddai Elena, ac eglurodd iddo sut y daeth ei modryb i achub ei gam.

'Ble mae hi rŵan?' gofynnodd. 'Rhaid i mi ddiolch iddi.'

'Mae hi yn ei llofft,' meddai Nelda. 'Rydw i'n meddwl mai gadael llonydd iddi am ychydig fydd orau.' A derbyniodd yntau'r awgrym.

'Helpwch fi i godi,' meddai. 'Rhaid i ni weld sut mae'i gŵr.'

Cododd gyda chymorth y ddwy a chamu'n sigledig at Korsky oedd yn dal i orwedd ar ei wyneb. Cafodd y tri gryn drafferth i'w droi ar wastad ei gefn. Plygodd Alwyn ato i weld pa gyflwr roedd ynddo, ac estynnodd Elena'r tywel iddo sychu'r gwaed oedd ar ei wyneb. Wedi hynny, dechreuodd ei archwilio. Yn sydyn ymsythodd a'i wyneb yn welw. 'Nefoedd fawr!' sibrydodd trwy'i ddannedd. 'Mae hi wedi'i ladd o.'

'O na!' llefodd Nelda. 'Be wnawn ni rŵan?'

'Rhaid i ni ddeud wrth eich mam,' meddai Alwyn, 'a gorau po gynta.'

Gadawodd y tri y corff marw a mynd i lofft Frau Korsky. Roedd hi'n eistedd ar erchwyn y gwely a'r rifolfer yn dal yn ei llaw. Alwyn a'i cymerodd oddi arni. 'Does dim angen hwn yn awr, Frau Korsky,' meddai, 'a diolch ichi am f'arbed i!' Amneidiodd ar y merched ac aethant i eistedd ati ar ymyl y gwely.

'Rwy'n ofni bod gynnon ni newydd drwg i chi,

179

Frau Korsky,' meddai Alwyn. 'Mae eich gŵr wedi marw.' Cododd ei phen ac edrych arno a'i hwyneb yn llwyd fel lludw oer. 'Fi a'i lladdodd o?' gofynnodd.

'Does dim angen pryderu am hynny,' meddai Alwyn, 'all o ddim eich poeni mwyach.'

'Roedd o'n ei haeddu,' meddai hithau'n dawel. 'Fe bwniodd ddigon arna i dros y blynyddoedd, heb sôn am geisio ymyrryd â'r merched yma. O, ie,' meddai wrth y ddwy, 'fe wyddwn am hynny hefyd, ond doeddwn i ddim yn ddigon cryf i'w rwystro. Duw faddeuo imi. Be wnawn ni â fo?'

'Feiddiwn ni ddim hysbysu'r heddlu,' atebodd Alwyn, 'neu fe fyddwn i gyd mewn celloedd cyn iddi wawrio. Rhaid inni feddwl sut y gallwn ni gael gwared â'r corff. Sgwn i ydi'i gar o yma?'

'Mae o'n siŵr o fod yn y cefn,' atebodd Nelda, 'fan'no mae o'n arfer ei gadw. Pam?'

'Meddwl oeddwn i tybed a allwn ni 'i ddefnyddio fo i gludo'i gorff o'r tŷ yma, a'i adael o yn rhywle. Mae digon o bethau blin yn digwydd ym Mhrâg, a rhai yn cael eu lladd, reit siŵr. Fe ellid yn hawdd credu iddo gael ei ladd gan rai o'r protestwyr.'

'Mae hwnnw'n syniad gwych,' meddai Elena, 'ond fe fydd raid i rywun fynd â fo. A sut y dôn nhw'n ôl?'

'Oes gynnoch *chi* gar yma, Nelda?' gofynnodd Alwyn, a phan atebodd yn gadarnhaol, 'Dyna ni,' meddai. 'Os llwyddwn ni i gario Korsky odd'ma, a'i roi i eistedd yn sedd ei gar, fe'i gyrra i o, ac fe gaiff Nelda f'arwain i ryw lecyn diarffordd, ac fe allwn ei adael yno. Be 'dach chi'n ddeud?'

Am na allai neb feddwl am well cynllun, penderfynwyd gweithredu ar un Alwyn. Rhwng y tri ohonynt, llwyddwyd i gludo'r corff o'r tŷ i'r cefn a'i roi yn y car. Yna, gyda Nelda ac Elena'n arwain yn y car arall ac Alwyn yn eu dilyn, cludwyd Korsky i fan yn ymyl camlas a redai drwy un rhan o'r dref. Llusgwyd ef yn ddistaw allan o'r car a gadael iddo suddo'n dawel i ddyfroedd y gamlas. Gadawyd y modur yno, a dychwelodd y tri yng nghar Nelda.

Erbyn iddyn nhw gyrraedd yn ôl, roedd gan y fam goffi poeth yn barod ar eu cyfer ac yfodd y tri ohono'n ddiolchgar gan drafod beth i'w wneud nesaf.

'Mae un peth yn bwysig,' meddai Alwyn. 'Rhaid sicrhau nad oes dim ôl gwaed ar y carped i fyny'r grisiau. Fydd dim angen poeni am y rifolfer—fe aeth hwnnw i'r gamlas efo fo. Rydw i'n credu mai cysylltu â'i bencadlys yn y bore fyddai orau i ddweud wrthyn nhw na ddychwelodd adre neithiwr, a gadael iddyn nhw ddechrau chwilio.'

'Iawn,' meddai Elena, 'ond be amdanon ni'n dau? Fe ddaw'r heddlu yma, ac mi fyddan nhw am chwilio'r tŷ. Os gwelan nhw ni, fe gaiff Kadesh wybod yn fuan iawn, a dyna'r cyfan ar ben.'

'Mae hynny'n wir,' cytunodd Nelda. 'Ond roeddech chi'n sôn am y consiwlét—tybed allen nhw helpu? Rydw i'n barod i fynd yno yn fy nghar.'

'Na,' meddai Alwyn, 'mae hynny'n gofyn ichi fentro gormod efo'r holl filwyr o gylch y prif strydoedd, heb sôn am y rhai fydd yn gwarchod y consiwlét. Fe allwn eu ffonio a gofyn a ddôn nhw i'n nôl ni oddi yma.'

'Allwch chi ddim defnyddio'r ffôn sy yma,' meddai Frau Korsky. 'Mae o'n siŵr o fod wedi'i gysylltu rywfodd â'r un yn y pencadlys.'

'Oes yna ffôn cyhoeddus yn agos?' gofynnodd Alwyn. 'Fe ddyle'r rheini fod yn gweithio.'

'Oes,' atebodd Nelda, 'mae yna un ar gornel y stryd nesaf ond un i hon. Fe allwn fynd iddo drwy'r cefnau. Fe a' i â chi.'

'Gorau po gynta inni fynd, neu fe fydd yn dechrau gwawrio,' meddai yntau. 'Yn ffodus, mae rhif eu ffôn nhw gen i.'

* * *

Bu ffôn y consiwlét yn canu am hydoedd cyn i lais cysglyd ateb a holi pwy oedd yn galw mor gynnar. Adnabu Alwyn y llais. 'Leslie Harrison?' gofynnodd, a phan atebwyd yn gadarnhaol, 'Alwyn Harris sydd yma,' eglurodd. 'Mae angen eich help arna i.'

'Alwyn Harris!' ebychodd yntau. 'Ond dydech chi ddim i *fod* yma. Fe gawsoch eich rhyddhau ddoe, neu echdoe am wn i, a'ch gyrru adre.'

'Mae'n ddrwg gen i, ond wnes i ddim mynd,' ymddiheurodd yntau, 'roedd gen i rai pethau i'w cwblhau . . .'

'A rŵan, mi ydach mewn trafferth eto, ac am i ni redeg i'ch helpu unwaith yn rhagor. Nid swyddfa bad achub ydan ni, wyddoch chi!'

Ymddiheurodd Alwyn unwaith yn rhagor gan fanylu peth ar y cefndir ac ychwanegu, 'Fe alla i egluro mwy os ca i'r cyfle. Wnewch chi'n helpu ni?'

'Be 'dach chi'n feddwl "ni"? Oes yna fwy na chi'ch hun?'

'Oes, mae Elena, merch Jan Meryk, y soniais i amdano wrthych chi—mae Elena eisiau cymorth hefyd.'

'Ond un o'r wlad yma yw hi, ac mae pethau'n rhy ansicr inni ddechrau cyboli efo hi hefyd.'

'Mae ganddi hawl i'ch cymorth,' dadleuodd yntau. 'Fe'i ganwyd hi yn Llundain.'

'O,' meddai Harrison, 'mae hynny'n wahanol. Ble ydach chi ar hyn o bryd?'

Rhoddodd Alwyn y cyfeiriad iddo. 'Ac mae'n bosibl fod ein bywydau'n dibynnu ar eich cymorth,' ychwanegodd.

'Fe ga i air â'r conswl,' ildiodd Harrison, 'ac os bydd o'n ffafriol, fe fydda i yna o fewn hanner awr. Byddwch yn barod—fydd dim amser i oedi, rhag ofn bod milwyr o gwmpas.'

Wedi dychwelyd i'r tŷ, aeth Elena ac yntau ati i gasglu hynny o eiddo a feddent, ac yn y man roedd y pedwar yn sefyll wrth y ffenestr ffrynt i weld a ddeuai car y consiwlét i ben yr heol.

Aeth hanner awr dda heibio a hwythau ar bigau'r drain cyn iddyn nhw weld llewyrch lampau'n troi i mewn i'r stryd. Aeth Nelda allan i wneud yn siŵr mai car o'r consiwlét oedd o, a phan chwifiodd ar y ddau i ddod, cofleidiodd Elena'i modryb, a'r dagrau'n llaith ar wyneb y ddwy.

'Byddwch yn ofalus ohoni,' meddai Frau Korsky wrth Alwyn, 'a dowch yn ôl ryw ddydd.'

Roedd Elena eisoes yn y car pan gyrhaeddodd Alwyn atynt, ac wedi cofleidio Nelda a diolch iddi am ei help, neidiodd i mewn, a'r munud nesaf roedden nhw'n chwyrlïo i lawr y stryd.

Roedd y conswl yn aros i'w croesawu pan gerddodd y tri i mewn i'w swyddfa ugain munud yn ddiweddarach, a chyflwynodd Leslie Harrison Elena Meryk iddo. Cafodd hi ac Alwyn gyfle i gael cawod cyn ymuno â'r gweddill wrth y bwrdd brecwast a dechrau adrodd eu stori'n llawnach.

'Wel,' meddai'r conswl wrth Alwyn, 'fe allai pethau fod wedi bod yn rhwyddach petaech chi ond wedi ymddiried mwy ynon ni ar y cychwyn. Ond dyna fo! Dŵr o dan bont Siarl yw hynny bellach. Rydach chi wedi llwyddo i gael gafael ar ferch hardd iawn!'

ychwanegodd dan wenu. 'Eich cael chi adre eich dau fydd y dasg nesaf.'

Bu'r ddau yno'n mwynhau tawelwch y lle am yn agos i wythnos nes o'r diwedd i'r consiwlét farnu bod yr amgylchiadau'n ffafriol. Erbyn hynny, roedd Alwyn wedi derbyn nad oedd ganddo fawr ddim gobaith o fedru adfeddiannu ei gar, fwy nag y gallai Elena chwaith gael ei cherbyd hithau.

'Na hidiwch,' meddai Harrison wrthi, 'fe gewch deithio yn adran VIP yr awyren gyntaf fydd yn hedfan i Brydain!'

Sicrhawyd hynny drwy ddylanwad y conswl, ac o'r diwedd glaniodd y ddau gyda gollyngdod yn Heathrow. Er syndod i Alwyn, roedd Gwyn Rees yno'n barod i'w croesawu.

'Sut ar y ddaear gwyddet ti ein bod ni ar yr awyren?' gofynnodd Alwyn i'w gyfaill.

'A, wel!' atebodd Gwyn. 'Mae gan dwrne bach o Gymru rywfaint o ddylanwad gyda'r Swyddfa Dramor, wyddost ti!' Trodd yn edmygus at Elena. 'A dyma'r ferch y llwyddaist ti i'w pherswadio i ddod adre gyda thi?' ychwanegodd. 'Rhaid deud fod gen ti ddawn arbennig wrth ddewis merch.' Ac wedi cofleidio Elena, meddai, 'Croeso atom!'.

Troellodd yr awyren yn araf uwchben maes awyr Prâg cyn glanio'n esmwyth, ac o fewn ychydig funudau disgynnodd ohoni, ymysg eraill, ŵr a gwraig canol oed a merch ifanc tuag ugain oed yn eu dilyn, merch ryfeddol o hardd, a'i gwallt melyn lliw ŷd aeddfed yn ymestyn hyd at ganol ei chefn. Cludwyd y tri mewn tacsi o'r maes awyr i dŷ mewn stryd ar gyrion y ddinas lle'u croesawyd gan wraig ganol oed, bryd tywyll.

Pnawn drannoeth, teithiodd y pedwar mewn car i bentre Tabòr Kolnè, ac yno cyfarfu offeiriad â hwy wrth glwyd mynwent yr eglwys. 'Croeso ichi,' meddai'r Tad Valèk, a'u tywys at fedd destlus. Wedi gweddi fer ganddo, amneidiodd y gŵr ar y ferch ifanc, a phlygodd hithau at y bedd a gosod arno dusw o flodau cennin Pedr, a gludwyd yn unswydd o Gymru. Wrth iddi godi o'i phlyg wedi gosod y blodau, darllenodd yr enwau ar y garreg fedd: *Olga Meryk, Hydref 5, 1955 a'i phriod Jan Meryk, Mehefin, 1968.*

Wedi sgwrsio am ychydig, gadawodd yr offeiriad hwy, a cherddodd y pedwar at lan bedd arall, ac wrth fynd gofynnodd Elena Harris i Nelda Gromesky, ei chyfnither, 'Faint sy er pan fu farw dy fam, Nelda?'

'Ychydig dros ddeng mlynedd,' atebodd, 'ac fe'i rhoed i orwedd ym medd fy nhad.'

Rhoddwyd tusw o gennin Pedr ar y bedd hwnnw hefyd cyn iddyn nhw droi am y glwyd. Wrth gerdded i gyfeiriad y car, trodd y pedwar i gael un cip olaf ar y beddfeini . . . a rhoes Alwyn Harris ei fraich dros ysgwydd ei wraig a dweud yn dawel, 'Do, er iddo oedi, fe ddaeth y gwanwyn yn ôl i Brâg.'